folio
junior

Mathieu Hidalf

Christophe Mauri

Mathieu Hidalf
et la foudre fantôme

GALLIMARD JEUNESSE

Pour Krysia et Jean-Philippe,
Qui supportent Mathieu Hidalf au fil des jours,
Et sans qui il ne serait certes pas un héros
en bonne uniforme !

Chapitre 1
L'étrange comportement
de M. Rigor Hidalf

Il serait injuste de crier sur les toits que M. Rigor Hidalf n'aimait pas son fils. Mais comme il l'aimait davantage quand il ne le voyait pas, ne l'entendait pas et n'y pensait pas, il lui avait infligé la plus terrible punition qu'ait pu imaginer son esprit si peu imaginatif.

Il l'avait congédié au sommet de la tour des Enfants, dans sa chambre gigantesque, depuis bientôt douze mois. Et le malheureux Mathieu ne pouvait en sortir que tous les matins, tous les après-midi et tous les soirs, dès que M. Hidalf avait le dos tourné.

*

Ce soir-là, le célèbre Mathieu Hidalf était de mauvaise humeur en dépit de sa célébrité. Il ne quittait pas des yeux l'horloge de sa chambre. Il avait *dix ans* pour quelques heures encore, ce qui l'arrangeait bien. Car il détestait avoir dix ans, un âge inutile et scandaleux : à dix ans, on ne peut pas choisir de ne prendre qu'un bain par semaine. On ne peut pas non plus décider de ruiner son père et de l'exclure de la communauté familiale. Et on ne peut même pas, à vrai dire, tomber fou amoureux. Mais ça, Mathieu Hidalf s'en fichait plus que tout, car il n'était amoureux de personne.

Le jour de la naissance de son fils, M. Rigor Hidalf avait aussitôt pressenti que son existence basculait. Il n'avait jamais eu une intuition si juste : Mathieu était né en plein cœur du cinquantième anniversaire du roi, qu'il avait gâché à force de hurlements. Dès lors, à compter de ses trois ans, Mathieu avait mis un point d'honneur à saboter, année après année, l'anniversaire royal. Sa stratégie était simple : provoquer une catastrophe toujours plus colossale que la précédente. Les menaces, les punitions, les privations ne l'avaient jamais arrêté. Sa dernière bêtise avait été si terrible que M. Hidalf avait cherché en vain à proclamer une loi qui lui interdise à tout jamais d'avoir onze ans.

Il avait eu tort d'y consacrer tant d'énergie, car les bêtises étaient finies ! Oui, n'en déplaise à la presse et à ses admirateurs, Mathieu Hidalf n'était plus un enfant. Onze ans, ce n'était pas un âge aussi nul, aussi inutile, aussi mineur que dix ans, neuf ans, huit ans, sept ans, et tous les autres âges avant sept ans. Onze ans, c'était l'âge auquel Mathieu Hidalf pouvait enfin obtenir une dérogation pour passer l'épreuve du Prétendant de l'école de l'Élite, la plus incroyable et la plus dangereuse des écoles du royaume. Et pour réussir cette épreuve, un enfant ordinaire n'avait qu'une seule solution : travailler et apprendre jusqu'à l'épuisement. Hélas ! *travailler et apprendre* ne faisait guère partie des plans de Mathieu Hidalf.

*

Après avoir fixé l'horloge de sa chambre pendant près de dix minutes, Mathieu s'empara du livre qu'il avait commencé un an plus tôt. Il était énorme comme le Dr Boitabon, ennuyeux comme M. Hidalf, et s'intitulait fort naïvement : *La Première Constitution des Élitiens*. Il restait à Mathieu une nuit pour apprendre par cœur cet ouvrage fondamental. Il consulta d'un air savant le numéro de la page qu'il avait cornée, en bas. C'était la page 1.

Mathieu avait eu l'idée d'un procédé génial. En un clin d'œil, il était capable de savoir ce qui lui restait à lire avant l'épreuve du Prétendant. Du côté gauche de son lit, il avait empilé tous les livres qu'il n'avait pas encore eu le temps de commencer. Du côté droit, au contraire, se trouvaient les autres, ceux qu'il avait déjà lus et relus. Légendaire, la pile des livres non lus ressemblait à une colonne destinée à soutenir le plafond. La pile des livres lus, quant à elle, n'aurait pas fait d'ombre à une pâquerette. Il était d'ailleurs fort exagéré de parler de pile, puisqu'elle n'était constituée que d'un seul ouvrage, fort mince : *Les Contes horribles déconseillés aux enfants de moins de quatorze ans, même courageux*. Mathieu Hidalf quitta son lit, grimpa à l'échelle qui conduisait au sommet de la pile des livres non lus, et y déposa avec précaution la constitution des Élitiens. Il redescendit à toute vitesse, pour s'emparer de son recueil de contes comme d'une relique sacrée. « À nous deux ! » s'écria-t-il fièrement en plongeant sous sa couverture.

Et il lut avidement le conte dans lequel un enfant très intelligent se faisait dévorer par un loup qui courait plus vite que lui. C'était son conte préféré, car il n'y avait aucune morale. Lorsqu'il l'eut achevé, il ouvrit son album imagé de l'école de l'Élite, dans lequel il collectionnait un tas de vignettes vendues une fortune dans les papeteries du royaume. Sur la couverture de l'album, un arbre doré, emblème de l'école, étincelait dans la pénombre. Mathieu trouva du premier coup la page consacrée aux dérogations, qu'il connaissait sur le bout des doigts : *Normalement réservée aux enfants de douze ans révolus, l'épreuve du Prétendant peut être tentée par des garçons de onze ans présentant des aptitudes exceptionnelles.* Mathieu s'arrêta, un sourire béat aux lèvres. Il ignorait toujours ce que signifiait « aptitudes », mais on lui disait souvent qu'il était exceptionnel. *L'épreuve, différente pour chaque candidat, est décrite par la plupart des organisateurs comme périlleuse. Pour qu'un enfant accède officiellement au titre de Prétendant élitien, les Quatre Juges doivent apposer quatre signatures, irrévocables, au registre de l'école. Il n'était pas rare, avant l'arrivée de la comtesse Dacourt au directoire, que des candidats ne ressortent pas vivants de la tour des Épreuves.* Mathieu interrompit sa lecture en haussant légèrement le sourcil droit ; les marches grinçaient dans l'escalier.

Il tendit l'oreille, aux aguets. Aucun doute. On approchait. Mais qui pouvait venir à une heure pareille, juste avant le dîner ? Les pas se succédaient, terriblement pesants. On aurait dit la démarche d'un vieillard ou d'un homme qui éprouvait toute la lassitude du monde à gravir les cinq étages de la tour des Enfants. Mathieu fonça derrière sa colonne de livres non lus. Surexcité, il scrutait la poignée. Elle tourna toute seule.

Une ombre immense, redoutable, chancelante, tomba sur la muraille de livres. C'était l'ombre de M. Rigor Hidalf, son père.

11

M. Rigor Hidalf ressemblait à un homme qui n'avait pas encore digéré la dernière bêtise de son fils.

*

– Nous passons à table, dit-il avec l'amabilité d'un traité juridique.

La tête de Mathieu apparut.

– Que fais-tu derrière cette pile inutile d'ouvrages fondamentaux ? grogna M. Hidalf, qui n'avait aucune imagination.

– Cette pile n'est pas si inutile que ça ! s'étonna Mathieu. Tous les matins, je me mesure !

– Tu te… *mesures* ?

– Oui ! J'ai grandi de deux livres en un an ! Je suis bien content !

M. Hidalf mordilla sa lèvre inférieure.

– Qu'est-ce que nous mangeons ? demanda Mathieu avec enthousiasme, en rejoignant le palier.

– Tout ce que tu détestes.

– Encore ! Mais tout de même, c'est mon dernier soir au manoir !

– Nous l'espérons, admit M. Hidalf d'une voix traînante. Mais ce n'est pas si sûr.

Mathieu s'arrêta au milieu de l'escalier, inquiet.

– Qu'est-ce qui n'est pas si sûr ?

– Ce qui n'est pas si sûr, reprit sèchement M. Hidalf, c'est qu'un enfant si peu brillant qu'il ne ferait pas d'ombre à un ver luisant réussisse l'épreuve la plus difficile de tout le royaume sans avoir lu un seul livre en un an. Voilà ce qui n'est pas si sûr.

Ce fut alors que M. Hidalf se pencha sur son fils, chuchotant avec l'aplomb d'un ogre :

– Tu as prévu de *tricher*, n'est-ce pas ?

Mathieu haussa le sourcil droit.

– Non…, protesta-t-il. Je n'ai pas prévu de tricher…

M. Hidalf se redressa comme un serpent charmé par une flûte désaccordée. Il n'avait pas paru plus menaçant le jour de la dernière bêtise de son fils.

– Mathieu, dit-il très lentement, en détachant chaque syllabe avec application, tu n'as *absolument* rien fait depuis un an pour préparer ton épreuve. Je te garantis que si tu ne triches pas, tu auras affaire au père le plus impitoyable que *tu* puisses imaginer ! siffla-t-il. C'est bien compris ?

Les cheveux de Mathieu se dressèrent sur sa tête. Décidément, il connaissait de plus en plus mal son père, à mesure qu'il passait du temps à vivre sous son toit.

– Vous voulez que je triche ? répéta-t-il, scandalisé. Mais c'est impossible, père ! Il faudrait être un génie ! Personne n'a jamais réussi une telle prouesse ! Et personne ne serait assez audacieux pour l'entreprendre ! L'infaillible service des fraudes n'est…

– ... pas si infaillible que ça ! coupa M. Hidalf dont les yeux pétillaient de noirceur. Tu as réussi à me tromper pendant onze années interminables, à corrompre des journalistes, à te jouer de deux consulats et d'un roi, tu ne vas pas me faire croire que le service des fraudes t'impressionne !

Il ajouta d'une voix douce :

– Que je sois bien clair, Mathieu Hidalf. *Rien* n'est plus important que ta rentrée à l'école.

En effet, le rêve de M. Hidalf était de se débarrasser de son fils. Et il attendait la fameuse épreuve du Prétendant avec autant d'impatience que Mathieu en personne.

– Si ton épreuve se déroule sans l'ombre d'une tricherie, ta punition est aussitôt reconduite, dit-il, menaçant. Tu as *triché*, n'est-ce pas ?

Mathieu fit semblant de paraître offusqué, pour torturer son père une dernière fois, puis il s'exclama avec un large sourire :

– Rassurez-vous ! Bien sûr que j'ai triché ! Vous êtes vraiment un héros, parfois. J'ai prévu de...

– Je ne veux rien savoir ! s'épouvanta M. Hidalf en plaquant ses mains sur ses oreilles. *Tricher* est un acte odieux dont je me refuse à être le complice officiel. Il ne manquerait plus que moi, ton propre père intransigeant, je devienne le conseiller de tes bêtises ! C'est hors de question !

M. Hidalf baissa la tête, un peu rouge, en jetant

de brefs coups d'œil dans l'escalier désert. Rassuré, il poursuivit d'une voix toujours plus basse :

– Je sais que tu es entré plusieurs fois en contact avec maître Magimel, malgré mon interdiction.

Mathieu avait effectivement sollicité l'aide du juriste fou et génial du manoir.

– Je lui ai moi-même donné mon accord, concéda M. Hidalf, pour qu'il t'aide à… à…

– À *tricher* ?

– Silence ! rugit M. Hidalf en surveillant l'escalier. Je ne veux pas entendre parler de *tricherie* en ma présence ! Bien… Est-ce que c'est… une… Je veux dire un… un plan infaillible ?

Mathieu acquiesça dans la pénombre, arborant ce sourire légendaire qui avait valu bien des nuits blanches à ses parents.

– Et est-ce que tout est prêt ? bredouilla M. Hidalf. Ou puis-je faire quelque chose… quelque chose pour t'aider à… à…

– À *tricher* ?

M. Hidalf se redressa comme une buse et scruta l'escalier à la recherche d'un espion.

– À vrai dire, reconnut Mathieu, j'ai pris du retard à cause de vos fouilles impromptues… Si maître Magimel pouvait me rendre une petite visite cette nuit, ce serait merveilleux…

– Accordé, trancha M. Hidalf qui regardait

ailleurs comme s'il n'osait pas croire que cette discussion fût réelle.

– Et s'il était possible que le Dr Boitabon me rejoigne ensuite…, renchérit Mathieu. Il me manque quelques informations vitales à propos de l'épreuve de demain.

– Le Dr Boitabon ? répéta M. Hidalf, accusateur. Pourquoi as-tu besoin d'un médecin ?

– Parce que…

– Je ne veux rien savoir ! beugla son père. Je ne suis pas ton complice ! Bien… Je trouverai un prétexte pour faire monter Magimel. Que dis-tu… d'une histoire ?

– Une *histoire* ?

– Je feins la clémence auprès de ta mère, expliqua M. Hidalf. Je décide, en vertu de ta dernière soirée au manoir, de lever ta punition. Pour fêter cette nouvelle, tu as droit à une histoire dans ta chambre, et tout le monde sait que maître Magimel ne manquerait une histoire de ta mère pour rien au monde…

– Bravo, admit Mathieu. C'est brillant !

– Quant à Boitabon, poursuivit M. Hidalf avec suffisance, inutile de prendre des précautions avec cet imbécile… Je te l'enverrai cette nuit, dès le départ de maître Magimel.

Mathieu s'apprêtait à descendre l'escalier pour de bon, léger comme un ange, lorsque son père l'arrêta une fois de plus. Il avait l'air plus sérieux qu'une enclume.

— Mathieu… nous avons une ennemie de taille à affronter pour que ta… *ton idée*… réussisse.

— La comtesse Dacourt, directrice adjointe de l'école, la plus belle femme du royaume, n'est-ce pas ? devina Mathieu en plissant les yeux.

— Non… Je pensais plutôt… à Mme Emma Hidalf…

— *Ma mère ?*

— Oui. Elle déteste cette école, et j'ai appris par mes espions qu'elle fait jouer ses relations pour nous compliquer la tâche.

— Maman a des relations ? s'étonna Mathieu.

— Et pas des moindres… La famille Jolibois est une des plus ancestrales de la noblesse astrienne… Si par malheur ta mère découvre que tu prévois de tricher… il va de soi que *jamais*, jamais, tu m'entends, ton père n'a su que tu manigançais une tricherie illégale… À présent, silence et bouche cousue. Passons à table.

Mathieu s'empressa d'obéir. Son père l'aimait tout de même énormément. Dire qu'il avait déployé des moyens éléphantesques pour lui dissimuler son projet !

— Mathieu ! rappela M. Hidalf une dernière fois. Pour l'histoire de ce soir, il y a néanmoins *une* condition. Je refuse que ta mère nous assomme encore avec une de ces histoires d'Helios à dormir debout ! Tu choisiras l'histoire… l'histoire du sous-consul qui devient consul à la place du consul… Je l'affectionne beaucoup.

M. Hidalf, sous-consul de la cité de Darnar, avait les Helios en travers du gosier, depuis que son fils les citait à tout propos. Selon les contes de fées, les Helios habitaient une île lointaine ; ils avaient l'apparence d'hommes et de femmes, mais vivaient des siècles et possédaient des facultés hors du commun. Ils étaient si rares, si puissants et si discrets que bon nombre d'adultes doutaient complètement de leur existence. Mathieu Hidalf, lui, n'en avait jamais douté et aurait vendu son titre de noblesse pour la moindre information les concernant. Il ne put s'empêcher de sourire, de sourire jusqu'aux oreilles, pendant toute la descente de l'escalier, pendant tout le dîner, et pendant toute la nuit.

*

Ce soir-là, dans le salon pourpre du manoir, toute la famille mangeait en silence (excepté Bougetou, le chien à quatre têtes de Mathieu, qui ne mangeait jamais en silence, parce qu'il n'y avait que trois gamelles).

Mathieu avait le privilège, dont il avait souvent réclamé l'abolition, d'être entouré de trois sœurs. Toutes les trois se prénommaient Juliette, en hommage à l'imagination de M. Hidalf. L'aînée, Juliette d'Or, avait dix-sept ans. Selon Mathieu, elle était loin d'être brillante. Mais il l'aimait beaucoup. D'ailleurs, elle avait coutume d'être si belle que c'était la plus belle des jeunes filles qu'on puisse imaginer, sauf si on soulevait ses cheveux blonds, derrière lesquels elle dissimulait soigneusement deux oreilles décollées. Elle avait quitté le manoir pour l'école de danse du château du roi, deux ans plus tôt, et attendait l'arrivée de son frère avec impatience.

La cadette avait douze ans. C'était Juliette d'Argent. Selon Mathieu, elle n'était pas brillante non plus. Mais il l'aimait cependant, pour sa discrétion et son hypocrisie.

La petite dernière avait sept ans. C'était Juliette d'Airain, et Mathieu l'aimait de moins en moins, car elle était de plus en plus intelligente. De quatre ans sa cadette, elle avait su lire et écrire avant qu'il n'apprenne à parler. C'était tout simplement intolérable.

À cet instant, la petite Juliette et la moyenne Juliette, terrorisées par l'éventuel départ de leur frère, avaient l'air de deux flaques d'eau luisant au fond d'un bois.

De son côté, Mme Hidalf, une femme belle et si aimable que personne ne comprenait comment elle pouvait vivre avec sa famille, s'efforçait de rester digne. Mais dès qu'elle croisait le regard de son fils, des larmes teintaient ses yeux de lumière. Elle redoutait depuis toujours le moment où Mathieu aurait l'âge de devenir Prétendant élitien, et des nouvelles peu rassurantes concernant l'école écourtaient ses nuits depuis de longs mois. Secrètement, elle espérait qu'il raterait son épreuve.

Enfin, M. Hidalf était de loin le moins souriant des dîneurs du soir, mais pour une raison diamétralement opposée. Il ne craignait qu'une seule chose sur terre : que son fils soit refusé par l'école de l'Élite et passe une nouvelle année, entière, au manoir. Or, tous les précepteurs de Mathieu, à bout de courage, avaient donné leur démission et débarrassé le plancher sans percevoir la moindre indemnité.

Au terme du repas, on sortait de table d'un pas larmoyant, lorsque M. Hidalf mit son plan à exécution. Il s'exclama du ton d'un roi qui concède à ses sujets une faveur historique :

– Je vais prouver à toute la famille que je ne suis pas un monstre sans cœur. J'accorde à Mathieu Hidalf, ici présent, une histoire, pour fêter sa dernière nuit parmi nous ! J'ai déjà prévenu maître Magimel.

– Chouette ! Une histoire ! s'époumona Mathieu. Merci, papa ! Vous êtes vraiment le meilleur père que j'aie jamais eu, aujourd'hui !

M. Hidalf bomba le torse.

– Tu as le temps de monter l'escalier pour choisir un sujet, avança-t-il en lui adressant un clin d'œil complice.

– J'ai déjà choisi, le rassura Mathieu. Ce sera une histoire d'Helios !

M. Hidalf changea de couleur avec l'aisance d'un caméléon traversant un arc-en-ciel.

– Oh non ! pesta Juliette d'Argent. Je l'aurais parié !

– Ne t'inquiète pas, ma chérie, je suis certain que Mathieu va rapidement changer d'avis…, indiqua M. Hidalf d'une voix menaçante.

– Non. Je ne changerai pas d'avis. Ce sera une histoire d'Helios.

– *Mathieu choisit*, trancha Mme Hidalf d'un ton sévère.

*

Le vieux maître Magimel, qui avait la réputation d'être plus ponctuel que sa propre montre, manqua pourtant le début de l'histoire de Mme Hidalf. Il entra dans la nuit noire, le dos voûté comme si chacune de ses années s'était alourdie sur ses épaules. Un capuchon recouvrait son visage. Il avança d'un pas claudicant jusqu'à un grand fauteuil, en laissant échapper un de ses célèbres éclats de rire couinant.

Lorsque, une heure plus tard, Mme Hidalf prononça le mot *fin*, le vieux juriste ronflait toutes voiles dehors. M. Hidalf se retenait de pleurer, car pour satisfaire les deux hommes de sa vie, Mme Hidalf avait ajouté à son récit un sous-consul promu consul à l'heure du dénouement. C'était l'histoire favorite de son époux, qui rêvait de devenir un jour consul de Darnar. Les deux Juliette coururent, quant à elles, dans leur chambre. Alors, le couple Hidalf posa son regard sur Mathieu, qui faisait semblant de dormir d'un seul œil, et les surveillait de l'autre.

– Nous réveillons maître Magimel ? suggéra Mme Hidalf.

Mathieu ouvrit un peu plus grand son œil déjà ouvert, pour épier la réaction de son père. C'était le moment de savoir s'il était, oui ou non, un héros. M. Hidalf répliqua avec l'autorité d'un sous-consul qui en a vu d'autres :

– Laissons-le là. Tant qu'il ronfle, il est vivant.

Et il referma derrière lui.

Mathieu n'en croyait pas son œil ouvert. Son père, dont il s'était méfié si longtemps, était devenu, en une soirée, l'un de ses principaux complices ! Lorsque les pas dans l'escalier se furent évanouis, les ronflements sonores de maître Magimel cessèrent brusquement. Mathieu scruta le fauteuil dans lequel le vieil homme venait d'ouvrir deux yeux noirs. La silhouette se leva majestueusement, et le dos courbé du centenaire devint plus droit que le tronc d'un arbre.

– Maître Magimel ! s'exclama Mathieu. Comme vous avez un long nez par rapport à hier !

– C'est pour mieux ronfler aujourd'hui, mon enfant, répondit Magimel d'une voix peu coutumière.

– Maître Magimel ! Comme vous avez une grande cape, aujourd'hui ! ajouta Mathieu.

– C'est pour mieux dissimuler des objets compromettants, répondit Magimel d'un ton dont il n'avait pas coutume.

Mathieu ouvrit les deux yeux pour y voir plus clair.

– Mais vous n'êtes pas maître Magimel ! s'écria-t-il.

– Non, admit le géant en approchant.

L'étrange vieillard libéra alors une minuscule nymphette du soleil. La créature ailée voleta autour de lui, éclairant son visage pâle et confiant. Ébloui, Mathieu reconnut son meilleur ami, l'archiduc de Darnar, qui était si vieux que personne ne lui ressemblait davantage que maître Magimel lui-même. L'archiduc était à la première place de la liste des fréquentations interdites que M. Hidalf avait établie pour son fils, car il était mêlé de près ou de loin à tous ses mauvais coups.

– Vous avez réussi à venir en personne ! se réjouit Mathieu.

– J'ai réussi ! reconnut fièrement l'archiduc.

Incapable de se contrôler plus longtemps, Mathieu demanda avec un frémissement :

– Est-ce que vous avez apporté l'objet irremplaçable dont j'ai un besoin urgentissime ?

– Êtes-vous certain d'avoir trouvé un moyen de tricher, Mathieu ? répondit l'archiduc. Le service des fraudes a quadruplé son budget pour vous surveiller. Il n'a pas du tout apprécié vos déclarations à la presse. Tricher est une folie, Mathieu. Mais *prévenir* l'école que vous allez tricher est tout simplement… inconcevable !

Le regard de Mathieu Hidalf se voila.

– Depuis trois ans, dit-il, j'ai présenté quatorze candidats à l'épreuve du Prétendant… Des enfants de la noblesse qui se moquaient de devenir Élitiens, et qui ont accepté de concourir en échange d'une forte somme… Ils ont testé plusieurs de mes idées… Les quatorze, sans exception, ont été disqualifiés pour tricherie… Je commençais à douter… lorsque j'ai eu une idée, une idée que le service des fraudes lui-même ne pourra pas prévoir ! J'ai étudié le règlement de l'école pendant des nuits entières. Maître Magimel m'a éclairé sur les points les plus obscurs. Il ne me manque qu'une seule chose… un objet très rare et méconnu… un objet que vous avez en votre possession…

L'archiduc sortit un petit paquet-cadeau rouge de l'ombre de sa cape. Le paquet avait l'air assez insignifiant, mais Mathieu l'observait avec intensité.

– Merci, dit-il à voix basse. Je ne pouvais pas le conserver dans ma chambre pendant un an… Mon père la fait fouiller toutes les semaines à des heures différentes, et s'il avait découvert ce paquet… j'aurais risqué un aller sans retour au château des Ogres-À-Jeun !

– Que contient-il ?

Mathieu sourit d'un air lointain.

– Il contient *le seul moyen* d'entrer à l'école sans avoir lu un livre. C'est le cadeau d'anniversaire que mon père destinait au roi, l'année dernière. Je le lui ai subtilisé le jour de mes dix ans…

– S'il découvre que vous le détenez…

– Il le découvrira après l'épreuve, coupa Mathieu. Je lui ai déjà envoyé plusieurs lettres anonymes au cours des derniers mois, lui expliquant que son cadeau disparu lui serait remis avant la prochaine cérémonie d'anniversaire du roi… et qu'il n'était donc pas nécessaire qu'il en rachète un. Il était furieux !

– Quoi que contienne ce paquet, je vous conseille d'être prudent…

Les yeux du vieil archiduc s'assombrirent comme deux bougies sur le point de s'éteindre.

– Énormément de mauvaises nouvelles nous sont venues de l'école… Vous savez qu'elle peut être extrêmement dangereuse…

– Ah, ça je le sais ! s'exclama Mathieu, ravi. C'est pour cette raison que je veux y entrer à tout prix !

– Mathieu Hidalf, votre mère n'est pas inquiète pour rien, insista l'archiduc. Depuis que le Serment rouge a été rompu, la vie des Élitiens ne tient qu'à un fil. Un fil bien mince… Vous en êtes conscient, n'est-ce pas ?

Au cours des douze derniers mois, le Serment rouge avait occupé l'esprit de tous les adultes qui entouraient Mathieu. Dix ans plus tôt, un jeune pré-Élitien, connu sous le nom de Louis Serra, avait réalisé une prouesse historique. Il était parvenu à faire prêter un serment magique et irrévocable à six assassins, ennemis de l'Élite : les frères Estaffes. Cet accord avait été baptisé « Serment rouge » à cause du parchemin sur lequel il avait été conclu ; un parchemin couleur de sang, qui aurait dû protéger à jamais le royaume de la violence des six frères. Mais l'an passé, lors du dernier anniversaire de Mathieu, quelque chose d'inexplicable s'était produit. Le parchemin sur lequel avait été rédigé le célèbre serment s'était brusquement déchiré… signe que l'accord magique avait pris fin.

– Vous ne le savez peut-être pas, reprit l'archiduc de sa voix lugubre, mais les six frères sont de plus en plus dangereux… et de plus en plus oppressants…

– Pas tant que ça ! protesta Mathieu. Voilà un an qu'ils ont promis-juré de tuer le capitaine Louis Serra, et il est toujours en vie !

– Le capitaine est toujours en vie, oui, admit l'archiduc d'un ton grinçant. Mais savez-vous à quel prix ? Les Élitiens ont voté sa réclusion. Il ne quitte plus l'Élite sans une garde rapprochée. Soyez prudent, Mathieu. Soyez raisonnable. Soyez un enfant. Vous n'avez que onze ans, après tout.

– Pas encore, hélas ! s'indigna Mathieu. Il me reste au moins trois heures à attendre, vu que ma mère n'a pas réussi *à m'accoucher* avant minuit.

L'archiduc soupira avant de s'affaisser mystérieusement à la manière de maître Magimel.

– Bonne chance pour votre tricherie, susurra-t-il. Et avec un peu d'avance, bon anniversaire !

– Si vous entendez que je suis mort, prévint Mathieu d'un ton ferme, ne le croyez pas, surtout !

– Il y a bien longtemps qu'un enfant n'est pas mort dans la tour des Épreuves, objecta l'archiduc.

« Alors il est temps de renouer avec le passé », pensa Mathieu, tandis que l'ombre de son visiteur disparaissait derrière la porte.

*

Mathieu plongea sous sa couverture et déchira prudemment le paquet d'anniversaire de son père. Il recouvrait un écrin de bois. L'écrin contenait une montre verte, avec un gros cadran. Elle avait l'air quelconque et même le vieux Magimel serait parvenu à y lire l'heure sans ses lunettes. Sur le bracelet, le nom du roi Charles Fou X étincelait. Mais le mystère de cette montre résidait dans ses aiguilles. Il y en avait quatre distinctes. Deux vertes. Et deux rouges. Toutes les quatre étaient parfaitement immobiles, ce qui donnait l'impression bizarre que le temps s'était arrêté. Derrière les quatre aiguilles, on apercevait l'esquisse d'une tête de mort.

— Je suis sauvé ! soupira Mathieu.

On frappa à cet instant à la porte de sa chambre. Il fourra la montre sous son oreiller. Un gros homme fit irruption, à bout de souffle. C'était le médecin du manoir, le Dr Boitabon, qui détestait les escaliers, les enfants, les enfants Hidalf plus encore que les autres enfants, et Mathieu Hidalf plus encore que les autres enfants Hidalf.

— Quelle nouvelle maladie inconnue et incurable pensez-vous avoir attrapée cette nuit ? grogna-t-il en guise de salutations.

— Aucune, docteur Boitabon ! Je suis en convalescence de punition, et mon chien guérit de son rhume, sauf la tête de droite, qui dort dans un courant d'air.

– Alors pourquoi votre père m'a-t-il prié de venir en secret dans votre chambre, qui est la plus haute de la tour des Enfants, lorsque toutes les nymphettes du manoir seraient endormies ?

Le docteur osait à peine franchir le seuil, comme s'il avait redouté un traquenard.

– Mon père a une question à vous poser. Mais il a peur de ma mère, alors il m'a chargé de la poser à sa place.

– Je vous écoute…, murmura Boitabon, intrigué.

– Est-ce que mourir est dangereux, docteur ?

Boitabon disposait d'un échantillonnage de regards incompréhensifs destinés à Mathieu Hidalf. Mais il n'avait encore jamais eu l'idée de celui qu'il lui adressa à cet instant précis.

– Mourir est potentiellement mortel, *même pour vous*, répliqua-t-il.

– Je me suis mal exprimé, admit Mathieu. Sauriez-vous combien de temps un enfant… disons un enfant de onze ans… Combien de temps un enfant de onze ans *en pleine forme* peut-il porter… une *montre de mort* ?

Le Dr Boitabon écarquilla les yeux, tandis que Mathieu Hidalf le scrutait avec détermination.

*

À cinq heures du matin, le lendemain, la façade obscure du manoir Hidalf se dressait au milieu du ciel éteint. L'herbe du parc était touffue comme Bougetou. Quelques arbres centenaires ressemblaient à des mâts de navires perdus dans un océan de verdure. Une perruque rouge de M. Hidalf, officiellement emportée par le vent un mois plus tôt, battait au sommet d'un grand chêne, sorte de drapeau ridicule. Tout était silencieux, paisible, endormi. Soudain, au sommet de la tour des Enfants, une paire de volets s'ouvrit en claquant.

– Enfin ! hurla Mathieu Hidalf. Ceci est le plus beau jour de ma sinistre existence ! J'ai onze ans ! J'ai onze ans ! J'ai onze ans !

– Et moi douze ! Laisse-nous dormir ! rugit la voix de Juliette d'Argent, deux étages plus bas.

Quelques heures plus tard, une étrange atmosphère d'adieu régnait sur le manoir Hidalf. Mathieu était étonné que le jour le plus heureux de sa vie soit un jour aussi triste. Il avait enfin un âge utile ; pourtant, après avoir serré dans ses bras le vrai maître Magimel, qu'on n'était jamais certain de ne pas voir pour la dernière fois, il sentit un poids imprévu l'accabler. Le juriste lui adressa un clin d'œil pétillant, et chuchota : « En tant qu'ancien directeur de l'école de l'Élite, je serais très touché que vous me prouviez qu'il est possible de tricher pour devenir Prétendant élitien... » Mathieu monta l'escalier de la tour des Enfants, la gorge serrée. Ses deux sœurs le suivaient, tête basse. La plus petite, Juliette d'Airain, pleurait des cordes en pressant contre sa poitrine Griffrigor, le chat doré de la famille.

– Mais si Juliette d'Argent s'en va aussi, je serai toute seule au manoir ! se lamentait-elle. D'abord Juliette d'Or, puis Mathieu ! Je ne veux pas que vous partiez tous ! Qu'est-ce que je deviendrai, sans vous ?

– En plus, à trois, le serment Papa en nage n'était déjà plus aussi efficace, renchérit Juliette d'Argent. Mais à deux, et sans le génie de la famille, ce ne sera plus qu'un vestige ! C'est la fin de la fratrie Hidalf !

Mathieu n'avait pas le courage de répondre une méchanceté, surtout qu'il était touché d'être le génie de la famille. Un frisson le traversa lorsqu'il se remémora le serment Papa en nage, qui regroupait une pluie d'articles, de contrats et de promesses destinés à la fois à se protéger et à se venger des sévérités de M. Hidalf. Bien sûr, au château du roi, où se trouvait l'école de l'Élite, Mathieu retrouverait sa sœur aînée. Mais les deux autres Juliette, qui l'avaient soutenu fraternellement pendant sa punition interminable, allaient lui manquer au moins autant que Bougetou. C'était la première fois qu'il réalisait qu'il ne les verrait plus tous les jours.

– Tu seras prudent, n'est-ce pas ? reprit Juliette d'Argent. Et si tu as le moindre problème, écris-nous, nous arrivons ! Nous sommes tes sœurs pour toujours. Et surtout, suis bien les conseils de Pierre…

Mathieu soupira en entendant le prénom du seul garçon du royaume qu'il aurait pu considérer comme un ami, Pierre Chapelier. Pierre était entré à l'école un an plus tôt. Mais en une année entière, il n'avait donné aucune nouvelle à Mathieu, malgré les nombreuses lettres que ce dernier lui avait transmises par le biais de maître Magimel.

– Survis jusqu'à ce que j'intègre à mon tour l'école, s'il te plaît, murmura Juliette d'Airain en essuyant ses petits yeux noirs.

– Pour la millième fois, c'est interdit aux filles, répliqua Mathieu.

– Je ferai changer la loi ! protesta sa petite sœur. J'ai bien étudié le règlement, ce point est obscur !

Au fond de la bibliothèque, Mathieu tomba dans les pattes de Bougetou, cajolant sa tête de gauche, la larme à l'œil. Ses deux sœurs pleuraient de leur côté, en étreignant chacune une autre tête de l'animal. Bougetou, qui comprenait bien que quelque chose de grave survenait, pleurait avec ses quatre têtes à la fois ; la tête que personne ne caressait, et qui par un hasard tragique était celle qui dormait près du courant d'air et n'avait pas de gamelle propre, se croyant définitivement en disgrâce, pleurait deux fois plus fort que les trois autres. Quant à Griffrigor, quoiqu'il fût le chat le plus prétentieux du monde (ce qui était normal puisqu'il avait appartenu à la famille Pompous, ennemie jurée de la famille Hidalf), il gémit à son tour, pour ne pas paraître ingrat.

Lorsque M. Hidalf passa devant la porte, perplexe, il faillit laisser couler une larme, avant de se rappeler qu'il attendait le départ de son fils innommable depuis le jour de sa naissance.

*

Dans le carrosse familial qui conduisait les Hidalf au château du Lac de Darnar, personne n'osait être heureux, excepté M. Hidalf, qui souriait pour cinq.

– Allons ! disait-il, béat. Ce n'est pas comme si Mathieu nous disait enfin adieu ! Il viendra nous voir le plus souvent possible ! Au moins *une fois par an*…

– Sauf s'il échoue à l'épreuve comme tous ses professeurs l'ont prédit toute l'année, répondit gravement Juliette d'Airain.

– Il n'échouera pas, rectifia son père d'un ton sévère. Un Hidalf n'échoue *jamais*.

– Alors pourquoi aucun Hidalf n'a *jamais* été élitien ? objecta Juliette d'Airain. Maman m'a dit que vous avez passé l'épreuve, père, quand vous étiez petit.

Confus, M. Hidalf rougit jusqu'à la perruque, en foudroyant son épouse du regard.

– Mais j'ai été admis à l'école, Mademoiselle Je-sais-tout, protesta-t-il. J'ai raté l'épreuve du Premier Mois, voilà tout ! Et personne n'ignore qu'elle est autrement plus ardue que celle du Prétendant…

– Si seulement Bougetou nous avait accompagnés, je me sentirais moins seul, intervint Mathieu.

– Est-ce ma faute si le règlement de l'école interdit aux élèves d'emporter des monstres avec eux ? se défendit M. Hidalf.

– Eh bien, on lui fait couper trois têtes, et il devient juste un chien !

– *Mathieu*, commença M. Hidalf d'une voix sourde, tu nous encombres les oreilles de billevesées avec le jour de tes onze ans depuis… depuis bientôt onze ans ! Et *aujourd'hui*, tu trouves le moyen de te plaindre ?

– Je ne me plains pas, mais je ne pouvais pas prévoir que ça viendrait si vite ! riposta Mathieu. Et puis je suis triste en pensant que Bougetou va devoir rester avec vous tous pendant ma scolarité. Je compte bien demander à maître Magimel de changer la loi.

– Encore une fois, s'impatienta M. Hidalf,

maître Magimel ne change pas la loi. Il s'*adapte* à la loi, et pas pour la fratrie Hidalf, mais pour le compte du sous-consul de Darnar, c'est-à-dire *moi* !

– Si, il va changer la loi ! annonça Juliette d'Airain en pinçant les lèvres de colère. Je vais entrer à l'école de l'Élite ! Et je ne suis pas la seule fille à mener ce combat !

Mme Hidalf faillit s'évanouir. Quant à M. Hidalf, il ponctua la déclaration de la petite Juliette d'un éclat de rire.

– Ma foi, conclut-il, si Mathieu arrive à y entrer, n'importe qui a sa chance !

Mathieu lui lança un regard noir. Après tout, qui avait réussi à s'évader de la nursery du château à trois ans ? C'était lui ! Qui était parvenu, à huit ans, à convaincre six mille trois cents nymphettes de faire grève pendant sept mois ? C'était lui ! Qui avait fait se marier le roi veuf depuis quarante ans à une vieillarde édentée ? C'était lui ! Et qui allait réussir, pour la première fois dans l'histoire du royaume, à tricher en beauté pendant l'épreuve du Prétendant, en ayant informé la presse de sa tricherie ? Ce serait encore lui, sûrement…

Un instant plus tard, la famille Hidalf emprunta la salle d'eau du château du Lac pour quitter Darnar et rejoindre la cité la plus puissante du royaume : Soleil, qui accueillait l'école de l'Élite. La salle d'eau n'était certes pas une salle de bains de famille réservée à la noblesse de Darnar. Il s'agissait plutôt, selon Mathieu, d'un moyen de transport si ordinaire que celui qui l'avait inventé n'avait pas osé lui donner son nom. Il suffisait de monter dans un carrosse de verre tiré par deux chevaux noirs, d'attendre Stadir Origan, le plus grand sorcier de tous les temps, et de s'enfoncer dans l'eau en pensant à sa destination. Alors, on ressortait dans un autre bassin, et on était arrivé. Ce jour-là, l'illustre Stadir Origan était absent. Poucet Bergamote, le premier mage de la cour, assura le remplacement avec émotion. C'était la première fois qu'il s'essayait à un transport par l'eau.

Au grand désarroi de M. Hidalf, qui estimait le mage Bergamote autant que sa première tasse de thé, le voyage fut un succès indéniable.

Chapitre 2
L'effroyable mort
de Mathieu Hidalf

Deux cités dominaient sans partage le royaume astrien : Soleil et Darnar. Le château du roi Abélard (surnommé le Grand Busier par la plupart de ses sujets) était situé en plein cœur de Soleil. Il accueillait sous son toit la redoutable Élite astrienne. Le Grand Busier régnait avec quelques membres de la noblesse particulièrement influents ; les consuls et les sous-consuls. M. Rigor Hidalf n'était pas peu fier d'être le sous-consul de Darnar, même s'il lorgnait d'un œil envieux le poste de consul pour lui-même et pour sa descendance.

Mathieu n'envisageait pour sa part de prendre la succession de son père que s'il échouait dans l'ensemble de ses ambitions, et notamment s'il ne réussissait pas à devenir un Élitien. Il était intimement persuadé que le roi lui-même aurait cédé sa couronne pour prendre la place de Louis Serra, leur capitaine. L'école formait des agents incroyables, brillants et redoutés. Les Élitiens étaient trente, jamais un de plus ni un de moins. Trente légendes capables de tout. Pour entrer dans leur cercle, il fallait attendre que l'un d'entre eux disparaisse. Personne ne savait vraiment ce qu'il se tramait dans l'ombre de l'Élite. Et personne n'avait l'audace de s'en préoccuper. Le Grand Busier et les consuls eux-mêmes n'avaient aucune emprise sur les Élitiens. La Constitution du royaume était formelle : seuls les Trente n'étaient pas soumis à la loi. Et à ce titre, ils étaient bien plus libres et plus puissants que le Grand Busier lui-même.

*

La première figure que Mathieu aperçut en débarquant au château du roi fut celle de la plus belle jeune fille qu'on puisse imaginer, sauf si l'on découvrait ses oreilles, dissimulées sous ses cheveux blonds. Juliette d'Or courut le serrer dans ses bras.

— Tu me rejoins enfin ! s'exclama-t-elle théâtralement, les larmes aux yeux.

Juliette d'Argent et Juliette d'Airain l'embrassèrent avec effusion. Et toute la famille, guidée par M. et Mme Hidalf, prit la direction de l'école de l'Élite.

Mathieu tenait par la main Juliette d'Argent et

Juliette d'Or. Son cœur commençait à battre plus fort à mesure qu'il se rapprochait du vestibule de l'Élite. À son poignet, l'énorme montre de mort luisait, avec ses quatre aiguilles immobiles, soigneusement dissimulée sous sa manche.

– Tu as travaillé ? s'empressa Juliette d'Or. Tu connais la constitution sur le bout des doigts ? Tu es tout à fait prêt ?

– Il n'a pas travaillé, répondit Juliette d'Argent.

– Il ne sait rien du tout, ajouta Juliette d'Airain.

– *Comment !* s'emporta Juliette d'Or, stupéfaite. Tu n'as donc rien fait ?

– Il a préparé une tricherie, annonça la petite Juliette.

– Mais, Mathieu, *on ne peut pas tricher* pour entrer à l'école de l'Élite ! chuchota Juliette d'Or, alarmée. Tu ne peux pas *me* faire ça !

– Je sais très bien que tu ne m'attends que pour une chose, riposta Mathieu à voix basse. Que j'use mon génie en faveur de ton amoureux !

Juliette d'Or se retint de l'étrangler en surveillant M. Hidalf, qui avançait d'un pas imperturbable. Depuis quelques années, la jeune fille misait sur l'ingéniosité de son frère pour rencontrer ses conquêtes en toute discrétion, et échapper à la vigilance de leur père. Mais cette fois-ci, elle gardait jalousement ses secrets, et Mathieu ne savait rien de son dernier soupirant, sinon qu'il était membre de son futur établissement. Pour la première fois, Juliette avait un ennemi beaucoup plus compétent que M. Hidalf : l'effroyable comtesse Dacourt, directrice adjointe de l'école de l'Élite, qui traquait les amours clandestines avec un appétit d'ogre.

Arrivée au pied de l'incroyable Grille épineuse des Élitiens, la fratrie Hidalf se tut. Derrière les barreaux noirs, épais et tordus, hérissés de piques comme un mur de ronces, un arbre doré étincelait, pourvu de centaines de branches. Mme Hidalf elle-même ne put s'empêcher de l'admirer. Des étincelles semblaient crépiter autour de son tronc robuste. Il éclairait un vaste vestibule, au plafond si haut qu'on en distinguait difficilement les contours.

— Si Mathieu réussit son épreuve, il aura sa propre branche sur l'arbre, expliqua Juliette d'Airain d'un ton savant. Une branche qui grandira jusqu'à ce qu'il quitte l'école… ou qu'il se fasse assassiner par un des frères Estaffes.

— Juliette ! gronda Mme Hidalf. Je t'interdis de mentionner ces monstres en ma présence !

De part et d'autre de la Grille épineuse, deux pupitres vétustes, supportant chacun un énorme registre, se dressaient comme des gardiens de bois. Seuls un Élitien, un professeur ou un élève pouvaient ouvrir la grille, en signant l'un des deux registres.

– Il doit y avoir mon nom quelque part dans ces pages ! fit remarquer M. Hidalf avec fierté. Les registres gardent tout en mémoire !

S'emparant de la plume posée sur le pupitre extérieur, il écrivit son nom. Sa joie fut de courte durée.

– M. *Rigor Hidalf a été exclu de l'école de l'Élite pour transgression du règlement Magimel*, lut Mathieu à voix haute. Vous avez été exclu, père ! s'écria-t-il. Et moi qui croyais que vous étiez mon modèle !

– Oh ! Regardez ! intervint Juliette d'Airain en pointant son doigt sur l'Arbre doré.

Au sommet de celui-ci, une fine branche naissait en silence.

– Cela signifie qu'un enfant de onze ans vient d'être accepté ! commenta M. Hidalf.

Ce fut alors que la famille Hidalf remarqua une silhouette qui observait l'arbre depuis l'intérieur de l'école. C'était une femme vêtue d'une robe dorée, qui tenait sa tête entre ses mains tremblantes.

– Anna Pompous, bredouilla Mme Hidalf.

Mme Pompous tourna la tête dans leur direction.

– Cette branche est celle de mon petit Roméo, dit-elle. Il a été accepté !

Derrière l'arbre, une seconde grille, argentée, connue sous le nom de Grille inviolable, empêchait les visiteurs de se rendre dans les quartiers des trente Élitiens. Une ombre en jaillit silencieusement. Mathieu reconnut avec émotion la démarche déterminée, l'œil noir et les lèvres closes du capitaine Louis Serra. Il avait l'air plus épuisé que jamais, et ses cheveux d'un noir de jais blanchissaient sur les tempes, en dépit de son jeune âge. La petite Juliette bomba le torse, tandis que l'Élitien écrivait son nom sur le registre intérieur, situé de l'autre côté de la Grille épineuse. Elle s'ouvrit respectueusement.

– Mathieu Hidalf…, dit Louis Serra sans lever la tête. Vous êtes attendu par les Quatre Juges. Bonne chance.

*

Parvenu au pied de la tour des Épreuves, M. Hidalf conduisit sa famille dans un escalier couvert d'un épais tapis rouge, dans lequel s'enfonçaient ses talonnettes.

– La comtesse Dacourt a amélioré la décoration…, déclara-t-il. De mon temps, les marches étaient si usées qu'on devait s'accrocher aux rampes !

– Il paraît qu'aujourd'hui ce sont les marches de la tour des Punitions qui s'effritent, intervint Juliette d'Or.

Au palier du premier étage, les Hidalf rencontrèrent Méphistos Pompous, sous-consul de Soleil, et son fils Roméo. Les trois Juliette posèrent un regard attentif sur le petit garçon qui venait de quitter triomphalement la salle des Épreuves.

Les Pompous n'étaient pas n'importe qui. M. Hidalf les avait placés au sommet de sa liste des familles haïssables. La tradition voulait en effet que les Darnois, habitants de Darnar, et les Solélins, habitants de Soleil, se détestent de leur mieux. Et pour ne pas choquer la morale, M. Pompous et M. Hidalf avaient eu l'intelligence de se haïr depuis toujours. L'avantage était néanmoins à M. Pompous, premier sous-consul du royaume, tandis que M. Hidalf n'était que le second, le roi étant originaire de la cité de Soleil.

Roméo dévisagea Mathieu, puis il rougit en reconnaissant Juliette d'Or, occupée à parfaire sa coiffure. La jeune fille le considéra d'un œil indifférent.

– Il est temps que nous montions au balcon, décréta M. Hidalf avec gravité. Mathieu va concourir d'un instant à l'autre.

Alors les trois Juliette tombèrent dans les bras de leur frère. Il hésita à les rassurer en leur révélant sa future tricherie. Mais il ne pouvait pas prendre un tel risque devant les Pompous. Son père passa une main tremblante dans ses cheveux. Puis Mme Hidalf le serra contre elle si fort qu'il sentit battre son cœur. Mathieu était trop ému pour lui dissimuler la vérité. Elle était tout de même la femme qui lui avait offert son album de l'Élite ! Il murmura à son oreille :

– Si je meurs…

– Ne dis pas de sottises, l'interrompit Mme Hidalf, blafarde.

– Si je meurs, répéta Mathieu fermement, ce ne sera sûrement pas pour bien longtemps, maman.

Et M. et Mme Hidalf, suivis des trois Juliette, disparurent dans un escalier étroit, abandonnant Mathieu qui épia leur ombre jusqu'à ce qu'elle s'évanouisse. Lorsqu'il se retourna, il se trouva nez à nez avec le visage austère de Méphistos Pompous.

– Alors, pas de bêtise, cette année, Mathieu Hidalf ? railla le sous-consul de Soleil, enhardi par le succès de son fils.

– Pas cette année, monsieur, reconnut Mathieu. J'ai été occupé par *autre chose* de tout aussi captivant…

– Votre fameuse *tricherie*, n'est-ce pas ?

Un sourire machiavélique se dessina sur les lèvres du sous-consul de Soleil, qui chuchota :

– La moitié du public est constitué d'agents du service des fraudes. J'ai *personnellement* suivi votre dossier. Nous savons que vous avez présenté quatre Prétendants pour tester vos idées depuis l'année dernière… Chacune de vos connaissances a été surveillée pendant des mois. Et le sujet de votre épreuve vient d'être tiré au sort, par la main de la comtesse Dacourt en personne. J'ai peur, Mathieu Hidalf, que vous n'ayez pas réussi à la corrompre… Cet anniversaire ne sera probablement pas le plus heureux de votre vie.

– Merci pour vos conseils, répliqua poliment Mathieu. Mais apprenez, monsieur Pompous, que je n'ai pas présenté quatre Prétendants… mais quatorze. Et pas depuis un an… mais trois.

Mathieu affecta à son tour un sourire confiant, et demanda vivement :

– Ton épreuve s'est bien passée, Roméo ?

M. Pompous parut choqué de constater que les deux enfants ne se haïssaient pas plus que ça.

– Montons ! rugit-il. Je ne veux pas manquer l'épreuve du génie de la bêtise…

*

Mathieu était désormais seul dans le vestibule. Son cœur battait à tout rompre, et un mince sourire grimpait sur ses lèvres. Il consulta sa montre immobile. Il passait son épreuve à onze heures précises. Il fit tourner les premières aiguilles, vertes comme les iris de Juliette d'Or, jusqu'à onze heures cinq. Puis il fit tourner les aiguilles rouges jusqu'à onze heures dix. Cinq minutes. Le Dr Boitabon lui avait déconseillé d'utiliser un tel objet. Et il avait affirmé qu'au-delà de cinq minutes de mort, un enfant de onze ans prenait le risque de ne jamais se réveiller.

Mathieu serra les poings. Tout à coup, son nom retentit. Il traversa le fin voile noir qui lui masquait la salle des Épreuves. Il devait tenir cinq minutes. Après quoi sa montre prendrait le relais.

La salle d'examens était circulaire. La comtesse Armance Dacourt, directrice adjointe de l'école, trônait derrière une table nue. Plusieurs hommes étaient assis autour d'elle. Mais Mathieu n'avait d'attention que pour ses trois sœurs, qui s'agrippaient à la balustrade d'un balcon, juste au-dessus de la table des juges. Au deuxième balcon, il reconnut l'archiduc de Darnar, enflé comme s'il avait avalé une poule avec son œuf à la coque au petit déjeuner. À sa gauche, Stadir Origan, le mage le plus puissant du royaume, venait d'emprunter le fauteuil d'un Prétendant mécontent. Alors seulement, Mathieu découvrit que la tour des Épreuves était remplie à craquer. Des dizaines de balcons bondés se succédaient jusqu'au plafond. L'école comptait trois types d'élèves : les Prétendants, tout juste arrivés, les remarquables Apprentis, qui avaient fait leurs preuves, et les exceptionnels pré-Élitiens, qui côtoyaient déjà Louis Serra. Tous semblaient s'être donné rendez-vous pour assister à son épreuve. Alors, à la stupéfaction générale, plusieurs Élitiens pénétrèrent dans la tour, ce qui ne se produisait jamais. Ils devaient être intrigués par la légendaire réputation de Mathieu. Ce dernier identifia les silhouettes du robuste Robin Tilleul et du discret et non moins redoutable Jean de Courcelles, dont le visage était zébré de cicatrices. D'autres Élitiens les suivaient. Mathieu examinait leurs figures d'un air confus. Il connaissait chacune d'elles, parce qu'il les collectionnait depuis toujours dans son album de l'école.

*

Il fallut plusieurs secondes à Mathieu pour réaliser que la comtesse l'interpellait. Elle était belle et redoutable comme une eau sombre à la tombée du jour ; ses expressions les plus chaleureuses étaient toujours teintées d'une froideur dédaigneuse.

– Je demande à l'ensemble du public, particulièrement nombreux aujourd'hui, de bien vouloir se taire tout au long de l'épreuve. Mathieu Hidalf, veuillez approcher.

Mathieu avança, minuscule, au milieu de la tour gigantesque.

– Je vous présente vos juges, annonça la comtesse Dacourt. Tristan Boidoré, Apprenti, est responsable des Prétendants élitiens. C'est le premier juge.

Tristan n'était pas plus vieux qu'un adulte né

de la dernière pluie. Il avait des cheveux noirs et bouclés, un visage anguleux et une attitude extrêmement sérieuse.

– John Mid représente, quant à lui, les professeurs de l'école, ajouta la comtesse. C'est le deuxième juge.

Le professeur ressemblait comme deux gouttes d'eau à l'homme le plus cruel qu'on puisse imaginer. Il avait l'air froid et furieux de ceux qu'il vaut mieux ne déranger sous aucun prétexte, et arborait un nez qui aurait fait rougir la plupart des sorciers du royaume. Il considérait Mathieu de ses fins yeux noirs, tout en tapant sa pipe contre la table.

– Enfin, comme l'exige le règlement, un Élitien, Julius Maxima, assiste à l'audience. Cependant, le service des fraudes ayant noté que Julius Maxima a dîné au manoir Hidalf il y a quatre ans, c'est le pré-Élitien Peter de Nemours qui représente l'Élite astrienne. Il est votre troisième juge.

Des murmures s'échappèrent des balcons et Mathieu admit que le service des fraudes avait agi avec une précaution redoutable, quoique inutile. Le pré-Élitien Peter de Nemours, un jeune homme brillant à la beauté rare, lui adressa un sourire confiant.

– Le quatrième juge est la comtesse Dacourt en personne, déclara Julius Maxima. Votre examen, Mathieu Hidalf, se constituera d'une épreuve pratique et d'une épreuve théorique. Si, au cours de l'épreuve pratique, vous vous sentez en danger de mort, dites-le aussitôt. Vous serez secouru. Et vous aurez échoué.

Le regard de l'Élitien se durcit.

– J'ajoute à titre indicatif que toute tentative de tricherie est sanctionnée d'une interdiction d'épreuve *à vie*, Mathieu Hidalf.

Les murmures redoublèrent. Au premier étage, une série de silhouettes mystérieuses épiait les moindres faits et gestes de Mathieu, en prenant des notes.

– Nous allons ouvrir le bal par l'épreuve théorique, conclut le professeur Mid. Avant de commencer, avez-vous une question, Mathieu Hidalf ?

Mathieu consulta la pendule posée sur la table des juges. Il était onze heures quatre. Il n'avait plus une minute à perdre.

– Pourrais-je boire un verre d'eau, s'il vous plaît ? demanda-t-il d'une voix si faible qu'elle ne monta pas même jusqu'au premier balcon.

Tout allait se jouer maintenant, pensa-t-il. Il deviendrait le premier enfant à entrer à l'école en trichant, cela ne faisait plus aucun doute. Il recouvrit soigneusement sa montre étincelante, et approcha de la comtesse Dacourt, qui lui tendait un verre. Mathieu avait étudié le règlement pendant des nuits entières. Il était formel. *Tout*

*candidat qui mourait pendant l'épreuve était admis
dans l'école à titre posthume.* C'était tout ce qu'avait
imaginé la direction pour consoler les parents. Et
Mathieu avait trouvé la seule manière de tricher
et de tromper le service des fraudes. Oui, il allait
mourir. Mais uniquement le temps de devenir
Prétendant élitien… Le verdict des Quatre Juges
étant sans appel, une fois que Mathieu aurait été
accepté, rien ni personne ne pourrait lui faire
passer un second examen. Restait à savoir s'il se
réveillerait comme convenu après cinq minutes…

Mathieu avait atteint la table des juges. Peut-
être était-ce l'émotion qui lui faisait tourner la
tête, à moins que le sortilège de la montre ne com-
mençât à produire son effet mortel. Il éprouvait en
tout cas une curieuse sensation de froid. Sa famille
le dévisageait avec inquiétude. Il but le verre d'eau
à petites gorgées, et le lâcha théâtralement sur le
sol. Le verre se brisa en mille éclats scintillants.

– Quel maladroit ! commenta M. Pompous au
troisième balcon.

Mais Mathieu Hidalf était tombé sur le sol,
mort.

*

– Il a été empoisonné ! s'épouvanta Juliette
d'Airain. Papa, maman, faites quelque chose !
Mathieu est empoisonné !

À la table des juges, la comtesse Dacourt ordonna avec un sourire discret :

– Inutile de feindre un malaise, monsieur Hidalf. Relevez-vous.

Mathieu resta immobile, couché sur le côté. Tristan Boidoré bondit agilement par-dessus la table et se courba au-dessus de lui. Son teint changea de couleur.

– Faites vite venir Soupont ! s'écria-t-il.

– Que se passe-t-il ? balbutia la comtesse.

– Il meurt ! répondit Boidoré alarmé. Mathieu Hidalf meurt !

Et la comtesse renversa la carafe en approchant, tandis que M. Hidalf poussait un juron éléphantesque en dévalant l'escalier. Les sœurs Juliette et Mme Hidalf étaient immobiles. Elles semblaient, comme Bougetou, n'avoir plus qu'un corps pour quatre têtes blanches. Quant au public, il était glacé. M. Pompous lui-même avait perdu son sourire goguenard, et observait le corps inerte de Mathieu, oubliant qu'il n'était qu'un petit Darnois.

Si Mathieu Hidalf avait pu rire, à cet instant, il aurait trahi son incroyable tricherie. Car comme Boitabon l'avait prédit, pendant les premiers instants de sa mort, son corps serait inanimé, mais il entendrait et verrait tout. Par un curieux hasard, ses yeux ne portaient ni sur ses sœurs ni sur sa mère, mais sur le registre rouge de l'école, auquel les Quatre Juges devaient apposer leur signature pour en faire le seul enfant à avoir dupé le service des fraudes.

Mathieu éprouva tout de même un vague sentiment de culpabilité en songeant à l'effroi de Mme Hidalf et des Juliette. Elles seraient furieuses lorsqu'elles découvriraient qu'il était sain et sauf. Il entendit de l'agitation dans son dos, des pleurs, des cris. Il était conscient qu'il fallait en profiter ; rares étaient ceux qui avaient la chance de mourir plus d'une fois. Le médecin des Élitiens en personne, Gustave Soupont, l'enjamba. Mathieu craignit un instant qu'un docteur si renommé ne découvre le subterfuge. Mais le célèbre Soupont fut mystifié. Il annonça en reculant :

– Il est trop tard.

Une série de regards noirs tomba comme une massue sur la comtesse Dacourt. Enfin, alors que sa vision s'obscurcissait à chaque seconde, Mathieu entendit l'archiduc de Darnar prendre la parole :

– Vous connaissez le règlement… Ce pauvre enfant sera admis dans l'école de ses rêves…

– Je ne comprends pas, répétait Armance Dacourt en approchant du registre pour le signer.

Bien que son corps ne fût plus vivant, Mathieu réussit à sourire. Pendant deux minutes entières, il serait mort, complètement mort. Puis il se réveillerait… se relèverait… et savourerait sa victoire. Sa vue se brouilla subitement. Il plongea dans une ombre opaque, et mourut.

*

Lorsque Mathieu Hidalf revint à lui, un sourire courut sur ses lèvres engourdies. La première chose qu'il remarqua, en battant des paupières, fut qu'il avait quitté la tour des Épreuves. Il était assis dans un fauteuil immense. Au-dessus de lui, un lustre répandait de curieuses ombres sur un plafond voûté. Une fumée épaisse flottait dans l'air.

– J'ai ressuscité ! s'exclama-t-il joyeusement.

– Attendez de m'avoir écouté avant de vous en réjouir, répliqua une voix sèche que Mathieu ne reconnut pas. Levez-vous. Vous allez passer votre épreuve.

Pendant un bref instant, Mathieu aurait voulu mourir une seconde fois. Il n'en croyait pas ses oreilles. Qu'avait-il pu arriver ? Était-il possible qu'il ait échoué ? Il se redressa péniblement et reconnut le deuxième juge, John Mid, une pipe fumante coincée entre les dents. Il se trouvait sans doute dans l'appartement du professeur.

– Mais, monsieur, protesta-t-il vainement, je viens tout de même… de mourir !

– Tout le monde a été tenu au secret, poursuivit John Mid comme s'il n'avait rien entendu. La presse ne saura rien de l'incident. Mais inutile de vous le cacher, toute l'école est déjà au courant. Rien n'est jamais secret dans l'enceinte de l'Élite.

– Mais, monsieur, par la loi de maître Magimel, que j'ai beaucoup étudiée, si je suis mort pendant l'épreuve, et que je ressuscite après, je suis *Prétendant élitien* !

– Toutes les signatures sont apposées sur le registre de l'école, Mathieu Hidalf. Toutes, sauf une.

Un sourire mauvais éclaira le visage anguleux du professeur.

– *La mienne*…, ajouta-t-il d'un ton sinistre. J'avais pourtant la plume en main, prêt à faire de vous une légende vivante, lorsque votre mère est intervenue. En présence d'un certain Dr Boitabon, qu'elle avait chargé de vous espionner…

– Boitabon ! s'étrangla Mathieu. J'ai été trahi !

– Comme je suis le seul à n'avoir pas signé…, poursuivit John Mid, il est normal que je sois le seul à vous faire passer votre épreuve.

Mathieu n'écoutait plus. Le temps était compté et il devait impérativement trouver une idée de génie. Il ne lui manquait qu'une signature pour être admis. Une seule. Et s'il ne l'obtenait pas, il serait renvoyé au manoir, et sans doute interdit d'épreuve pour fraude avec préméditation. Et alors, il ne deviendrait jamais Prétendant élitien.

Le plus beau jour de sa vie allait devenir le plus calamiteux !

– Négocions, dit Mathieu, sévère et déterminé. Je suis extrêmement riche. Beaucoup plus riche que vous ne le pensez.

– J'ai la réputation d'être sévère et juste, déclara John Mid. Naturellement, c'est une réputation que je ne mérite pas, Mathieu Hidalf. Je suis sévère, et injuste. Vous êtes un enfant vénal, prétentieux et égoïste. Il ne vous reste qu'une chance d'entrer à l'école, et tout votre argent n'y changera rien.

Mathieu avait eu beaucoup de conversations similaires avec M. Hidalf. Lorsqu'il ne lui restait qu'une chance, il avait généralement une grosse concession à faire. Et pour devenir Prétendant, il était prêt aux plus grands sacrifices. Toute trace de peur disparut de son visage : il avait compris que négocier ne servirait à rien.

– Je vous écoute, dit-il d'un ton presque effrayant.

– Dans ces murs, la sérénissime comtesse Armance Dacourt croit diriger tout ce qui bouge. Je sais qu'elle serait prête à être adorable avec vous, si vous consentiez à l'aider dans sa mission la plus illustre.

– Je l'aiderai, indiqua Mathieu.

– Très bien. Pour votre esprit supérieur et déloyal, cette mission est enfantine.

Mathieu ferma les yeux pour mieux entendre.

– Vous devez aider la comtesse à identifier avant un mois l'amoureux de votre grande sœur, prénommée, je crois, Juliette d'Or, sorte de grande bécasse qui a hérité de l'intellect paternel des Hidalf et de la beauté légendaire de sa grand-mère. En cas d'échec, au nom du contrat que j'ai préparé, vous serez contraint de quitter l'école.

*

Mathieu pâlit d'effroi, se redressa et protesta avec une colère mêlée d'admiration :

– Mais c'est de la triche !

– Précisément, admit John Mid. Vous militez contre ?

– Mais moi, je suis un enfant, expliqua-t-il avec effroi, tandis que...

– Acceptez-vous *oui* ou *non* d'aider la comtesse Dacourt ? Votre entrée à l'école ne dépend que du contrat que nous signerons, *vous* et *moi*.

Mathieu revoyait les oreilles décollées de sa grande sœur que tout le monde trouvait si belle. Il était hors de question de la trahir... à cause du serment Papa en nage. Juliette pouvait à tout moment gâcher son enfance, en révélant seulement un tiers des secrets dont elle disposait sur son compte ! Et pourtant... Est-ce qu'elle ne lui avait pas joué un mauvais tour, lorsqu'il avait cinq ans, et qu'elle l'avait encouragé à signer le contrat Bougetou ? Et surtout, n'était-ce pas son unique chance de réaliser son rêve ? Il respira un grand coup.

– Monsieur, dit-il, ma grande sœur est tellement blonde que mon père prétend qu'elle ne mérite pas d'être de la famille, le blond étant la couleur des Solélins. Mais même si je voulais la trahir, je ne pourrais pas, à cause de plein de contrats que j'ai signés avec elle, et qui pourraient me compromettre gravement jusqu'à la fin de ma minorité. Pour finir, j'ignore qui est son amoureux. C'est injuste, mais elle a l'intelligence de ne pas me faire confiance. Je ne vous aiderai pas, ni vous ni la comtesse Dacourt. Je déteste mes sœurs, mais jamais je ne les trahirai au profit de…

– Votre fidélité vous honore, l'interrompit John Mid en refermant le registre de l'école. Je vous ai laissé une chance à la mesure de votre talent. Vous ne l'avez pas saisie. Au revoir.

Le professeur déposa une enveloppe cachetée devant Mathieu. Son expression changea alors radicalement.

– Mathieu Hidalf, commença-t-il en jetant un bref regard à la porte close de l'appartement, pour des raisons mystérieuses, le Serment rouge a été rompu… Les six frères Estaffes menacent à nouveau l'Élite astrienne. À moins d'un miracle, ils seront tôt ou tard entre nos murs. Quoi qu'en disent les journaux, les six frères sont capables de déjouer la vigilance de Stadir Origan… Comme ils l'ont déjà prouvé par le passé…

Stadir Origan faisait partie, avec maître Magimel et l'archiduc de Darnar, des vieillards les plus illustres du royaume. Et il était sans aucun doute le plus redoutable des trois. Sa barbe bleue l'avait rendu célèbre, et toutes sortes de rumeurs couraient sur son compte. On prétendait qu'il était le seul sorcier dont se méfiaient les frères Estaffes.

– Bientôt, reprit John Mid, les six frères franchiront la Grille épineuse et ils assassineront Louis Serra… Le capitaine est le premier à le savoir. Les Estaffes se rapprochent. Cette école est un enfer, Mathieu.

– Oui, monsieur, mais le manoir Hidalf avec ma punition, ce n'est pas non plus le paradis, tout de même !

John Mid perdit son air de confident, affecta son attitude de bourreau, et grommela avec dédain :

– Vous pouvez rentrer chez vous. Bon anniversaire.

Et il lui tourna le dos en s'engageant dans un escalier étriqué.

Une larme glissa le long du menton de Mathieu Hidalf. Il avait raté l'épreuve la plus importante de sa carrière ! Pire encore, le service des fraudes, humilié, le condamnerait à une interdiction perpétuelle d'épreuve ! Il avait tout simplement perdu toute chance de devenir Élitien… et le pire, c'est qu'il y avait renoncé pour sauver sa sœur ! Bien sûr, il aurait dû la trahir ! En moins d'une semaine, il aurait été capable de la piéger et de révéler à la comtesse l'identité de son amoureux !

– Que vais-je devenir ? balbutia-t-il. Mon père va me punir pendant une nouvelle année… Peut-être deux à cause de la montre de mort ! Ma mère va vouloir m'étrangler ! Et je serai privé d'histoires pendant toute ma minorité. Le royaume entier va me détester, sauf Bougetou, qui est trop bête pour comprendre ! Et je deviendrai un sous-consul aigri et richissime, comme papa…

Des pas retentirent à nouveau dans l'escalier par lequel John Mid avait pris la poudre d'escampette. Mathieu releva la tête, espérant que l'effrayant professeur revenait sur sa décision. Mais une silhouette noire et svelte venait d'émerger des ténèbres. Mathieu resta bouche bée. Louis Serra, majestueux, se manifesta pour la seconde fois en moins d'une heure.

– Mathieu Hidalf… Je devais absolument vous voir en privé.

Mathieu sécha aussitôt ses larmes, hésitant à dénoncer l'odieux stratagème proposé par John Mid.

– J'ai raté l'épreuve, capitaine, dit-il simplement.

L'Élitien jeta un coup d'œil distrait à l'enveloppe cachetée par un arbre doré.

– Je l'ai ratée, moi aussi, lorsque j'avais onze ans, décréta-t-il froidement. Je n'avais pas eu l'idée, comme vous, de mourir de gloire. Mais je ne suis pas ici pour évoquer votre épreuve. Avez-vous eu de nouvelles visions ?

Mathieu n'avait aucun don de voyant, du moins pas jusqu'à l'an passé. Lors de son dernier séjour au château du roi, le jour de ses dix ans, il s'était introduit secrètement dans l'école de l'Élite. En fuyant la comtesse Dacourt, il avait pénétré dans une galerie interdite… et avait fini par tomber au fond d'un gouffre effroyable. Alors, au lieu de périr noyé, il avait été plongé au cœur d'un rêve, un rêve mystérieux dans lequel il avait été témoin de la mort du roi. Les Élitiens n'avaient eu aucun doute : il avait assisté, depuis les entrailles de l'école, à une prophétie.

– Non, capitaine, dit-il lentement. Je n'ai pas eu d'autres visions.

Louis Serra le dévisagea puis ordonna avec une autorité à couper le souffle :

– Si vous faites un nouveau rêve, rendez-vous immédiatement à la tour Directrice et demandez qu'on m'avertisse. La comtesse Dacourt est prévenue.

– Je suis soulagé que vous ne soyez pas encore mort, soupira Mathieu.

– Hélas, les Estaffes semblent s'agiter…, répondit Louis Serra.

Et il s'engouffra à son tour dans l'escalier, plus silencieux qu'un fantôme.

*

Mathieu s'enfonça dans l'école et atteignit tristement l'Arbre doré, sous lequel M. et Mme Hidalf, les trois Juliette et le Dr Boitabon (absorbé par un abécédaire) patientaient en silence. Mathieu s'arrêta, embarrassé. À son grand étonnement, Mme Hidalf sourit jusqu'aux oreilles et se précipita dans ses bras.

– Mon chéri ! s'exclama-t-elle. Nous allons rentrer au manoir avec tes sœurs et te préparer le plus bel anniversaire que tu aies connu !

– Mais… Et ma tricherie ?

– N'en parlons plus ! Ne parlons plus ni de cette bêtise, ni de cette école.

Mathieu et les trois Juliette, qui faisaient semblant d'être vexées, franchirent la Grille épineuse.

– Tu aurais au moins pu mourir pour de bon, grommela M. Hidalf en quittant l'école à son tour.

– Regardez ! s'écria alors Juliette d'Airain.

Une nouvelle branche venait de pousser à la cime de l'Arbre doré.

— Ce doit être celle de Jurençon, le neveu du roi, annonça M. Hidalf, désespéré. Il passait juste après Mathieu !

La déception de Mathieu redoubla. Il était certainement le seul candidat à avoir été refusé.

— Vous m'en voulez ? chuchota-t-il à ses trois sœurs.

— Non, répondit sèchement Juliette d'Or. J'en veux à maman d'avoir révélé ta tricherie.

— Non, répondit Juliette d'Argent. Je suis heureuse que tu habites à nouveau avec nous.

— Non, répondit Juliette d'Airain, quoique j'aie honte d'être la sœur d'un tricheur. Mais il y a une morale à cette histoire.

— Oui, il y a une morale, renchérit M. Hidalf hors de lui. Un garçon devrait *toujours* se fier à son père, et jamais à sa mère ! Voilà la morale de cette funeste histoire !

— Rigor ! intervint Mme Hidalf, scandalisée.

— *Un an !* rugit-il, tourné vers son épouse. *Un an* entier avec nous au manoir ! Trois cent soixante-cinq jours de vingt-quatre heures chacun !

Il y eut un moment de silence pendant lequel tout le monde considéra Mme Hidalf avec gravité. Puis Juliette d'Or, les yeux encore brillants des larmes qu'elle avait versées, demanda doucement :

— Maman, puis-je passer la soirée avec vous au manoir ? L'école de danse est fermée demain en l'honneur du roi, et j'aimerais consoler mon petit frère.

– Je me consolerai très bien tout seul, riposta Mathieu.

– Si je comprends bien, avança M. Hidalf un peu dépité, je vais être seul à l'anniversaire du Grand Busier…

Le sous-consul embrassa ses trois filles et prit Mathieu par l'épaule.

– Mathieu Hidalf, dit-il gravement, j'ai plusieurs choses à te dire.

– Commencez par la dernière, balbutia Mathieu. De toute façon, je suis perdu à tout jamais.

– Je vais intenter un procès à ce John Mid de malheur, expliqua M. Hidalf d'un ton calme et impressionnant. Tu crois savoir de quoi maître Magimel est capable ? Détrompe-toi ! Pour une brosse à barbe, il prouverait que la Terre est ronde ! John Mid est le misanthrope le plus célèbre du royaume ; il me déteste personnellement ; il était donc invraisemblable qu'il supervise ton examen. Je vais le faire éjecter du château par la porte des nymphettes et tu repasseras une épreuve digne de ce nom, avec un juge acquis à notre cause. Cet imbécile d'ignare de Roméo Pompous serait accepté et pas toi ? C'est la meilleure ! Je suis formel : une tricherie comme la tienne mérite d'être récompensée ! Ensuite, je veux te dire, mon garçon, qu'en dépit de toutes tes bêtises, de toutes les fois où tu m'as humilié, tu restes mon fils, je reste ton père, et je…

M. Hidalf ponctua sa phrase d'un sourire embarrassé, avant de conclure :

— Bon anniversaire au manoir sans moi.

— Et la montre de mort ? remarqua Mathieu. Vous n'allez pas me remettre les pendules à l'heure ?

— Il y a trop de retard pour les remettre à l'heure, Mathieu, précisa M. Hidalf.

Le sous-consul disparut affronter la noblesse du royaume d'un pas conquérant, après avoir menacé ouvertement le mage Bergamote de ruiner sa réputation d'imposteur s'il arrivait malheur à sa famille, au cours du voyage de retour.

Au moment d'entrer dans l'eau, Mathieu serrait dans sa main l'enveloppe sur laquelle resplendissait l'arbre doré des Élitiens. Il la fourra dans sa chemise. Juliette d'Or passa un bras réconfortant autour de ses épaules, sans même se douter que l'enjeu de l'épreuve avait consisté à la trahir, et Mathieu soupira :

— Ah ! si seulement j'avais travaillé ! Je me souviendrai longtemps de cette bonne leçon…

Chapitre 3
Règlements de compte
à *L'Astre du jour*

Cet anniversaire était le premier que Mathieu fêtait au manoir familial avec les trois Juliette, sa mère et surtout en l'absence de M. Hidalf. Pour l'occasion, maître Magimel se fit un devoir d'être de la cérémonie. En prenant soin de ne pas piétiner sa barbe centenaire, il s'installa auprès d'eux sur la grande terrasse, en face de la mer exceptionnellement calme, tandis que Juliette d'Or, empourprée, chuchotait à l'oreille de ses deux sœurs attentives.

Les sourcils froncés, le nez retroussé, l'air furieux, Mathieu établissait de son côté une liste secrète, énumérant les noms des personnes auxquelles il ne pouvait désormais plus faire confiance. La vie serait moins drôle, à présent qu'il ne pouvait plus faire confiance à personne.

À table, la discussion s'orienta d'emblée sur John Mid, que Mathieu avait placé à la première place de sa liste, juste devant le Dr Boitabon qui avait eu l'idée ingénieuse de dîner en ville, ce soir-là. Curieusement, Mme Hidalf n'était pas mentionnée. Mathieu l'aimait trop en tant que mère pour ne plus lui accorder sa confiance en tant que traîtresse.

– John Mid est la personne que je déteste le plus au château après la comtesse Dacourt ! confia Juliette d'Or d'un ton dédaigneux. Il est effrayant, sinistre et cruel. Je suis bien heureuse de ne pas le connaître.

– Il a été autrefois proche de notre famille, Juliette, répliqua Mme Hidalf. Il lui est même arrivé de veiller sur ton berceau…

Mathieu intervint férocement :

– Vous ne devinerez jamais ! Ce tricheur m'a assuré que j'entrerais à l'école si j'aidais ma future pire ennemie, la comtesse Armance Dacourt, à découvrir l'identité de l'amoureux de…

Mathieu se tut juste à temps. L'obscurité masqua Juliette d'Or, qui ressemblait à un soleil couchant.

– L'amoureux de qui ? demanda Mme Hidalf, réjouie par ces intrigues.

– La nouvelle amoureuse de Louis Serra ! se rattrapa Mathieu en bombant le torse. Tout le monde sait que la comtesse Dacourt a été amoureuse du capitaine, et qu'elle en est atrocement jalouse. Je l'ai lu dans le magazine auquel vous êtes abonnée, maman : *Que se passe-t-il chez vos voisins ?*

– Je dîne une fois par an avec John Mid, révéla maître Magimel que les amours de la comtesse indifféraient. Ce juge est à mon avis beaucoup plus clairvoyant que les trois autres. Il existe *une règle* ancestrale qui régit les épreuves de l'école.

Tous les yeux de la famille Hidalf étaient posés sur le visage du magistrat.

– Si un élève la quitte un jour… il la quitte *pour toujours* ! Or, la célèbre épreuve du Premier Mois, comme son nom l'indique, a lieu moins de trente jours après celle du Prétendant. Il suffit de la rater pour être exclu à tout jamais de l'école… Si John Mid rencontre un garçon qui a un réel potentiel… un garçon comme Mathieu, qui n'a que le défaut d'être très jeune…

– Plus si jeune que ça, tout de même ! objecta Mathieu.

– Il se peut, reprit Magimel avec gravité, qu'il décide de le faire patienter un an, simplement pour lui donner davantage de chances de réussir l'épreuve du Premier Mois. C'est exactement ce qui est arrivé à Louis Serra.

– Quoi ! s'exclamèrent les Juliette d'une seule voix. Il a raté son épreuve ?

– Je m'en souviens d'autant mieux que j'étais le quatrième juge ! précisa Magimel en écartant les bras d'un air tout-puissant.

– Comment était Louis Serra à onze ans ? Il me

ressemblait, je pense ? questionna Mathieu. Est-ce qu'il avait trois sœurs ?

– À onze ans, en dépit de qualités prometteuses, Louis était un enfant beaucoup trop colérique, impatient et solitaire. Aujourd'hui encore, il est trop exigeant et ne compte que sur lui-même. Ce sont ses principaux défauts. À douze ans, mieux préparé, il a remarquablement réussi l'épreuve… et le voici devenu le seul capitaine de l'Élite à avoir survécu plus de dix ans aux frères Estaffes.

Mathieu réfléchit intensément à cette explication savante. Et soudain, il éructa :

– Ça alors ! Je viens de tout comprendre ! Je suis sans doute le meilleur de tous les candidats, puisque je suis le seul à avoir été refusé ! Quand je vais apprendre ça à papa, il va être drôlement fier ! Je vais lui envoyer une lettre tout de suite.

– Tu oublies un détail, rectifia Juliette d'Airain en levant l'index. Tricher est une *faute* ! Tu seras sévèrement puni… et interdit d'épreuve pour le restant de tes jours.

Foudroyé, anéanti, ruiné dans ses moindres espérances, Mathieu s'écria :

– Comment mon propre père a-t-il pu me laisser tricher délibérément sans m'ouvrir les yeux !

En entendant ces mots, dans la pénombre, Mme Hidalf se promit d'accueillir son mari comme il se devait, dès son retour.

Deux heures plus tard, la lune étincelait dans le ciel noir. Le rossignol qui berçait Juliette d'Or se tut. Et les quatre enfants Hidalf piquèrent du nez dans leur assiette mal raclée. Les dîneurs se levaient, prêts à gagner leur chambre, lorsque Mathieu intervint :

— Vous ne croyez pas avoir oublié quelque chose de majeur ?

— À propos de Louis Serra ? interrogea vivement Juliette d'Airain.

— À propos de ce que les parents aimants ont coutume d'offrir à leurs enfants, le jour de leur anniversaire, pour leur signifier leur affection et leur faire croire que grandir n'est pas si grave, expliqua Mathieu. Des *cadeaux* ! Il sera bientôt minuit, et j'ai aussi peu de cadeaux qu'un jour inutile !

Mme Hidalf et maître Magimel sourirent dans la pénombre, tandis que les Juliette couraient à leurs présents.

— Je dispense Juliette d'Or de son ballet interminable, s'empressa d'ajouter Mathieu. Je dispense Juliette d'Argent de ses soins corporels pour chien à quatre têtes. Et surtout, je dispense *à perpétuité* Juliette d'Airain de ses poèmes à rimes décousues.

Juliette d'Airain leva la tête, affreusement vexée d'être calomniée devant maître Magimel auquel elle vouait une admiration sans bornes.

– Je n'avais pas composé un poème en rimes décousues, espèce d'analphabète, répliqua-t-elle en quittant la table. Mais une *élégie* exemplaire sur ton épreuve, avec double moralité fracassante.

– Si j'étais un *analphabète*, je saurais sûrement ce que ça veut dire ! rétorqua brillamment Mathieu.

Mlles Juliette d'Or et d'Argent suivirent leur petite sœur à l'intérieur du manoir. Et Mathieu eut la joie d'ouvrir ses cadeaux en fils unique.

*

Lorsqu'il se coucha cette nuit-là, Mathieu serrait contre lui le présent de maître Magimel. Il s'agissait d'un petit livre qui n'avait l'air de rien du tout. Mais il avait été écrit par la plume soigneuse du vieux juriste, et n'existait à ce titre qu'en un seul exemplaire.

D'habitude, Mathieu détestait les livres. Mais celui-ci avait une valeur inestimable. Il s'agissait d'un compte rendu précis de chaque faille du nouveau règlement instauré par la comtesse Dacourt, dans l'école de l'Élite ; il s'intitulait : *Toutes les lois que je peux enfreindre impunément, par maître Barjaut Magimel, à l'attention de Mathieu Hidalf.* En première page, le juriste avait rédigé une courte dédicace : *Faites-en bon usage. Vivement vos douze ans !* Mathieu était sans doute le seul et unique enfant à disposer des éléments pour contourner le règlement Dacourt. L'ennui, c'est qu'il n'était pas Prétendant élitien… Il poussa un soupir désespéré. Il avait pourtant passé des heures et des heures à éplucher le règlement de l'épreuve. Il lui avait fallu des jours entiers pour avoir l'idée d'utiliser la montre de mort. Puis il avait correspondu avec Magimel pour s'assurer qu'une fois les signatures apposées le tour serait joué. Mais pour la première fois, quelqu'un dans le manoir avait été plus habile que lui. Bien sûr, il s'était toujours méfié de son père, plus facile à berner qu'un corbeau mangeur de fromage. Mais il aurait dû se douter que le Dr Boitabon risquait de le trahir auprès de Mme Hidalf. Et si toutefois maître Magimel avait vu juste ? Le sinistre John Mid avait peut-être préféré lui donner une année de plus, pour grandir ?

Mathieu ricana. *Grandir ?* Et pour quoi faire ! C'était chaque année la même histoire : il restait enfant. Il se promit de commencer à travailler dès cette nuit-là et monta dignement au sommet de sa pile des ouvrages non lus. Il ouvrit la redoutable constitution des Élitiens, prêt à la dévorer.

Ses paupières tremblaient de colère et de fatigue. Il sentit soudain son corps se refroidir. C'était sans doute un effet secondaire de la montre de mort… Il vit, au loin, sur son bureau nu, l'enveloppe remise par John Mid. Il lui faudrait donc attendre trois cent soixante-cinq jours interminables avant de retenter sa chance… Du moins, si le service des fraudes acceptait qu'il paie sa tricherie par une amende colossale…, pensa Mathieu en s'endormant, de plus en plus glacé.

*

Dans sa chambre, un étage plus bas, Juliette d'Or reposait d'une main lasse le livret d'opéra qu'elle avait emprunté à la bibliothèque du manoir, et dans lequel elle dissimulait des lettres d'amour. Sire Théodore, le crapaud verdâtre que M. Hidalf lui avait offert pour ses dix-sept ans alors qu'elle réclamait un prince, la contemplait d'un air chevaleresque, tandis que la nymphette qui voletait au-dessus d'eux planait jusqu'à une poutre, plongeant peu à peu la chambre dans les ténèbres. Théodore poussa un coassement protecteur et Juliette un long soupir.

Elle avait à peine fermé l'œil lorsque des bruits légers, provenant de la chambre de son frère, retinrent son attention. Mathieu manigançait régulièrement des actions inavouables au cœur de la nuit. Par curiosité, elle entrouvrit la porte de sa chambre. Son cœur fit un bond. Mathieu était debout, au milieu de l'escalier, et observait les marches d'un air absent, comme s'il scrutait quelque chose d'invisible.

– Qu'est-ce que tu fabriques ? chuchota Juliette. Tu veux te venger de Boitabon ?

Théodore le crapaud mit la patte dehors avec hardiesse, mais en apercevant l'éclat du poil de Griffrigor, le chat le plus impitoyable du monde, il courut se réfugier au fond de sa cage.

– Mathieu ! lança Juliette. Est-ce que tu te sens bien ?

Mathieu remonta dans sa chambre. Inquiète, Juliette gravit les marches qui la séparaient de son frère. Il était allongé sur son lit. Elle approcha et déposa un baiser sur sa joue, glacée et pâle comme de la neige.

– Mathieu ? dit-elle d'une voix faible.

Son frère ne réagit pas. Juliette poussa un cri d'affolement en le secouant de toutes ses forces, sans qu'il s'éveille. Tentant de rassembler ses esprits, elle passa la main sur ses deux poignets. Ils étaient nus. Aucune trace de la montre de mort. Et si elle avait eu un effet secondaire mortel ? Tremblante, Juliette poussa un nouveau cri et dévala l'escalier de la tour des Enfants.

*

Mathieu Hidalf n'était pas mort une nouvelle fois. Au contraire, il se sentait bien vivant, et même doublement vivant. Un vent glacial avait balayé sa chambre et un escalier aux marches abruptes comme des falaises s'était soulevé devant lui.

Il reconnut l'escalier avec un frémissement; c'était celui de la tour du Roi. Une silhouette surgit de l'ombre. Sa propre silhouette! Un second Mathieu Hidalf montait l'escalier, seul. Comme dans un rêve, Mathieu le voyait d'en haut. Il n'y avait guère songé en se couchant, cette nuit-là, mais un an plus tôt, heure pour heure, il avait fait une mauvaise chute dans un gouffre de l'école de l'Élite... au fond duquel il avait assisté à d'étranges visions.

Contrairement à l'an passé, Mathieu observa son double attentivement. Il était toujours aussi petit, c'est-à-dire comme un enfant de onze ans, mais sur son dos... Aucun doute! Il portait l'uniforme noir de l'école! Son cœur se mit à battre à tout rompre. Le futur ne pouvait pas mentir : il deviendrait donc Prétendant élitien!

Comme la première fois, son double livide montait l'escalier interminable. Au sommet, il pénétrait dans une suite gigantesque et luxueuse : l'appartement du roi. Mathieu frémit malgré lui. Dans son vaste lit doré, enseveli sous une pluie de couvertures, le Grand Busier venait d'achever son dernier rêve. Les paupières ouvertes, pâle et inexpressif, le roi était mort. Alors, la vue de Mathieu se brouilla, un nouveau vent glacial s'abattit sur lui. Les contours d'une pièce se dessinèrent. Il reconnut le capitaine Louis Serra. Une silhouette, plongée dans l'ombre, lui faisait face. Louis Serra discutait, mais Mathieu n'entendait que des sons assourdis et indistincts. Cette vision était nouvelle. L'an dernier, l'Élitien n'était pas apparu dans son rêve. Soudain, l'œil noir du capitaine trahit une émotion indescriptible ; un mélange d'effroi, de stupéfaction et de dégoût. Un éclat vert resplendit dans la pièce, et Mathieu devina que Louis Serra était nez à nez avec l'un des frères Estaffes. Il poussa un cri de terreur. Sa chambre réapparut.

La pile de livres non lus n'avait pas diminué, et se dressait toujours comme un donjon imprenable. Mathieu secoua la tête. Il venait de voir Louis Serra, seul, à la merci d'un de ses pires ennemis ! Il devait avertir le royaume !

Il ne remarqua pas que la porte de sa chambre était entrouverte ni que l'escalier de la tour des Enfants croulait sous la lumière de plusieurs nymphettes. Il bondit hors de son lit en grelottant, pour aller chercher sa mère. Mais une nouvelle vague de froid s'abattit sur lui comme un coup de poignard. Tout s'assombrit. Alors, au milieu du silence, il entendit des cris perçants. Une vive lumière l'éblouit peu à peu. Le tronc robuste de l'Arbre doré se dessina sous ses yeux. Un garçon, sans doute un Prétendant élitien, pénétrait dans l'école. Mathieu ne parvenait pas à distinguer son visage. L'enfant lui tournait le dos. Cinq ombres surgirent du néant. Cinq ombres vertes : les frères Estaffes. Un fracas effroyable retentit. L'acier noir de la Grille épineuse se tordait comme sous la pression d'un monstre. Les cinq frères la franchirent, évitant les piques acérées. Ils avançaient désormais sous l'arbre, vers le mystérieux Prétendant. Lorsqu'ils atteignirent la célèbre Grille inviolable, que personne d'autre que les Élitiens n'avait jamais franchie, les barreaux argentés de celle-ci s'écartèrent violemment. L'Arbre doré parut s'éteindre. Le Prétendant et les Estaffes s'engouffrèrent dans le repaire des trente Élitiens.

Le vent souffla en rafales, Mathieu sentit le sol trembler sous ses pieds. Une main se saisit de la sienne. Mais il aurait juré qu'il ne rêvait plus. Quelqu'un lui mit alors un objet entre les mains. Un objet rectangulaire. Sans doute un livre.

*

Juliette d'Or poussa un hurlement et Mathieu ouvrit brusquement les yeux. Sa sœur, en robe de chambre, l'air effaré, l'agrippait de toutes ses forces. Six nymphettes du soleil battaient des ailes au-dessus d'eux, et Théodore le crapaud bondissait autour de sa maîtresse d'un air paniqué.

– Mathieu ! Est-ce que tu m'entends ?

Derrière l'aînée de la fratrie, Juliette d'Argent,

frémissante, et Juliette d'Airain, en sanglots, venaient d'entrer avec Mme Hidalf.

– Qui a hurlé comme ça ? intervint leur mère avec autorité.

– Mathieu a fait un cauchemar, expliqua Juliette d'Or en reprenant son souffle. Je suis entrée dans sa chambre, je l'ai secoué sans qu'il réagisse ! Alors, je suis descendue prévenir les Juliette… Et lorsque… et lorsque je suis remontée, il était au milieu de la pièce, en train de hurler.

Mme Hidalf dévisagea son fils avec inquiétude.

– Mais ce n'est pas tout, balbutia Juliette au bord des larmes. Il a tendu la main à quelqu'un d'invisible ! Et… un livre… un livre y est apparu !

– Je crois qu'il faut enfermer Juliette, maman ! répliqua Mathieu. D'abord elle entre dans ma chambre par effraction, ce qui est scandaleux, surtout que la sienne est la plus grande et qu'elle n'habite même plus au manoir ! Ensuite, elle invente des histoires à dormir debout !

Les nymphettes tournoyèrent autour de Mathieu. Mme Hidalf, l'œil hagard, porta une main à son cœur. Mathieu lui-même resta figé ; il tenait un recueil de contes à la main droite. Il desserra lentement son étreinte. Le recueil tomba par terre.

– Mathieu, ce livre provient de ta bibliothèque, n'est-ce pas ? l'interrogea sévèrement Mme Hidalf.

– Puisque je vous dis que non ! explosa Juliette d'Or. Je l'ai vu *apparaître* dans sa main !

Mathieu ramassa l'exemplaire défraîchi avec un frémissement et regretta longtemps sa réaction.

– Ça alors ! s'écria-t-il. *Les contes déconseillés aux enfants de moins de seize ans* de la grand-mère édentée !

La grand-mère édentée était une vieille sorcière, devenue la plus célèbre conteuse du royaume. Mathieu l'avait mariée l'an passé au roi, pour fêter sa dernière bêtise. Quoique reine, la sorcière avait regagné sa chaumière au plus profond des forêts, sans donner de nouvelles. Mathieu avait toujours rêvé de posséder une des rares éditions des *Contes déconseillés aux lecteurs de moins de seize ans*. Il ouvrit le recueil d'une main religieuse et demeura stupéfait. L'écriture était celle de la conteuse en personne, qu'il connaissait parfaitement pour avoir souvent correspondu avec elle.

– C'est un original ! s'égosilla-t-il. Une édition manuscrite ! Ce livre est unique ! Il vaut une fortune ! C'est le plus beau jour de ma sinistre existence !

Mme Hidalf faillit s'évanouir, et Juliette d'Or courut réveiller le Dr Boitabon, malgré son incompétence notoire en rêves saugrenus.

– Il y a même une dédicace ! remarqua Mathieu qui en oubliait sa vision.

– Mais elle ne t'est pas adressée…, commenta Juliette d'Airain.

On pouvait lire, de l'écriture de la grand-mère édentée, ces quelques mots : *Pour Ariane et Timothée, qui ont osé s'aimer envers et contre tout. Et pour leur petit trésor. Voici la plus belle histoire d'amour du peuple helios.*

Si Mathieu avait eu les yeux tournés vers sa mère, il aurait surpris une lueur d'effroi sur son visage. Au lieu de cela, il soupira :

– La grand-mère édentée n'a plus toute sa tête, car les Helios ne vivent jamais d'histoire d'amour ! Je peux vous le dire, moi !

– Regarde, il y a un autre mot ! s'exclama Juliette d'Airain.

Toute la famille se pencha par-dessus son épaule. Une petite carte était glissée dans la reliure. Elle disait simplement : *À Mathieu Hidalf, le génie de la bêtise, pour son onzième anniversaire.*

– Qui a bien pu t'envoyer ce texte dans un rêve ? balbutia Juliette d'Or.

Mathieu fouillait justement dans sa mémoire, persuadé d'avoir déjà vu cette écriture par le passé, mais incapable de se rappeler où ni dans quel contexte, lui qui était pourtant un expert en graphologie. Un jour où l'autre, il trouverait qui avait rédigé cette carte, qu'il mit soigneusement de côté.

Boitabon et Mme Hidalf passèrent la nuit à son chevet. Mme Hidalf était morte d'inquiétude à cause de l'apparition du livre de contes qu'elle confisqua aussitôt, au grand désespoir de son fils qui lui promit d'affreuses représailles. Il comprit que la dédicace mystérieuse, inscrite sur la première page du recueil, n'était pas étrangère à la réaction de sa mère. Hélas ! cette dernière refusa de prononcer le moindre mot à son sujet.

Avant de se coucher, Mathieu avait hésité à faire réveiller maître Magimel pour le prier d'avertir Louis Serra. Mais curieusement, un pressentiment l'en empêcha. C'était comme s'il avait voulu garder, au moins pour une nuit, ces images horribles qu'il avait aperçues. Dans l'obscurité, il essayait de déterminer si l'apparition du recueil de contes était liée ou non à ses visions. Peut-être s'agissait-il d'une simple coïncidence, et d'un réel cadeau d'anniversaire ? Mais pourquoi l'auteur de ce cadeau n'avait-il pas signé la carte ? Et qui étaient ces personnes désignées par la grand-mère édentée, dans sa dédicace ? Il tomba malheureusement dans un sommeil sans rêves avant d'avoir répondu à la moindre de ces questions.

*

Le lendemain, Mathieu s'éveilla tardivement. Le Dr Boitabon s'était endormi sur sa chaise à bascule, et sa mère avait disparu. Bien que le médecin représentât une cible facile, Mathieu quitta sa chambre sur la pointe des pieds. En approchant de la bibliothèque, il entendit des voix suspectes et s'en rapprocha à pas de loup.

— Il ne faut pas qu'il le voie, chuchotait Juliette d'Or. Après sa fièvre d'hier soir, qui sait de quoi il serait capable ?

Mathieu ouvrit brusquement la porte. Ses trois sœurs se tournèrent vers lui avec l'air innocent de trois agneaux.

— Tu vas mieux ? s'empressa Juliette d'Argent.

— Je vais très bien, répondit Mathieu. Maintenant dites-moi tout de suite ce que vous mijotez !

Ses trois sœurs firent exactement la même tête que lorsque M. Hidalf les accusait à juste titre d'une bêtise d'envergure. Elles étaient en train de lire un exemplaire tout neuf de *L'Astre du jour*, dérobé à maître Magimel.

— Louis Serra est mort, n'est-ce pas ? balbutia Mathieu. Je le savais ! J'aurais pu l'éviter ! Tout est ma faute !

— Hélas, c'est pire que ça ! répliqua Juliette d'Or.

Mathieu fit un pas de recul. Qu'est-ce qui pouvait être pire que la mort du capitaine ?

En troisième page de *L'Astre du jour*, un paragraphe était titré :

Les espoirs de l'outrecuidant Mathieu Hidalf
s'évanouissent !

– Moi ? *Outrecuidant !* s'emporta Mathieu. Je ne peux pas être *outrecuidant !* Je ne sais même pas ce que ça veut dire !

Juliette d'Airain allait le lui expliquer avec un vif plaisir, mais Juliette d'Or l'en dissuada d'un regard. Mathieu s'empara du journal et reconnut avec inquiétude le nom du journaliste, qui n'était autre qu'un parent du sous-consul de Soleil. Tout cela sentait le complot à plein nez.

– Cet article est un outrage ! rugit Juliette d'Or.

Hier, comme chaque neuvième jour du mois des Rois, le tristement célèbre Mathieu Hidalf a su faire parler de lui, lut avidement Mathieu. *Faute d'accomplir sa traditionnelle bêtise, l'enfant le plus prétentieux du royaume, fils du sous-consul de Darnar, avait promis qu'il deviendrait le premier candidat à devenir Prétendant élitien en trompant la vigilance du service des fraudes. Hélas ! personne ne saura jamais si Mathieu Hidalf pouvait, oui ou non, réussir son pari… Car le pauvre garçon, sans doute impressionné par les Quatre Juges, s'est évanoui avant même le début de son épreuve !*

– Mais c'est faux ! s'épouvanta Mathieu.

– Le pire est à venir, annonça Juliette d'Or.

« *Mathieu Hidalf, rapporte Méphistos Pompous qui a assisté au drame, a finalement réussi à entrer dans l'histoire de l'école, comme il en rêvait ! À ce jour, il est le seul candidat à avoir raté son épreuve avant même de l'avoir commencée. À peine arrivé devant la comtesse Armance Dacourt, le fils de mon cher ami et collègue Rigor Hidalf a malheureusement perdu connaissance.* »

Mathieu Hidalf a donné sa version des faits : selon lui, il serait mort au cours de l'épreuve. C'est sans doute pourquoi il en est ressorti bel et bien vivant, une demi-heure plus tard. « *Il est évident que le pauvre garçon n'a jamais eu l'intention de tromper le service des fraudes, nous confie Méphistos Pompous, et qu'il n'a entretenu cette rumeur que pour se faire remarquer, ce qu'on ne peut pas lui reprocher, compte tenu de l'éducation qu'il a reçue. D'ailleurs, nous n'avons jamais pris sa menace au sérieux.* »

– Je meurs de honte ! étouffa Mathieu. Il me fait passer pour un imbécile !

– Si papa tombe sur cet article, nous sommes repartis pour une guerre des médias ! remarqua Juliette d'Argent.

– Le pire est à venir, avertit la grande Juliette.

Le brillant Roméo Pompous a, quant à lui, intégré l'école avec les félicitations du jury. Son père, fier mais réaliste, a tenu à minimiser cette incroyable performance : « Je ne peux pas louanger Roméo, car il n'a pas fourni autant d'efforts qu'il aurait dû, même s'il a remarquablement accompli son épreuve. Par ailleurs, l'amitié sincère que j'éprouve pour la famille Hidalf m'empêche de fêter dignement cet événement. Je souhaite au petit Mathieu un prompt rétablissement. »

Résultat des courses ? Le sous-consul de Soleil arrosait hier le succès de Roméo, au célèbre Darnois écartelé, un des plus fastueux restaurants de Soleil, tandis que M. Rigor Hidalf s'apprêtait une nouvelle fois à dévorer sa perruque ! Comme l'an passé, des réseaux de paris illégaux ont été démantelés… Selon nos sources, Rigor Hidalf en personne aurait été mis en examen… pour avoir parié sur la tricherie de son propre fils !

– Je suis parjuré ! s'écria Mathieu.

– Si maman voit cet article, papa va devoir déménager ! remarqua Juliette d'Argent.

– Le pire est à venir, répéta Juliette d'Or.

Mathieu reprit sa lecture, impatient de savoir ce qui pouvait être pire que ça.

Rappelons néanmoins qu'un enfant de la famille Hidalf, la jolie Juliette d'Or, a pour sa part été acceptée avec succès en troisième année de Ballet-danse, au château du roi.

C'était la fin de l'article. Mathieu considéra sa sœur aînée d'un air perplexe.

– Eh bien, qu'y a-t-il de pire ?

– *Jolie !* articula Juliette d'Or comme si ce mot sortait du four. *Jolie !* Voilà tout ce qu'ils ont trouvé à dire ! *Jolie*, autrement dit pas assez belle pour qu'ils écrivent *belle*, voire même *très belle* ! Cet article est un complot contre moi !

– C'est à cause de tes oreilles, suggéra Mathieu en haussant les épaules.

Et Juliette d'Or s'enfuit, au bord des larmes.

– Moi, je crois plutôt qu'elle s'en est bien sortie, parce que Roméo Pompous est amoureux d'elle, fit remarquer Mathieu.

– *Quoi ?* bredouilla Juliette d'Airain.

– Tu n'as pas remarqué comme il tremble chaque fois qu'elle est là ? On dirait papa devant le trône du consul de Darnar !

Juliette d'Airain claqua la porte d'un coup de son poignet chétif. Mathieu dévisagea Juliette d'Argent, sa sœur du milieu, et lui dit avec étonnement :

– Elle a sept ans, et elle est amoureuse d'un idiot, et solélin en plus ! Tu imagines s'ils se marient ? Juliette et Roméo Pompous ! Ce serait une histoire tragique, car papa et le père de Roméo se tueraient le jour des noces ! Mes sœurs sont folles !

Et Juliette d'Argent débarrassa le plancher à son tour, laissant Mathieu seul avec son chien à quatre têtes.

– Il m'arrive de penser, Bougetou, que nous sommes pareils, toi et moi, lui confia Mathieu. Tu as quatre têtes et un seul cerveau. Les enfants Hidalf aussi…

Il leva les yeux au ciel, et conclut avec un sourire triomphal :

– Heureusement, c'est moi qui l'ai eu !

Bougetou approuva de quatre aboiements sonores, et Mathieu remonta dans sa chambre.

*

À midi, Mme Hidalf convoqua la fratrie au salon. Elle tenait en main le dernier exemplaire de *L'Astre du jour*, qui avait décidément plus d'une nouvelle dans son sac ce jour-là. Lorsque chacun fut attentif, elle lut calmement :

– *Le mage Stadir Origan s'étant absenté pour une mission en accord avec les forces élitiennes, le mage Poucet Bergamote a pris sa place de sorcier des bassins, pour ne pas bloquer les transports de personnes à l'intérieur du royaume. Nous avons appris aujourd'hui de la bouche du conseiller des transports que le mage Bergamote avait par erreur rejoint un bassin de haute* montagne, en compagnie du sous-consul de Darnar, M. Rigor Hidalf. *Le bassin étant gelé, le mage et le sous-consul se sont assommés.*

— Papa est mort ! s'écria Mathieu.

— Mais non, répondit Mme Hidalf d'un ton apaisant. *Le sous-consul de Darnar est parvenu à ramener le sorcier Bergamote inconscient jusqu'au château du roi. Nous sommes donc en mesure d'affirmer que, dans l'attente du retour de Stadir Origan, tous les transports de personnes par bassin sont annulés jusqu'à nouvel ordre.*

Mme Hidalf replia le journal et annonça à sa fille aînée :

— Ma chère Juliette, tu vas manquer l'école quelques jours…

— Papa est un héros ! se réjouit Juliette d'Airain.

— Oui, admit Mathieu, un héros qui ne sera pas de retour tant qu'Origan n'aura pas fini sa mission, qui durera au moins un an, je parie ! Nous sommes libres !

*

À minuit, Mathieu faisait les cent pas au sommet de la tour des Enfants. Il était résolu à convoquer au plus tôt Olivier Tilleul, son reporter attitré à *L'Astre du jour*, pour rétablir la vérité. Le monde entier saurait qu'il avait trompé le service des fraudes, et que sa mère seule l'avait fait échouer ! Il se mit au lit. La mer était agitée. Il entendait le remous des vagues s'écrasant contre les remparts du manoir. Décidé à se forger le caractère, Mathieu s'empara de la constitution des Élitiens. Il y mit tout son cœur et atteignit avec une joie intense la page 4. Il avait rarement été aussi fier de lui ! Soucieux de ne pas tout relire le lendemain, il partit en quête d'un marque-page. Ce genre de choses ne courait pas les tiroirs de sa chambre, à cause de tous les livres qu'il n'avait jamais lus.

Mathieu repéra alors l'enveloppe de John Mid, qui resplendissait sur son bureau nu comme un ver. Il se traîna hors de son lit, attrapa l'enveloppe, se recoucha et la glissa à la page 4.

Il aurait dû souffler sa bougie, à présent. Mais l'arbre doré qui scintillait sur le papier blanc l'intriguait malgré lui. Il songea pour la première fois qu'il était temps d'affronter les commentaires de John Mid. D'un geste vif, il décacheta l'enveloppe, brisant les fines branches en feuille d'or.

*

Mathieu se frotta les yeux, relut les quelques lignes, se frotta à nouveau les yeux, se pinça jusqu'à grimacer, mais rien à faire, cette fois-ci, il ne rêvait pas ! Il relut encore à voix haute :

– M. *Mathieu Hidalf obtient sa dérogation pour*

entrer à l'école de l'Élite avec mes félicitations. Je lui prédis un brillant avenir, aussi brillant que les cheveux blonds de sa sœur aînée Juliette d'Or.

Aucune signature ne suivait, mais ce ne pouvait être que l'écriture de John Mid ! Mathieu fouilla l'enveloppe avec excitation et en sortit une deuxième feuille, sur laquelle un subalterne avait écrit :

Mme la comtesse Armance Dacourt, directrice adjointe et responsable du bon déroulement de votre scolarité dans l'école de l'Élite, a l'honneur de vous avertir que le seul et unique bagage requis est votre luide (uniforme officiel de l'école). Par ailleurs, la direction vous rappelle que votre luide est un objet magique extrêmement puissant et strictement personnel. En vertu de la loi Hidalf 2, son prêt ou sa location à une personne tierce pour quelque usage que ce soit est désormais passible d'une poursuite en justice. Enfin, nous avertissons les Prétendants qu'au nom de la loi Hidalf 3 des fouilles seront possiblement effectuées cette année avant l'accès à l'établissement.

Mathieu se débarrassa de cette feuille peu attendrissante et en sortit une troisième.

Le candidat qui a été accepté dans l'école doit impérativement déchirer cette feuille en deux, d'un geste

*brusque, pour confirmer sa venue, au cours de la
semaine ayant suivi son épreuve du Prétendant.*

*Poucet Bergamote, professeur émérite et premier
mage de la cour.*

Mathieu relut trois fois la lettre, puis il la
déchira brutalement.

Une pluie d'étincelles noires jaillit dans la
chambre, un craquement retentit, et la feuille de
papier se métamorphosa en quelque chose de noir,
posé sur le parquet. Mathieu baissa les yeux. Sa
luide venait d'apparaître à ses pieds, et le tronc d'or
de l'arbre des Élitiens, sans branches mais pourvu
de mille racines, étincelait sur le sol !

Jamais l'œil noir de Mathieu n'avait brillé d'une
telle joie. Comment un tel revirement de situation
était possible, il n'en savait rien et ne s'en préoccupait guère. Ce jour était désormais le plus heureux de sa vie.

Chapitre 4
La rentrée
de Mathieu Hidalf

Le manoir était profondément endormi. Au sommet de la tour de M. Hidalf, maître Magimel s'était couché paisiblement dans son lit de livres, la Constitution du royaume lui servant d'oreiller. Dans la tour des Enfants, Juliette d'Or rêvait au baiser d'un crapaud. Plus bas, Juliette d'Argent s'était retournée dans son sommeil, le bonnet de nuit rouge de son frère enfoncé sur la tête. Plus bas encore, juste au-dessus de Bougetou qui ronflait comme quatre chiens, Juliette d'Airain s'était assoupie en relisant le dernier chapitre de la constitution des Élitiens. Dans la tour voisine, Mme Hidalf sommeillait nerveusement, en serrant contre sa poitrine le recueil de contes découvert par Mathieu la nuit passée. Enfin, au rez-de-chaussée du manoir, le Dr Boitabon récupérait les heures de sommeil qu'il avait passées sur une chaise inconfortable au chevet de l'infernal

Mathieu Hidalf, devant une porte plus chargée de verrous qu'un coffre-fort.

Tout le monde dormait ainsi plus ou moins paisiblement. Tout le monde, excepté Mathieu Hidalf : la lumière, dans sa chambre, venait de s'amplifier, à grand renfort de nymphettes du soleil.

Sa porte en chêne s'ouvrit et un cri incroyable retentit dans l'escalier, ou plutôt, plusieurs cris succincts, qui répétaient : « Je suis pris par l'école ! Je suis pris par l'école ! »

Maître Magimel, qui croyait les Estaffes arrivés au manoir, courut à la vieille épée dont il ne se servait plus que comme coupe-papier pour ouvrir ses colis les plus volumineux. Les trois Juliette, persuadées que leur frère faisait un nouveau cauchemar, bondirent hors de leur lit. Bougetou entreprit de réveiller tout Darnar, et Mme Hidalf, blanche comme une bougie, quitta sa chambre à coucher, tandis que Boitabon, qui n'avait rien entendu, poursuivait sa nuit en solitaire.

– Je suis pris ! hurla Mathieu en passant devant ses trois sœurs. Je suis pris ! Je suis pris ! Je suis pris !

– Pris de quoi ? s'écria Juliette d'Or.

– Pris de folie ! répondirent Juliette d'Airain et Juliette d'Argent.

Mme Hidalf arrêta Mathieu d'une main ferme en bas de l'escalier de la tour des Enfants.

– Que racontes-tu ? Tu as encore rêvé !

– Non, je suis pris !

– Mais… Où t'es-tu procuré cette… luide ? bredouilla sa mère de plus en plus pâle.

– Dans ma lettre ! expliqua Mathieu en lui tendant celle-ci. Je suis pris par l'école de l'Élite !

Mme Hidalf parcourut des yeux les quelques lignes, puis elle porta une main à son cœur.

– C'est impossible… Ce document est un faux…

Maître Magimel, qui venait d'abaisser son épée derrière les trois Juliette, s'empara majestueusement de la lettre officielle. Après l'avoir examinée sous toutes les coutures, il annonça calmement :

– Non, elle est authentique, Emma… Arbre luisant infalsifiable et encre verte ineffaçable…

– Mais comment est-ce possible ? s'indigna Mme Hidalf. Il a triché !

– Deux solutions réglementaires, récita maître Magimel d'un ton supérieur. Ou bien John Mid a décidé de le faire entrer à l'école. Ou bien un Élitien en personne a pris la décision de changer le résultat de l'épreuve du Prétendant. Ils sont les seuls à pouvoir accepter un enfant après un refus.

Mathieu se mit à rire. Le mystère n'en était plus un ! Louis Serra l'avait admis à l'insu de John Mid ! Il était Prétendant élitien !

À cet instant précis, douze coups retentirent dans le vestibule. On crut d'abord qu'il s'agissait de l'horloge du salon, cependant il était une heure du matin. D'ailleurs, un treizième coup retentit, plus brutal que les précédents. Tout le monde se tourna vers la porte du manoir avec effarement, sauf Mathieu qui tournoyait en répétant : « Je suis pris, je suis pris, je suis pris ! »

— Mais ouvrez donc ! ordonna alors une voix familière. Je suis tout de même chez moi, par la barbe d'Ori… de Bergamote !

Et les quatre enfants s'écrièrent : « *Papa !* » en accourant.

La porte s'ouvrit sur M. Hidalf, trempé comme une serpillière.

— Tu ne devineras jamais, commença Mme Hidalf. Mathieu a été…

— Je sais, je sais, coupa négligemment le sous-consul. *L'Astre du jour* a publié un erratum tonitruant il y a dix minutes, et de toute façon…

— Nous devons discuter, Rigor ! décréta Mme Hidalf avec autorité.

— De toute façon, reprit M. Hidalf, je ne suis pas seul… Mathieu, Juliette, préparez vos valises. Vous partez.

Pénétrant dans le vestibule à grands pas, M. Hidalf révéla une silhouette intimidante : celle du plus illustre sorcier du royaume, Stadir Origan. Bien qu'il fût trempé, le mage paraissait sortir de l'atelier d'un grand couturier. Sa barbe bleue, qui tombait jusqu'à sa taille, reluisait dans la pénombre.

– Qu'est-ce que cela signifie ? protesta Mme Hidalf.

Origan entra dans le manoir en ôtant son chapeau ruisselant et répondit avec douceur :

– Je suis désolé, Emma. Nous sommes arrivés par l'océan, et j'aimerais profiter de mon passage ici pour accompagner vos deux enfants au château du roi, où je dois me rendre ce soir.

Des larmes roulèrent sur les joues de Mme Hidalf. Mathieu et Juliette d'Or montèrent l'escalier de la tour des Enfants main dans la main pour préparer leurs affaires, tandis que maître Magimel saluait enfin Stadir Origan, qu'il fit entrer au salon comme s'il était le maître des lieux.

*

Une fois que Mme Hidalf eut couvert de mille baisers ses deux enfants, la porte d'entrée se referma dans un claquement bref. Mathieu jeta un dernier coup d'œil à la façade obscure du manoir. Au sommet de la tour des Enfants, une nymphette éclaira sa chambre à coucher. Origan descendait vers les remparts qui séparaient le manoir de l'océan. Parvenus au point le moins élevé de la muraille, Mathieu et Juliette s'observèrent avec inquiétude. Plusieurs mètres en contrebas, des vagues terribles s'écrasaient contre la pierre. Origan était capable de voyager d'un point d'eau à l'autre du royaume, mais d'ordinaire ses passagers empruntaient des bassins prévus à cet effet. Une bourrasque les frappa alors en plein visage. Le mage se tourna imperceptiblement vers Mathieu.

– Vous avez à nouveau rêvé, n'est-ce pas ? chuchota-t-il avec une fermeté effrayante.

Étonné, Mathieu fit un signe affirmatif de la tête.

– Je suis attendu ce soir, expliqua Origan. Vous parlerez de votre rêve à Louis Serra dès que possible. Vous allez entrer à l'école, Mathieu Hidalf, parce qu'il faut *absolument* que vous y entriez.

Mathieu détacha pour la première fois son regard de l'océan déchaîné.

– Mais y entrer ne suffit pas, poursuivit Origan. Vous devez impérativement y rester. Et ce *par tous les moyens.*

Mathieu s'apprêtait à poser mille questions, mais le mage l'attrapa par la main et bondit dans le vide. Mathieu poussa un hurlement. Le fracas de l'eau se referma sur lui ; il respira un grand coup, déjà à l'air libre. Lorsqu'il rouvrit les yeux, il était plongé jusqu'à la taille dans un bassin argenté, au pied de la Grille épineuse de l'école et d'une femme en robe noire. Il s'agissait de la cruelle et sublime comtesse Dacourt, qui souriait de plus en plus à mesure que sa cruauté croissait en elle.

*

Derrière la comtesse, les lèvres rouges de Juliette d'Or tremblaient mécaniquement.

– Mathieu! s'écria-t-elle en se jetant dans ses bras.

– Mademoiselle Hidalf, intervint la comtesse, il est trop tard pour que vous rejoigniez l'école de danse. Vous allez donc, *exceptionnellement*, passer une nuit dans l'école de l'Élite.

Mathieu connaissait bien les joues de sa sœur. Et lorsque les joues de Juliette d'Or ressemblaient à des pétales de rose, c'est qu'elle pensait à son amoureux de tout son cœur.

– Vous dormirez dans mon appartement personnel, précisa la comtesse qui s'y connaissait vraisemblablement aussi bien que Mathieu en rougeur de joues.

– Oui, madame, je suis heureuse d'entrer pour la première fois dans l'école de l'Élite, mentit Juliette.

– Ce n'est pas la première fois! rectifia vivement Mathieu.

Les deux femmes tournèrent la tête dans sa direction pour lui adresser un regard sensiblement différent.

– Tu y es entrée pour voir mon épreuve! s'exclama Mathieu. Quand j'ai *mouru* devant tout le monde!

Juliette sourit et Mathieu baissa les yeux, pour fuir la présence impérieuse de la comtesse Dacourt. Elle les conduisit d'un pas qui imposait le silence à travers les couloirs agités de l'école. Les rares enfants qui croisaient leur route les observaient avec stupéfaction. La comtesse pénétra alors dans son appartement et ouvrit la porte de sa propre chambre.

– Vous dormirez ici, dit-elle froidement. Entrez, mademoiselle Hidalf.

Juliette dévisagea la comtesse avec étonnement tandis que Mathieu balbutiait :

– Je ne dors pas avec elle ?

– Si, répliqua la comtesse. Mais avant cela, j'ai à vous parler.

Elle referma la porte sur Juliette, et emprunta un escalier dérobé, qui s'engouffrait entre deux pans d'une bibliothèque. Au sommet des marches, Mathieu découvrit une vaste pièce, très sombre. Une bougie étincelait sur un large bureau. Il devait s'agir de celui de la comtesse.

– Attendez ici, dit-elle en s'apprêtant à refermer. Sa Majesté arrivera d'un moment à l'autre.

Mathieu sentit son cœur battre à tout rompre, mais avant qu'il ait pu poser la moindre question, la comtesse avait disparu, et le bruit de ses pas s'étouffa dans un silence complet.

*

Cette situation était imprévue. Terriblement imprévue ! Qu'est-ce que le roi pouvait bien lui vouloir ? Hormis dans son rêve sinistre, Mathieu ne l'avait pas revu depuis sa dernière bêtise. Ce jour-là, il avait été convoqué dans la salle Cérémonie du château. Il venait tout juste de marier le Grand Busier contre son gré, et il s'était attendu à d'affreuses représailles. Mais le roi n'était pas un adulte ordinaire, et s'il n'avait pas du tout apprécié de devenir l'époux d'une vieille sorcière, il s'était montré plutôt compréhensif en présence de Mathieu Hidalf. Peut-être, hélas, avait-il changé d'avis ?

Une double porte colossale s'ouvrit alors. Deux silhouettes noires et menaçantes apparurent. Mathieu reconnut Julius Maxima et Jean de Courcelles, qui avaient assisté à son épreuve du Prétendant. Les Élitiens lui adressèrent un regard perçant.

– Vous pouvez entrer, sire, dit enfin Julius Maxima.

Le Grand Busier était éclairé par une chandelle qu'il tenait à la main. Il ne souhaitait sans doute pas être entendu par une nymphette. Malgré la faible lueur, Mathieu remarqua aussitôt que le roi avait vieilli depuis leur dernière entrevue ; les étincelles qui illuminaient ordinairement son regard semblaient bien lasses. Le souverain prit la direction du bureau de la comtesse Dacourt et s'y assit calmement, tandis que Julius Maxima et Jean de Courcelles disparaissaient derrière les portes closes.

– J'espérais que vous rateriez votre épreuve, annonça le Grand Busier en guise de salutation.

Après un instant de silence pendant lequel Mathieu élaborait un plan de fuite pour fausser compagnie aux deux Élitiens, le roi précisa :

– Ce n'est pas que je vous souhaite du mal, bien au contraire. Mais tant que vous n'habitiez pas le château, je ne risquais pas de mourir… puisque c'est *vous* qui découvrirez mon corps.

Le Grand Busier, qui avait été informé depuis longtemps de sa mort à venir, leva pour la première fois les yeux sur Mathieu. Il esquissa même l'ombre d'un sourire, un sourire mystérieux, en ajoutant :

– Mais vous êtes là, désormais, Mathieu Hidalf… Le jour de ma mort se rapproche donc à grands pas. Certaines mesures s'imposent.

Généralement, Mathieu préparait ce genre de face-à-face avec minutie. Cette fois-ci, et pour la première fois en présence d'un adulte autre que Louis Serra, il se sentit désarmé.

– Vous avez réussi à divorcer de la grand-mère édentée ? demanda-t-il par politesse, sachant bien que c'était impossible.

– Je n'ai aucune nouvelle de sa part depuis le soir où vous nous avez mariés…, indiqua le roi comme à regret. Mais tous les magistrats sont formels, y compris maître Magimel qui semblait tout

100

à fait ravi : je ne peux pas divorcer sans l'accord de la reine, à cause du parchemin magique sur lequel le mariage a été contracté… Vous avez bien fait les choses, Mathieu… Louis Serra doit avoir raison… Vous n'êtes pas un garçon si ordinaire…

Mathieu ne put s'empêcher de sourire, touché par ce compliment. Sa dernière bêtise avait nécessité toute son attention et un travail acharné. Mais à l'époque, il ignorait encore que la vie du Grand Busier était sérieusement menacée. Pour la première fois, les éclairs calculateurs qui saturaient son regard s'éteignirent. Un long moment de silence suivit. Enfin, Mathieu murmura :

– Majesté, est-ce que Louis Serra quitte souvent l'Élite ?

– Il prétend qu'il en sort le moins possible, répondit le Grand Busier. Mais Louis a toujours été imprudent et je suis certain qu'il ne passe pas une nuit sans quitter l'école…

– Il faut absolument que vous lui ordonniez de ne plus en sortir pour le moment…

– Vous avez fait un nouveau rêve ? demanda le roi avec une émotion mal contenue.

– Oui. Je n'en ai encore parlé à personne. Mais j'ai vu le capitaine Louis Serra… Je crois qu'il était en face de l'un des six frères Estaffes… ou peut-être de plusieurs d'entre eux.

Les traits du roi se durcirent. On prétendait qu'il considérait Louis Serra comme le fils qu'il n'avait jamais eu.

– Je vais lui conseiller de redoubler de prudence… Mais il n'est pas en mon pouvoir de le maintenir à l'abri contre son gré… Personne n'a ce pouvoir, j'en ai peur…

La double porte du bureau s'ouvrit en grinçant. Julius Maxima et Jean de Courcelles jetèrent un coup d'œil au roi et à Mathieu, comme pour s'assurer que tout allait bien. Puis ils refermèrent discrètement. Le Grand Busier posa alors sa main ridée sur celle de Mathieu. Un éclair passa dans ses yeux noirs.

– Mathieu Hidalf, dit-il avec une vive émotion, je crois qu'il est temps de vous dire *adieu*. Prenez soin de vous. Je me souviendrai jusqu'au bout des anniversaires que vous avez gâchés… et je vous souhaite de devenir un jour un Élitien.

Lorsque le roi retira sa main, il avait déposé dans celle de Mathieu une minuscule clef rouge.

– Si je vous ai fait venir ce soir, chuchota-t-il d'une voix presque imperceptible, c'est pour vous rappeler à votre ancienne promesse. Voici ma clef la plus précieuse. Il n'en existe qu'une seule : c'est une clef fée. Elle s'adapte à toutes les serrures du château, et permet notamment d'ouvrir mon coffre personnel. C'est un coffre inviolable, mais tôt ou tard, quelqu'un réussira à l'ouvrir. J'ai des secrets, Mathieu Hidalf. Et l'un d'eux ne doit être découvert par personne dans ce château. Le soir de ma mort, lorsque vous m'aurez découvert, vous détruirez tous les documents conservés dans mon coffre. Tous, sauf un…

– L'enveloppe rouge, que je remettrai à maître Magimel…, se souvint Mathieu, le regard flamboyant.

Le roi acquiesça, et referma les doigts de Mathieu sur la clef étincelante.

– Personne ne doit ouvrir cette enveloppe à part maître Magimel. Ni Louis Serra, ni aucun Élitien, ni vous, Mathieu. Il en va de la sûreté du royaume. Naturellement, personne ne doit soupçonner que vous détenez ma clef personnelle. On prétend que vous n'avez aucune parole. Je suis persuadé du contraire. Au revoir.

Le roi se leva. Pour la première fois, il ne parut pas immense à Mathieu. Son ombre flottait sur les murs de livres. Il prit la direction de la double porte qui s'ouvrit sur la silhouette attentive de Julius Maxima. Avant d'être trop éloigné, le roi se retourna une dernière fois et entrouvrit les lèvres. Mais, peut-être à cause de la présence de l'Élitien, il se ravisa et disparut. Mathieu demeura seul, une bougie sous les yeux. C'est alors qu'il remarqua que le roi avait laissé sur le bureau, sûrement à son attention, un exemplaire de *L'Astre du jour* qui ne paraîtrait que le lendemain. Le gros titre annonçait :

LE SECRET DE LA RUPTURE
DU SERMENT ROUGE

Stupéfait, Mathieu dévora l'article qui suivait :

Depuis l'incroyable rupture du célèbre serment prononcé par les six frères Estaffes, les hypothèses les plus folles ont couru sur les moyens qu'ils auraient employés pour le briser. Maître Barjaut Magimel, illustre et controversé notaire de la famille Hidalf, est formel : « Si le Serment rouge a été rompu il y a un an, ce n'est guère à cause des six frères Estaffes… mais des Élitiens en personne ! »

– Quoi ! s'exclama Mathieu.

Le raisonnement du célèbre juriste est très simple. Il y a plus de dix ans, lorsque les Élitiens et les frères Estaffes conclurent le Serment rouge, ces derniers s'engagèrent à ne plus pénétrer dans l'enceinte du royaume et à ne plus attaquer les Élitiens. Mais il existait néanmoins une condition à ce traité de paix : rien ni personne, provenant de l'école de l'Élite, ne devait les menacer. Maître Barjaut Magimel, lors d'un entretien, nous a assuré que le Serment rouge avait

104

été conçu par une magie inviolable et largement supérieure à celle des six frères. Une magie que rien ni personne ne peut défaire. C'est pourquoi, selon les dires du juriste, seule une menace venant de l'intérieur de l'Élite a pu détruire le Serment.

Cette déclaration du vieux Magimel a ébranlé le royaume. Les Élitiens ont-ils dissimulé la vérité ? Quoi qu'il en soit, Louis Serra a démenti catégoriquement l'implication des forces élitiennes dans la rupture du Serment. Mais le capitaine reconnaît à demi-mot que maître Magimel, ancien directeur de l'école de l'Élite, n'a pas perdu l'esprit : « Si les Estaffes sont de retour parmi nous, a-t-il confié, c'est parce qu'ils ont peur. Ils savent que quelqu'un ou quelque chose leur nuira prochainement. Nous ignorons qui ou quoi. Et nous faisons tout pour le découvrir. Quant au Serment rouge, rien ne nous permet de dire comment il a été brisé. L'enquête sera très longue avant que nous puissions le déterminer avec certitude. »

Lorsque Mathieu sortit de sa rêverie, la comtesse Dacourt épiait l'article par-dessus son épaule. Malgré l'heure tardive, elle n'avait jamais paru si sublime. Ayant déjà oublié le Serment rouge, Mathieu se demandait qui, de sa sœur aînée ou de la comtesse, était vraiment la plus belle femme du royaume. Cette fois encore, il faudrait sans doute une longue enquête avant de pouvoir le déterminer.

– Les frères Estaffes ont peut-être peur, dit alors la jeune femme avec franchise, mais nous ne devons pas oublier d'avoir peur, nous aussi.

Elle le conduisit sans ajouter un mot jusque dans la chambre gigantesque où Juliette d'Or patientait en silence, le cœur battant.

– Si on m'avait dit qu'un jour je dormirais dans le lit de la comtesse, souffla-t-elle à l'oreille de son frère, je ne l'aurais jamais cru !

Mathieu ne l'aurait pas cru non plus mais il ne répondit pas. Pour la première fois, il songeait avec effroi qu'il fêterait sans doute ses prochains anniversaires loin du Grand Busier, dont la mort programmée se rapprochait inévitablement. Tout en cherchant le sommeil, il faisait glisser la clef royale entre ses doigts. Il faudrait qu'il en fasse un double au plus tôt, par précaution : après tout, sa vision se révélerait peut-être inexacte et posséder une clef de ce type pouvait constituer un avantage considérable un jour ou l'autre. Le roi aurait certainement un œil sur les serruriers du royaume, mais Mathieu saurait le tromper… Les yeux clos, il pensa à l'article de *L'Astre du jour*. Et si maître Magimel avait vu juste ? Peut-être que les Élitiens avaient provoqué eux-mêmes la fin du Serment ? Mais pourquoi commettre une telle folie ?

Chapitre 5
La Foudre fantôme

— Vous êtes dorénavant Prétendant élitien, Mathieu Hidalf, et ce jusqu'à la fin de votre épreuve du Premier Mois, annonça la comtesse Dacourt dès que Mathieu ouvrit un œil, le lendemain matin. Votre nom a été ajouté au registre de l'école. Ce soir, à vingt heures précises, vous serez informé de la teneur de votre épreuve du Premier Mois. Demain matin, à huit heures précises, Tristan Boidoré, responsable des Prétendants élitiens, vous accueillera dans la bibliothèque. Vous avez été accepté dans cette école, Mathieu Hidalf, et, conformément au règlement, je ne remets pas en cause le choix des juges. Mais laissez-moi vous avertir d'une chose. Je me bats chaque heure de ma vie pour empêcher les Prétendants de mourir dans des conditions abominables. En mourant quatre minutes, pendant l'épreuve du Prétendant, vous avez entaché mon pourcentage vierge d'élèves de moins de treize ans décédés dans cet établissement depuis mon arrivée à la direction. Je ne compte pas vous laisser mourir une seconde fois. Vous avez des questions ?

Mathieu avait souvent rêvé de son premier réveil dans l'école de l'Élite. Il n'avait jamais imaginé qu'il puisse être si ordinaire. Il ébouriffa ses cheveux et se tourna vers l'oreiller de Juliette d'Or, laquelle avait disparu.

– Où est ma grande sœur, souvent nommée la plus belle jeune fille du royaume, madame la comtesse ?

– Mlle Juliette d'Or Hidalf a été reconduite à l'aube dans sa propre école.

– Elle m'a laissé un mot ?

– Non.

– Un contrat ?

– Non.

– Elle vous a priée de me transmettre des recommandations ?

– Non plus.

– Ouf ! soupira Mathieu. Je la voyais venir de loin, avec ses grandes oreilles… Je peux m'en aller et passer la journée entière à assouvir mon insatiable curiosité en toute légalité, sans avoir à redouter que les six frères Estaffes s'attaquent à moi ?

– Hélas ! j'ai bien peur que non, dit la comtesse en grimaçant. Nous avons reçu une lettre recommandée de leur part, nous informant que vous étiez leur cible privilégiée.

– C'est vrai ? se réjouit Mathieu. J'exige une protection élitienne !

– Non, ce n'est pas vrai, trancha froidement la comtesse. Figurez-vous que les six frères Estaffes ont d'autres préoccupations que vous, Mathieu Hidalf.

– Puis-je vous demander une faveur ?

– Certainement pas.

– Vous devez déjà tout savoir de mon épreuve du Premier Mois, n'est-ce pas ? Pouvez-vous me la confier, même de manière énigmatique ?

– Je ne veux plus vous voir ni vous entendre avant un mois, conclut la comtesse. Et comptez sur moi pour vous faire regretter toutes les fois où je vous verrai et vous entendrai. Votre ami vous attend dans mon vestibule. Au revoir.

– Bougetou a été envoyé par colis au château ? s'exclama Mathieu en bondissant sur le lit de la comtesse.

Armance Dacourt était célèbre pour son sang-froid et sa patience prodigieuse. Mais elle répliqua d'une voix frémissante :

– Je pensais à Pierre Chapelier, brillant Prétendant dont la fréquentation ne devrait pas nuire à votre scolarité. Il a réussi à obtenir sa quatrième branche avec trois mois d'avance et n'a aucune épreuve à réaliser prochainement. Il vous attend avec impatience.

Mathieu cessa de respirer.

– Si vous avez été surpris des silences de Pierre Chapelier ces douze derniers mois, précisa la comtesse, apprenez qu'il n'a reçu aucune des cent dix lettres que vous lui avez adressées les cent dix premiers jours de l'année. Elles sont encore entre les mains du service des fraudes.

Pour la première fois ce matin-là, Mathieu sentit battre son cœur.

– Vous avez osé confisquer *mes* lettres ? dit-il d'un ton presque menaçant.

– Personnellement, non, rectifia la comtesse, imperturbable. Votre correspondance me passionne autant que la vie amoureuse de l'archiduc de Darnar, Mathieu Hidalf. Le service des fraudes agit indépendamment de la direction. Bonne visite. Et n'oubliez jamais que j'aurai toujours un œil posé sur vous.

Mathieu se leva avec indifférence, car son père avait passé toute sa vie les deux yeux fixés sur lui, sans y voir mieux qu'un aveugle éborgné.

– Vous êtes bien certaine que ma sœur ne m'a rien laissé comme contrat ? insista-t-il.

*

Pierre Chapelier était un enfant qui n'avait rien

à voir avec Mathieu, car il était tout le contraire, du moins selon M. Hidalf. Pierre était sérieux, responsable, brillantissime, fils unique, pauvre, et blond. Pour la richesse, il y avait toujours un risque de faillite ou de contrôle fiscal, disait M. Hidalf sans trop y croire, mais pour le reste, il doutait fort qu'un jour Mathieu soit blond, fils unique, sérieux, brillantissime, et encore moins responsable.

– *Oublié* ! répétait Pierre, incrédule. Comment aurais-je pu t'oublier ? J'attends que tu entres à l'école depuis un an ! Si je n'ai pas assisté officiellement à ton épreuve, c'est parce que le service des fraudes m'a interdit de m'y rendre sous peine de renvoi ! Mais j'y étais pourtant, caché sous la cape de l'archiduc de Darnar. J'ai tout vu ! Et j'ai cru que tu étais bel et bien mort !

Pierre Chapelier était blond comme Juliette d'Or. Il avait grandi d'au moins trois reliures sur la célèbre colonne des livres non lus de Mathieu. Et il était si sérieux qu'on aurait dit un modèle réduit de Louis Serra. Seule la présence de Mathieu Hidalf pouvait réveiller l'enfant chahuteur qui sommeillait en lui.

– Bien, dit Pierre. Avant de visiter l'école, passons aux recommandations.

– Quelles recommandations ?

– J'ai croisé Juliette d'Or…

– Pas ça ! soupira Mathieu.

– Elle exige que tu travailles en un mois comme M. Hidalf en vingt ans pour réussir ta prochaine épreuve.

– C'est tout ?

– Oh que non ! Il en reste quatorze. Recommandation n° 2 : si tu réussis à imaginer un moyen de la faire entrer discrètement dans l'école, elle te cédera sa chambre au manoir Hidalf…

Mathieu haussa légèrement le sourcil droit.

– Recommandation n° 3 : ne fais rien de dangereux, car son amoureux te surveillera de près.

– *Quoi ?* Il sait qui je suis ! C'est trop fort !

Et Mathieu cessa de parler jusqu'en bas de la tour Directrice, en écoutant les douze recommandations suivantes.

– Je refuse ces recommandations à l'unanimité, indiqua-t-il, furieux. Je vais même faire tout le contraire : découvrir qui est son amoureux, et lui faire un chantage à vie. Elle croit me tenir à cause des derniers contrats que j'ai signés avec elle ! Mais je n'ai plus dix ans, qu'on se le dise !

*

La première et dernière pièce que Mathieu visita ce jour-là avait sans doute été dessinée par un homme qui avait encore moins d'imagination que M. Rigor Hidalf. Il s'agissait du dortoir des Prétendants élitiens. Lorsqu'il y pénétra, Mathieu sentit toute joie l'abandonner. Le dortoir était un placard à balais, à peine plus grand que la porte qui le masquait si on l'avait couchée sur le sol. Maître Magimel lui-même n'aurait pas réussi à y dormir debout. L'unique meuble du placard contenait des centaines de casiers minuscules comme des boîtes d'allumettes, au-dessus desquels étaient écrites en pattes de mouche des inscriptions illisibles.

– J'ai fait tant d'efforts pour ça ! s'étrangla Mathieu. Où sont le luxe, le confort et les privilèges ? Je vais retourner au manoir.

– Il n'y a pas de dortoir, expliqua Pierre. Chaque Élitien dispose d'un lit unique, conçu pour lui à son entrée dans l'école, par la Faiseuse de lits.

– La Faiseuse de lits ? répéta Mathieu en détachant les syllabes.

– Tu te souviens du lit noir qui nous a sauvés l'année dernière, dans la forêt ? Je ne sais toujours pas à qui il appartient… Ce que je sais, en revanche, c'est comment il est apparu et comment il a disparu !

Pierre sortit une plume bleue d'un revers de sa luide puis franchit une ligne d'or tracée sur le sol. D'un geste cérémonieux, il déposa la plume dans un casier microscopique, baptisé *Salle du dortoir des Prétendants*. Aussitôt, le sol se déroba sous les pieds des deux garçons. Mathieu fut projeté dans les airs et retomba sur un matelas épais, au milieu d'un lit à baldaquin bleu, qui remplissait tout le placard.

— Quand tu mets ta plume personnelle dans un casier, ton lit se déplace aussitôt dans l'endroit correspondant ! s'émerveilla Pierre qui riait pour la première fois depuis sa rentrée, un an plus tôt.

Mathieu osait à peine croire à ce moment le plus beau du plus beau jour de toute sa vie. Lui qui détestait dormir dans sa chambre immense, parce qu'elle était tout de même plus petite que celle de Juliette d'Or, possédait à présent un lit qu'il pouvait déplacer dans toute l'Élite. Il se mit à rire en pensant à la tête qu'avait dû faire son père, le jour où il avait été renvoyé de l'école, jusqu'au sordide manoir Hidalf.

— Je comprends pourquoi il est si ennuyeux ! s'exclama-t-il. Moi aussi, si je ne réussis pas mon épreuve du Premier Mois, je deviendrai sûrement un père *rigorien* !

Lorsque Pierre voulut faire visiter à Mathieu l'incroyable bibliothèque des Prétendants, ce dernier lui faussa compagnie et courut chez la Faiseuse de lits. Une queue gigantesque s'accumulait devant son office. Mathieu déboursa une petite fortune pour passer le premier, et se vit remettre une plume verte pour « dormeur chahuteur ». La Faiseuse de lits lui conseilla d'en faire bon usage, et Mathieu se précipita jusqu'au dortoir pour le faire apparaître. Son lit était prodigieux ! On aurait dit un navire prêt à affronter la tempête ! Il était vert des pieds à la tête, d'épais rideaux le recouvraient comme des voiles, et le nom de Mathieu était écrit en toutes lettres sur le sommier. Ce lit superbe semblait inébranlable. Pourtant, chaque fois que Mathieu changeait sa plume de casier, il retrouvait son lit dans la salle correspondante. Alors, il posait ses mains sur son ventre et riait comme un ogre, en pensant à son père qui possédait un lit rouge d'une rare laideur, aussi pénible à transporter que le Dr Boitabon au terme d'un banquet.

Un nouveau record fut établi ce jour-là dans l'école de l'Élite : celui du plus grand nombre de changements de place d'un lit au cours d'une seule journée. Lorsque la nuit tomba, Mathieu courait encore dans les couloirs, à la recherche de son lit. Mais en arrivant devant le dortoir, il aperçut une silhouette familière. L'effrayant Tristan Boidoré, responsable des Prétendants, le guettait d'un œil noir.

– Mathieu Hidalf ! rugit-il d'un ton qui laissait supposer qu'il le cherchait depuis longtemps. Il est huit heures et demie ! La cérémonie des épreuves a commencé depuis une demi-heure !

Mathieu s'immobilisa en sentant son cœur battre à tout rompre. Comment avait-il pu oublier une telle chose ?

– Vite, suivez-moi, gronda Boidoré en accélérant le pas.

– Mon épreuve est déjà tombée ? balbutia Mathieu qui courait à présent devant le jeune homme.

– Elle tombera d'une seconde à l'autre…

*

Mathieu courut dans l'escalier de la tour des Épreuves. Des Apprentis venaient assister par curiosité à la rentrée des Prétendants, et Mathieu devait jouer des coudes pour accéder aux balcons. En une minute, toute la tour fut au courant que Mathieu Hidalf avait finalement été accepté dans l'école. Derrière lui, Tristan Boidoré avait plus de mal à se frayer un passage. Mathieu gagna le neuvième étage et s'achemina jusqu'à la balustrade. Sous le regard de centaines de Prétendants, la comtesse Dacourt était assise devant une longue table, à côté du baron Hudson, redoutable directeur général, et de l'Élitien Julius Maxima. Soudain, Tristan Boidoré se rangea parmi eux, et prononça un mot à l'oreille de la comtesse. Mathieu retint son souffle. Armance Dacourt ouvrit une enveloppe d'un rouge éclatant, posée à l'écart des autres.

– Octave Jurençon, dit-elle.

Mathieu sentit son cœur battre plus fort dans

sa poitrine. Jurençon, que personne n'appelait par son prénom, était le seul neveu recensé du roi. Il avait déjà treize ans et était arrivé au château un an plus tôt, après le divorce de ses parents qui habitaient une lointaine province. Mathieu le repéra aisément dans la foule, grâce à ses longs cheveux blonds. Le neveu du roi souriait d'un air à la fois terrifié et émerveillé.

– Roméo Pompous, ajouta la comtesse.

Roméo était installé au premier balcon, en compagnie de ses parents.

– Et Mathieu Hidalf, acheva la comtesse d'une voix impassible. Vous accomplirez votre épreuve ensemble.

Un coup de tonnerre ébranla la tour. Mathieu vit Roméo et Méphistos Pompous le chercher des yeux, mais ils n'eurent pas l'idée de porter leur attention jusqu'au neuvième balcon. Jurençon, lui, l'avait repéré et lui adressa un signe timide de la main. Mathieu n'y répondit pas. Il scrutait la comtesse sans ciller, impatient d'apprendre la mission qu'il aurait à accomplir.

– Vous avez vingt-six jours, reprit la comtesse Dacourt d'une voix autoritaire, jusqu'au neuvième jour du mois des Mages, à dix heures précises du matin, pour capturer la *Foudre fantôme*.

Un silence pesant tomba sur l'assemblée. Mathieu vit Roméo et Jurençon pâlir atrocement.

Son rythme cardiaque s'accéléra. Qu'est-ce que pouvait bien être la Foudre fantôme ? Qui pouvait capturer la foudre ? S'agissait-il d'un monstre ? Cette épreuve ressemblait à un immense traquenard.

– Comme vous le savez, précisa la comtesse avec un grand calme, la Foudre fantôme est une biche argentée, qui erre dans la forêt des Élitiens.

Mathieu n'en crut pas ses oreilles. Il s'était imaginé une créature incroyable, dangereuse, impossible à traquer. Et de quoi s'agissait-il ? D'une *biche* ? Un grand éclat de rire retentit au neuvième balcon. Bien sûr, Mathieu était contrarié de devoir accomplir son épreuve avec d'autres Prétendants, car Roméo était Roméo, et Jurençon n'avait d'héroïque que son nez aquilin. Mais l'épreuve lui paraissait si ridicule qu'il eut presque honte pour le peu d'imagination dont jouissait la comtesse Dacourt. Tout ce qu'avait trouvé la direction pour rendre cette mission intrigante, c'était un nom : la Foudre fantôme.

Alors que Roméo et Jurençon quittaient la tour aussi hagards que des spectres, Mathieu écrivit une longue lettre au manoir Hidalf, pour annoncer qu'il n'y remettrait jamais les pieds. Capturer une biche, pour un enfant normal, c'était peut-être une épreuve digne de ce nom, Mathieu n'en savait rien. Mais pour un enfant de onze ans élevé avec trois Juliette, un père sous-consul et un chien à huit mâchoires, la perspective d'attraper un animal avec une seule tête était aussi intimidante que de lire un conte de fées sans images. C'est du moins ce que pensait Mathieu Hidalf, qui, pour fêter cette illustre nouvelle, courut jusqu'au dortoir des Prétendants, afin de changer son lit de place une bonne centaine de fois avant de se coucher.

Hélas, la nuit était tombée, froide et noire : une pluie d'élèves arriva en même temps que lui devant la porte du dortoir. Pierre le rejoignit dans la file d'attente, l'air soucieux.

– J'ai assisté à la cérémonie, dit-il gravement. Je ne t'ai pas trouvé, mais j'ai appris que tu devais attraper la Foudre fantôme…

Mathieu ne répondit pas ; il cherchait un moyen de doubler les autres Prétendants.

– La Foudre est une créature stupéfiante, annonça Pierre à demi-mot, en s'efforçant de dissimuler son inquiétude.

– Il me reste six cents casiers à explorer ! lança Mathieu en guise de réponse, brandissant l'épais registre qu'il avait établi.

– Tu as utilisé le dortoir tout l'après-midi ? s'exclama Pierre.

– Oui, bien sûr !

Ils ne tardèrent pas à entendre des exclamations mécontentes. Le système magique des lits, en surchauffe à cause des centaines de déplacements effectués par Mathieu dans l'après-midi, fonctionnait au ralenti. Plusieurs fois Pierre voulut sortir de la queue, mais Mathieu lui montrait d'un doigt suppliant un casier qu'il ne pouvait renoncer à essayer pour son premier jour dans l'école. C'était le casier *Porcherie*. Et il tenait à y faire passer son lit, coûte que coûte. En effet, Mathieu n'avait jamais vu un cochon en chair et en os ; après plus d'une heure d'attente, il pénétra dans le dortoir, un sourire triomphal aux lèvres.

– Enfin ! s'écria-t-il. Je vais voir un cochon !

*

Le premier cochon que Mathieu rencontra était moins rose, moins gras, et moins laid qu'il l'avait imaginé. Mais il avait sans doute un caractère plus ombrageux. C'était la comtesse Armance Dacourt. Sa robe sublime faisait tache au milieu du décor. Elle était assise sur le lit de Mathieu.

– Monsieur Hidalf, une loi vient d'être votée à l'unanimité, annonça-t-elle d'un ton aimable qui n'augurait rien de bon.

Mathieu fut rassuré. Il s'attendait à pire qu'une loi.

– Par qui ? demanda-t-il poliment.

– Par *moi*. Désormais, *quatre cent un* changements de lit en moins d'une semaine sont passibles d'une *immobilisation* d'un mois, pour usage abusif de matériel public.

Un grand silence s'abattit sur la porcherie. Mathieu consulta son registre, la main crispée sur le papier blanc.

– Mais, madame… j'en suis précisément à *quatre cents* ! s'indigna-t-il.

– C'est exact, vous êtes un remarquable comptable, Mathieu Hidalf. Et par conséquent, si vous changez une *seule* fois votre navire de place avant la semaine prochaine, je vous garantis que vous jetterez l'ancre.

Le sourire de la comtesse s'accrut tandis que celui de Mathieu disparaissait.

– Sur ce, passez une bonne nuit, dit-elle en s'engouffrant dans les couloirs de l'école. Et commencez dès maintenant à vous préoccuper de la Foudre fantôme.

Mathieu déchira son registre en deux, et le lança à la figure d'un cochon qui avait eu l'audace d'investir son lit.

– La comtesse m'a roulé dans la farine ! s'écria-t-il, épouvanté. Elle a attendu toute la journée que je choisisse le *pire* endroit de l'école pour me piéger ! Et me voilà réduit à dormir avec des cochons ! J'en ai assez d'être manipulé par les adultes ! On décide de tout pour moi ! Je n'ai jamais le choix !

– Tu as le choix, le contredit Pierre, non sans un

certain plaisir. Soit tu dors une semaine dans cette porcherie, soit tu te condamnes à dormir un mois dans la pièce de ton choix. À bien y réfléchir, ce n'est pas si terrible.

— Armance Dacourt vient de commettre la plus grosse erreur de sa vie ! répliqua Mathieu en brandissant un poing menaçant en direction des cochons. Je vais lui faire regretter d'avoir postulé à la direction de l'école !

Il ouvrit frénétiquement le livre offert par maître Magimel pour ses onze ans, dans lequel le juriste avait épluché le règlement de l'école. Il ne tarda pas à retrouver le sourire. Maître Magimel avait écrit de sa propre main :

Si un élève veut semer le désordre avec son lit, aucun article du règlement Dacourt ne l'empêche de choisir un lieu public pour chambre à coucher. Bien que rarement employé, ce procédé est une source d'ennuis assurés pour la direction. Je conseille, pour davantage de désordre, le choix d'un lieu extrêmement fréquenté, où la présence d'un lit est particulièrement incommodante, tel que, par exemple : la salle d'attente du bureau d'Armance Dacourt, le musée de l'Élite, la bibliothèque des Prétendants ou encore le cimetière des Élitiens. Des perturbations sont garanties, sans risque de sanctions immédiates.

– D'où tiens-tu ce livre ? questionna Pierre, soupçonneux.

– De maître Magimel, répondit Mathieu. Son idée est intéressante, mais elle manque de panache ! Je serai sans pitié…

*

La bibliothèque était l'un des endroits les plus spacieux et les plus mystérieux de l'école de l'Élite. Sur la double porte gigantesque qui y conduisait, on pouvait lire : *Attention, risques d'avalanches !* Il s'agissait d'avalanches de livres si volumineux et si poussiéreux qu'ils étaient plus à craindre que des pierres.

Des échelles et des ponts de corde traversaient la salle dans tous les sens, reliant entre eux une multitude de balcons. Des lustres tombaient ici et là, comme d'énormes araignées, mais il était bien rare de les voir allumés. On pouvait louer, à l'entrée de la bibliothèque, les services d'une nymphette du soleil.

La bibliothèque n'accueillait cette nuit-là qu'un Apprenti élitien, qui eut la peur de sa vie lorsqu'un lit atterrit à quelques centimètres de son visage, entre deux tables. Ce n'était qu'un début : une marée de lits silencieux ne cessa de s'accroître dans la pièce obscure. À chaque seconde, il en arrivait de nouveaux, aux endroits les plus improbables.

Certains étaient suspendus entre deux balcons, d'autres chancelaient sur les lustres éteints. Il n'avait fallu à Mathieu Hidalf qu'un instant pour convaincre la majorité des Prétendants de transformer la salle de lecture en gigantesque dortoir.

– Je pense que la comtesse n'a jamais connu un tel affront…, fit remarquer Pierre, mal à l'aise, en fermant les rideaux de son propre lit. Elle sera furieuse en apprenant la nouvelle…

– Et à cause de sa loi, je ne peux pas déplacer mon lit avant un mois ! renchérit Mathieu. Elle n'osera pas se dédire…

À cet instant, un lit doré atterrit à côté du sien. Celui de Roméo Pompous. Le jeune Solélin ne tarda pas à s'y allonger, et dévisagea Mathieu avec une grimace.

– La Foudre fantôme…, dit-il d'une voix tremblante. Nous sommes perdus !

Et il se coucha sans attendre de réponse. Mathieu sourit dans la pénombre. Il se donnait vingt-quatre heures pour régler son compte à cette biche au nom si prétentieux.

Chapitre 6
La chasse de Mathieu Hidalf
n'aura pas lieu

Le lendemain, à huit heures précises, l'ensemble des Prétendants fut éveillé par une nymphette. Munie d'une clochette, la créature virevoltait autour des lits puis s'élevait en flèche entre les lustres éteints. Tous la suivirent du regard. Elle atteignit un balcon plongé dans l'ombre, révélant une silhouette derrière la balustrade. Le visage lugubre de Tristan Boidoré apparut. Il ne paraissait pas du tout impressionné par la multitude de lits qui avaient envahi la bibliothèque, et n'y fit même pas allusion.

– Il y a quelques années, annonça-t-il aux enfants à moitié endormis, j'étais assis à votre place. Notre capitaine, Louis Serra, avait fait prêter serment à nos pires ennemis. Et j'ai passé dans cette école des heures inoubliables… Vous savez tous que les choses ont beaucoup changé…

Tristan Boidoré n'avait sans doute pas plus de

dix-huit ans, mais il dissimulait son jeune âge derrière une expression sévère et déterminée. Ses cheveux bouclés, noirs comme la nuit, tombaient sur son front haut. Fin et anguleux, son visage semblait sculpté dans la pierre.

— L'Élite constitue une seule et grande famille, reprit-il. Une famille qui compte des centaines de membres. Comme la plupart de ceux qui vous encadreront dans cette école, je suis moi-même un élève. Tout le monde croit qu'il existe trois grands types d'élèves : les Prétendants, les Apprentis et les pré-Élitiens. C'est une erreur : les pré-Élitiens ne sont plus des élèves. Ils sont prêts, à tout moment, à rejoindre Louis Serra autour de la table des Trente. À chacune des épreuves que vous accomplirez, vous obtiendrez une nouvelle branche sur l'arbre de votre uniforme. Je suis, pour ma part, Apprenti depuis cinq années. Tout comme vous, j'ai une épreuve en cours. Tout comme vous, je m'efforce de la réaliser dans le temps qui m'est imparti.

À cet instant, la double porte de la bibliothèque s'ouvrit et une ombre passa entre les lits, détournant l'attention des Prétendants.

— La bibliothèque est réservée jusqu'à neuf heures, lança Tristan Boidoré avec autorité.

En dépit de cet avertissement, l'ombre se rapprocha sans même ralentir. La nymphette au grelot s'envola ; tout le monde reconnut avec stupéfaction la silhouette de Louis Serra.

Sur son balcon, Tristan Boidoré recula d'un pas. Le capitaine des Élitiens avança jusqu'à l'échelle qui y conduisait. Arrivé à la hauteur de l'Apprenti, il déposa une main confiante sur son épaule. Chaque Prétendant était suspendu à ses lèvres.

– Je n'ai pas pu assister hier à la cérémonie des Épreuves, dit Louis Serra après un moment de silence. Et je tenais à vous présenter mes excuses.

Pierre souffla à l'oreille de Mathieu :

– Normalement, le capitaine ne vient jamais à la rencontre des Prétendants... Certains quittent l'école sans l'avoir jamais aperçu !

– Pendant de nombreuses années, poursuivit Louis Serra comme s'il avait entendu Pierre, je ne me suis pas préoccupé des nouveaux arrivants. Ma fonction m'accaparait trop. Je courais dans un sens... Je courais dans un autre... Je ne passais pas une nuit dans l'école... Et il m'est sans doute arrivé de croiser des Prétendants dans les couloirs sans même les saluer... J'ai eu tort. Car comme moi, comme Tristan, comme chacun des trente Élitiens, vous faites désormais partie de l'Élite astrienne, que vous le vouliez ou non... En faire partie n'est pas un privilège. C'est un devoir. Et l'arbre cousu sur votre luide y brille pour vous le rappeler. Bienvenue parmi nous.

127

Dans son lit, Mathieu retenait son souffle. L'arbre de Louis Serra était le plus beau qu'il ait jamais vu ; des dizaines de branches lumineuses se déployaient sur le cœur du capitaine. L'une d'elles était rouge comme un rubis.

— L'arbre tissé sur votre luide n'est pas un emblème ordinaire, précisa Louis Serra. Il a été réalisé grâce à des fragments de votre branche, qui a poussé sur l'Arbre doré le jour de votre rentrée. D'après les légendes, le premier Élitien, fondateur de l'école, sauva un jour une biche extraordinaire. Il s'agissait d'une créature helios. Vous savez tous, grâce aux contes de fées, que les Helios nous ressemblent comme deux gouttes d'eau, mais qu'ils disposent de pouvoirs tout à fait extraordinaires…

Mathieu, Jurençon et Roméo ouvrirent de grands yeux, en sentant les battements de leur cœur s'intensifier. Pouvait-il s'agir de *leur* biche ? De la Foudre fantôme ?

— Pour remercier le premier Élitien d'avoir sauvé cette biche, continua Louis Serra, des fées helios plantèrent un arbre immortel et protecteur dans l'enceinte de l'Élite. Un arbre dont la puissance est telle que, même pour des adversaires aussi redoutables que les frères Estaffes, s'attaquer à l'un d'entre nous à l'intérieur de l'école est une chose périlleuse.

En entendant nommer les ennemis du royaume, les enfants se recroquevillèrent dans leur lit.

– Tous les membres de l'école, tous les élèves, tous les professeurs, toutes les nymphettes sont représentés par une des branches de l'Arbre doré, poursuivit Louis Serra. Les Prétendants sont à la cime, portés par le tronc robuste, lui-même nourri par les racines profondes. Les Élitiens d'hier et les enfants d'aujourd'hui constituent l'Arbre. Si bien qu'aucun d'entre nous ne peut risquer sa vie sans que les autres en soient avertis. Il vous arrivera de sentir l'arbre tissé sur votre luide se glacer ou brûler votre cœur… Vous saurez alors, sans l'ombre d'un doute, que l'un d'entre nous est en danger de mort.

Les Prétendants avaient cessé de sourire. Mathieu Hidalf revoyait avec une précision diabolique l'expression indescriptible du capitaine, dans son rêve. La nymphette au grelot, perchée sur une poutre, traversa la bibliothèque, éclairant des visages blafards. Étrangement, Tristan Boidoré et Louis Serra n'étaient plus visibles que grâce à l'arbre qui étincelait sur leur torse. La voix du capitaine trahit pour la première fois une vive émotion lorsqu'il reprit la parole.

– Pour l'instant, les six frères Estaffes nous redoutent. Ils craignent de pénétrer dans ce château, de pénétrer dans cette école, de franchir la Grille épineuse et d'affronter l'Arbre doré. Ils patientent depuis un an.

Le capitaine respira alors profondément, et parut se détendre.

– Mais leur attente touche à son terme. Les six frères sont de terrifiants adversaires. Ils connaissent très bien cette école. Ils trouveront un moyen, un jour ou l'autre, d'y pénétrer et de m'atteindre… Je n'ai pas peur de vous le dire : ce jour se rapproche…

Mathieu fut saisi d'un frémissement. Il aurait juré que Louis Serra lui avait adressé un bref regard.

– Les Élitiens sont légendaires, mais les légendes finissent par s'éteindre, conclut le capitaine. Si demain des Élitiens meurent, il faudra que vous continuiez à soutenir l'école. Tant que l'un d'entre nous survivra, l'Arbre survivra avec lui… Si tout le monde fuit, l'Arbre mourra *définitivement*. Quoi qu'il arrive, et même si cette instruction venait de la direction ou d'un autre capitaine que moi, ne renoncez *jamais* à cette école. Vous lui êtes indispensables.

Louis Serra inclina brièvement la tête à l'adresse de Tristan Boidoré puis descendit l'échelle. Son ombre disparut comme elle était venue, dans la noirceur et l'anonymat.

*

– Le capitaine vous a transmis son message de bienvenue…, annonça Tristan Boidoré lorsqu'il eut retrouvé ses esprits. Voici à présent celui de la comtesse Armance Dacourt, qui vous paraîtra certainement plus *terre à terre*. Bravo à tous d'avoir réussi l'épreuve du Prétendant. Peu importent les moyens que vous avez employés pour en venir à bout… Vous disposez de vingt-six jours pour relever un nouveau défi : la redoutable épreuve du Premier Mois. Vous en avez appris le contenu hier. Le principe est simple. Vous disposez de tous les moyens imaginables pour achever la quête qui vous a été confiée. En cas d'échec, vous serez renvoyés chez vous, sans autre forme de procès. Il est temps que vous découvriez ce qu'est l'école de l'Élite : dans quelques années, vous serez de meilleurs espions que les agents des services secrets du roi. Vous serez des combattants plus redoutés que les meilleurs soldats du royaume. Vous serez aussi instruits et sages qu'un consul. Il n'y a aucune obligation dans cette école. Aucune horloge. Presque aucune règle. Vous êtes libres d'apprendre. Des professeurs, des Apprentis, des médecins, et même, parfois, des Élitiens en personne, sont à votre disposition tous les jours et à toute heure. Des conférences ont lieu tous les soirs dans cette bibliothèque. Des exercices d'escrime, d'équitation, d'espionnage et de sécurité rapprochée sont répétés tous les jours dans diverses salles. Des cours essentiels, pour vous apprendre à maîtriser votre uniforme, sont dispensés régulièrement dans la base d'entraînement des Prétendants, que je vous encourage à visiter au plus vite. Soyez raisonnables, et vous aurez une chance d'obtenir la première branche de votre arbre. Je ne vous retiens pas plus longtemps. Vous n'avez plus une minute à perdre. Courez vous renseigner sur votre épreuve. Travaillez sans répit à son accomplissement. Soyez prudents… Bonne chance à tous.

Mathieu se frotta les mains, prêt à en découdre avec la Foudre fantôme. Un brouhaha infernal s'élevait déjà dans la bibliothèque, lorsque la main de Roméo Pompous se leva dans la pénombre. Le silence se fit.

– Tristan Boidoré…, commença Roméo en adressant un regard en biais à Jurençon. On m'a parlé d'une récompense particulière… Une récompense connue sous le nom… sous le nom d'Exploit…

Tristan parut surpris par cette question.

– Un Exploit est la récompense la plus illustre qui puisse être décernée à un Élitien ou à un élève de cette école, expliqua-t-il. Il apparaît sous la forme d'une branche rouge, sur l'uniforme de celui qui l'a réalisé. Où en avez-vous entendu parler, Roméo Pompous ?

La salle s'était remplie de murmures. Au lieu

de répondre, Roméo ajouta avec un sourire narquois :

– On m'a raconté qu'un Exploit a une particularité extraordinaire, n'est-ce pas ?

– C'est vrai, reconnut Tristan Boidoré à contrecœur. Celui qui reçoit un Exploit ne peut pas être exclu de l'école, quelle que soit son attitude… et quel que soit son résultat à l'épreuve en cours.

Béat, Mathieu Hidalf sentit son cœur cesser de battre. Ses yeux étincelaient dans la pénombre.

– Mais je vais éteindre les lueurs présomptueuses qui illuminent vos regards, conclut froidement Tristan Boidoré. À ma connaissance, *jamais* un Prétendant n'a obtenu d'Exploit, et un seul Élitien, parmi les trente en fonction, en a accompli un. Louis Serra en personne.

Tous les sourires disparurent. Tous, sauf un. Mathieu Hidalf était figé. Il n'avait peut-être pas réussi à devenir le premier Prétendant à entrer à l'école en trichant… mais il deviendrait le premier à obtenir un Exploit ! Lorsque Jurençon et Roméo le rejoignirent, Mathieu entendit à peine leurs paroles. Ses compagnons voulaient écumer la bibliothèque pour se renseigner sur la Foudre fantôme. Mathieu s'assit, sans un mot, à une table. Bien sûr, il aurait préféré disposer de davantage de temps… Bien sûr, un projet comme celui-ci aurait mérité d'être préparé depuis des mois, voire des années… mais rien n'était impossible. Il allait se procurer la liste de tous les Exploits décernés dans l'école. Il étudierait de près les conditions requises pour en obtenir un. Si nécessaire, il consulterait maître Magimel, le juriste de son père. Et quel qu'en soit le prix, il réaliserait cet Exploit. Après tout, il était parvenu à marier le roi et une vieille sorcière grâce à un parchemin magique qu'aucun voleur avant lui n'était parvenu à subtiliser. Il trouverait bien une solution pour tromper la direction de l'école…

*

Le lendemain, à l'aube, lorsque Roméo et Jurençon, déterminés à pourchasser la Foudre fantôme, ouvrirent les rideaux du lit de Mathieu, ils ne trouvèrent qu'un mot déposé sur son oreiller.

Absent pour cause d'Exploit.
Prière de ne pas me déranger,
pour quelque raison que ce soit,
et surtout pas à propos de la grotesque épreuve du
Premier Mois.
Qui peut se permettre de perdre son temps
à pourchasser une biche ?
Mathieu Hidalf.

Pierre Chapelier, consterné, leur expliqua qu'il n'y avait rien à faire.

– Mais comptez sur moi, chuchota-t-il avec gravité. Il changera d'avis quand il réalisera qu'un Exploit est impossible à obtenir…

Chapitre 7
Les trois sinistres rendez-vous
de Mathieu Hidalf

Une semaine s'écoula dans l'école de l'Élite, pendant laquelle Mathieu Hidalf ne changea pas d'avis, en dépit des menaces de Roméo, des lamentations de Jurençon, et des conseils avisés de Pierre. Mathieu n'avait jamais été si heureux. Il passait la plupart de son temps à lire des contes, à explorer les quartiers des Prétendants avec Pierre et à fouiller la bibliothèque à la recherche de renseignements sur les Exploits. Mais il n'était pas parvenu à obtenir la moindre information utile à leur sujet. La seule qu'il dénicha provenait du livre rédigé par maître Magimel pour son anniversaire et n'était guère encourageante. À *Exploit*, dans l'index, le juriste avait gribouillé :

Cher Mathieu Hidalf,
Je vous conseille vivement de ne pas perdre une

minute de votre précieux temps à rechercher des informations sur les Exploits. Leur liste est très courte. Il en existe un exemplaire dans mon bureau au manoir, un autre dans celui de Louis Serra, et un dernier, peut-être, dans la bibliothèque de l'archiviste de l'école.

Mais croyez-en mon vieux génie qui a fait ses preuves, vous avez tout intérêt à vous consacrer à la capture de la Foudre fantôme car, si je ne me trompe pas, l'école choisira de vous attribuer cette mission. Bonnes et heureuses infinies tentatives de tricheries inutiles,

Votre fidèle magistrat, maître Magimel.

Derrière Mathieu, Pierre ne disait rien, mais n'en pensait pas moins ; son silence avait toujours été plus bavard que lui-même. Mathieu savait depuis longtemps que maître Magimel n'était pas né de la dernière pluie. Mais qu'il ait réussi à deviner son épreuve avant même sa rentrée l'impressionnait vivement et l'inquiétait encore plus ! En effet, Mathieu était désormais certain qu'on avait choisi de le soumettre à l'épreuve de la Foudre pour une raison précise, et non pas de manière arbitraire, comme il l'avait d'abord supposé. Et pourquoi l'école aurait-elle choisi de lui confier, à lui qui avait triché pour obtenir sa dérogation, une épreuve plus facile que celle des autres ? Cela faisait une semaine que Jurençon et Roméo consacraient leurs journées et leurs nuits à traquer la mystérieuse biche, sans avoir repéré la moindre de ses empreintes…

– Si maître Magimel a su que tu aurais à accomplir cette épreuve, c'est parce qu'il s'agit de l'une des plus difficiles de l'école ! l'avertit Pierre d'un ton calme, mais plus froid que de coutume. Et si tu tardes trop, Mathieu, tu ne réussiras jamais à approcher la Foudre fantôme… Et tu retourneras au manoir Hidalf.

– Jamais ! protesta Mathieu. D'ailleurs, si la biche est si dure que ça à capturer, il vaut mieux que je me concentre sur un Exploit !

*

Après dîner, ce soir-là, lorsque Mathieu grimpa jusqu'au balcon des contes de fées, il tomba nez à nez avec Pierre, Roméo et Jurençon. Les deux derniers hissèrent aussitôt l'échelle par-dessus la balustrade, et Mathieu comprit qu'il était tombé dans un piège. Ses compagnons le considéraient avec attention. Un livre énorme, le *Dictionnaire des arts improbables de la chasse*, était ouvert devant eux.

– Vous avez découvert quelque chose au sujet des Exploits ? demanda Mathieu d'un ton soupçonneux.

– Pire que ça, répliqua Roméo. Nous avons

découvert quelque chose au sujet d'une créature *impossible* à capturer... La direction veut se débarrasser de nous !

Pierre lança à Mathieu un regard pénétrant, et lut d'une voix grave :

– *La Foudre fantôme, également connue sous le nom de biche d'amour, serait devenue célèbre depuis les noces du comte et de la comtesse Boidecœur, fondateurs de l'Élite.*

– La Foudre fantôme est une biche d'amour ! s'écria Mathieu, révolté.

– Tu n'as encore rien vu, siffla Roméo, rageur.

– *D'après de nombreuses sources, la légendaire Foudre fantôme serait une créature helios. Son nom lui vient à la fois de sa vitesse fulgurante et de son caractère insaisissable. Argentée et rapide comme l'éclair, elle ne passe jamais deux fois au même endroit. Personne n'a découvert son repaire, pas même les frères Estaffes qui ont consacré plusieurs années à la pourchasser.*

– La Foudre fantôme est donc une biche helios ! éructa Mathieu.

– Nous le savions déjà, **remarqua Roméo.**

– *Pourtant, la Foudre fantôme aurait été capturée par le passé, quelques jours après sa naissance. Elle aurait dû servir de gibier aux noces du premier Élitien, le comte Boidecœur. Mais le comte et la comtesse, éblouis, choisirent d'épargner la jeune biche. Dès lors,* celle-ci ne les aurait plus quittés. On prétend que les deux alliances des époux Boidecœur furent taillées dans ses bois d'argent : ils sont connus sous le nom d'anneaux de Foudre.

« Depuis la disparition des Boidecœur, la Foudre fantôme hanterait la forêt de l'école, veillant sur le cœur des Élitiens. D'après certaines légendes, elle serait impossible à emprisonner une seconde fois, symbole de l'éternel amour de ses sauveurs. Selon d'autres sources, seul un cœur aimant, d'une pureté sans pareille, pourrait l'atteindre. Une troisième légende révèle que, comme la bosse d'un bossu, le museau de la Foudre fantôme offrirait une félicité rare en amour à ceux qui parviendraient à le toucher.

– Nous sommes perdus, balbutia Jurençon, tête basse, en guettant néanmoins la réaction de Mathieu.

– Nous sommes triplement perdus ! s'emporta Mathieu. J'enrage de colère ! Même si nous réussissons à l'attraper, nous deviendrons amoureux, ce qui est pire que tout ! C'est un scandale ! Nous devons attraper une biche non seulement d'amour, non seulement helios, mais qui en plus fait tomber amoureux !

Roméo contemplait l'illustration de la créature argentée d'un air songeur.

– Tu n'es pas désespéré ? s'étonna Mathieu.

– Si… Je vais être renvoyé de l'école, et en plus

je continuerai à être un amoureux maudit toute ma vie !

Indigné, Mathieu scruta longuement la silhouette de la biche.

– Tu vas nous aider ? s'exclama Jurençon.

– Certainement pas. J'ai obtenu un rendez-vous avec l'archiviste de l'école, un vieil avare corruptible. Je saurai bientôt comment on obtient un Exploit. Pourquoi perdrais-je mon temps à courir après une créature qui a réussi à échapper aux six Estaffes en personne ?

Et il quitta vivement le balcon, après avoir remis à sa place l'échelle qui permettait d'en descendre. Jurençon et Roméo soupirèrent. Quant à Pierre, il arborait un sourire presque imperceptible.

– Je ne lui donne pas une semaine…, révéla-t-il. Bientôt, Mathieu Hidalf ne dormira plus de la nuit avant d'avoir attrapé la Foudre fantôme… Je le connais… Il ne pourra pas résister à une créature helios impossible à capturer…

*

Mathieu Hidalf avait effectivement changé d'humeur après la lecture de ce paragraphe insupportablement pessimiste. Bien entendu, il était si peu amoureux de qui que ce soit qu'il ne risquait pas d'attraper cette satanée biche d'amour.

Et d'ailleurs, il ne voulait pas l'attraper, pour ne pas risquer de tomber sous le charme de Marie-Marie du Château Boisé, l'odieuse fillette qui s'était permis de le souffleter par le passé. Pourtant, pour la première fois depuis sa rentrée, Mathieu réfléchit à cette chasse compliquée qui devait aboutir avant le neuvième jour du mois des Mages. Il était résolu à accomplir un Exploit, mais mieux valait prendre quelques précautions. Il demeura enfermé derrière une muraille de recueils de contes, ainsi qu'il procédait lorsqu'il préparait chacune de ses célèbres bêtises. Alors, dans le plus grand secret, et sans même se l'avouer, il commença à songer à la Foudre fantôme. Sa première conclusion ne tarda pas : puisque les frères Estaffes eux-mêmes avaient échoué en la poursuivant, il était inutile de miser sur la vitesse ou sur la force. Pour piéger une créature de cette sorte, il fallait employer d'autres armes.

Après une heure de négociation avec sa propre conscience, l'esquisse d'une idée vint à Mathieu. Il lui fallait cependant, pour la mettre en œuvre, rendre une petite visite à Juliette d'Or, et écrire une missive à Juliette d'Airain. Calfeutré dans son lit, il sortit sa correspondance de sa taie d'oreiller. Mme Hidalf lui écrivait une lettre toutes les demi-journées. Chaque fois, Mathieu ne lisait que la dernière phrase pour savoir s'il s'était passé quelque chose de grave. Mais il ne se passait plus rien de grave au manoir Hidalf depuis son départ. Alors, il examinait les signatures avec attention. Juliette d'Argent écrivait : *Mon cher frère, je prends soin de Bougetou. Tu nous manques, surtout à Juliette d'Airain. Ne t'attache pas trop à Louis Serra qui devrait bientôt se faire assassiner.* Juliette d'Airain ajoutait : *J'ai hâte de te rejoindre à l'école. Tu nous manques, surtout à papa. Il n'en dit rien, mais ça se voit à son sourire paisible, le matin.* Et M. Hidalf concluait : *Je suis heureux de n'avoir pas encore entendu parler de toi. Tu manques à ta mère.*

Mathieu estima qu'il était temps de leur répondre. Trois minutes plus tard, il avait achevé sa lettre.

Chère famille,
Dans l'école, il y a plein de trucs pour nous faire mourir, ce qui fait que, du coup, je n'ai pas encore pris le temps de penser à vous, parce que je suis fatigué de devoir me sauver la vie tout le temps. Sinon, Louis Serra est toujours vivant, et les frères Estaffes se tiennent tranquilles. Je ne les ai toujours pas rencontrés, et pourtant la comtesse m'a révélé le jour de la rentrée qu'ils voulaient particulièrement me tuer.
Pour des raisons que je ne peux pas divulguer dans cette lettre, j'aimerais confier une mission de ma part à ma troisième sœur que j'aime le plus, c'est-à-dire

Juliette d'Airain. Comme c'est la plus intelligente, pourrait-elle m'écrire une saynète de théâtre très bien rédigée, avec moult vieux mots de ménestrels et vieux langage de courtoisie de l'amour prude, comportant un personnage de genre garçon et un personnage de genre fille ? (Ne vous méprenez pas, je ne suis pas amoureux.)

Ma chère maman, embrassez mes sœurs chéries, mon chien adoré, Griffrigor que j'affectionne, maître Magimel qui m'est cher, le Dr Boitabon même si je le déteste cordialement, mes poissons qui me manquent et le grand chêne du jardin auquel j'aimais tellement grimper, quand j'étais un enfant normal.

Si j'ai oublié quelqu'un, j'y penserai peut-être une autre fois.

Votre fils Mathieu qui cherche un Exploit,
sinon il rentrera bientôt au manoir
à cause de la Foudre fantôme.

Il posta sa lettre sans plus y songer, et s'empressa d'aller à la rencontre de l'archiviste de l'Élite. Ce rendez-vous lui coûta fort cher et Mathieu n'apprit qu'une seule chose au sujet des Exploits : le plus jeune élève à en avoir obtenu un était un Apprenti de treize ans ayant vécu dans l'école deux siècles plus tôt. Il était mort une semaine après sa prouesse, en traversant à cloche-pied un lac gelé ; personne ne savait plus comment il avait obtenu une branche rouge sur son uniforme et tout le monde avait même oublié son nom.

*

Deux semaines avaient passé depuis la rentrée de Mathieu Hidalf, qui n'avait toujours pas changé d'avis. Roméo et Jurençon n'attendaient plus rien de lui, et fort peu d'eux-mêmes. La Foudre n'avait jamais si bien porté son nom : elle n'était qu'un fantôme, une rumeur, une chimère. Quant à Pierre, découragé, il se contentait de murmurer en abaissant le livre de contes derrière lequel Mathieu était constamment réfugié :

– Tu devrais te méfier… Toute l'école se doute de quelque chose… Tu n'as participé à aucune leçon, tu n'as jamais mis les pieds à la base des Prétendants, tu ne sais même pas utiliser ta luide… Les juges ne vont *pas du tout* apprécier. L'épreuve du Premier Mois est censée nous apprendre quelque chose sur nous-mêmes…

– Et moi, qu'est-ce qu'on pourrait bien vouloir me faire apprendre ? protesta Mathieu. Il y a déjà tant de choses que je sais, alors que j'ai seulement onze ans !

Le bruit commençait effectivement à courir que Mathieu n'accomplissait pas son épreuve, et il s'efforçait d'éviter la comtesse Dacourt, qui lui jetait souvent un regard pénétrant lorsqu'elle le croisait dans les couloirs. Ce regard signifiait : « Je ne sais pas ce que vous manigancez, Mathieu Hidalf, mais je le saurai tôt ou tard. Et alors, gare à vous. »

Enfin, un matin, Mathieu reçut un mystérieux colis. Il s'agissait de la réponse de Juliette d'Airain :

Mon cher grand frère,

Tu trouveras, avec cette lettre, ma toute première pièce de théâtre, rédigée en trois jours et deux nuits, qui devrait faire date dans le monde de la littérature. Mon public m'a longuement applaudie, au manoir, lorsque je l'ai lue (sauf papa, qui a voulu exercer la censure, mais il n'y connaît rien en matière d'œuvres d'art). Le duc Hector et Marie-Marie du Château Boisé en personne ont assisté à l'audience. Sache que Marie-Marie, comme moi, estime que les filles devraient avoir le droit de devenir élitiennes, surtout depuis que tu es élève de l'école, car elle prétend que tu n'es qu'un idiot.

Le visage de Mathieu se décomposa. Depuis le jour funeste où Marie-Marie l'avait souffleté, il n'admettait pas qu'elle soit invitée au manoir, surtout en son absence. Mais qu'elle ose le traiter d'idiot en public, c'était une autre affaire ! Lorsqu'il aurait le temps, il s'occuperait personnellement de son cas.

À propos de la biche que tu veux capturer, avait écrit Juliette d'Airain, *je crois avoir deviné l'objet de tes convoitises… Tu recherches les célèbres anneaux de Foudre, n'est-ce pas ? Une fois réunis, ils auraient le pouvoir de rendre amoureux quiconque les porte… Je n'ose pas imaginer l'usage que tu en ferais, si tu les possédais ! Le royaume entier serait à tes pieds !*

Mathieu interrompit à nouveau sa lecture. Ainsi, les deux anneaux de Foudre avaient cet incroyable pouvoir ? Il reprit sa lecture avec empressement.

Nombre de mages et de grands bijoutiers ont essayé de s'en emparer… Leur valeur est inestimable. Tout le monde sait où se trouve l'anneau du premier Élitien : il a été aperçu à maintes reprises sur un des bois de la Foudre fantôme. En revanche, personne n'a jamais trouvé la moindre trace de l'anneau de la comtesse Boidecœur. Mais pour ma part, j'ai bien une idée du lieu où il se cache… Je t'en dirai davantage, à une condition : si tu découvres ces deux bijoux, je veux en disposer une journée entière, pour mon usage personnel.

En espérant que le vocabulaire de cette lettre ne t'aura pas empêché de la comprendre,

Juliette d'Airain, ta petite sœur brillante.

Mathieu se vengea de cette lettre humiliante en ricanant bêtement. Juliette d'Airain voulait se servir des prodigieux anneaux pour faire tomber Roméo Pompous sous son charme, il en était convaincu. Il accepta aussitôt sa proposition et expédia une réponse au manoir, écrite avec un dictionnaire de mots rares et précieux, dans l'espoir que la petite Juliette n'y comprenne rien. Fier de son coup, il s'enferma dans son lit et commença le prétendu chef-d'œuvre de sa sœur : un pavé de six actes et d'au moins trois kilos. Il le lut en sautant la moitié des pages, sélectionna la scène qui lui semblait la moins ennuyeuse, et s'apprêtait à la réécrire entièrement lorsqu'une ombre tomba sur les rideaux verts de son lit. Il passa lentement la tête dehors. Tristan Boidoré, qu'il avait à peine croisé deux fois depuis la rentrée, le considérait avec attention.

— Un bruit insensé court dans l'école, Mathieu Hidalf, lui dit lentement le responsable des Prétendants. S'il est avéré, vous allez au-devant d'énormes ennuis…

Il lui remit une petite enveloppe noire.

— C'est la lettre d'une admiratrice ? s'inquiéta Mathieu en haussant le sourcil droit.

— En quelque sorte, oui, répondit Tristan Boidoré, qui s'éloigna sans plus d'explications.

Mathieu déchira l'enveloppe scellée par un

arbre doré et fut surpris de découvrir que son admiratrice était la comtesse Dacourt. Il était écrit, très solennellement :

M. *Mathieu Hidalf est convoqué sans délai dans la tour Directrice, à compter de la réception de cette convocation.*

Mme la comtesse Armance Dacourt,
directrice adjointe.

*

La comtesse fit patienter Mathieu pendant deux heures et trente-quatre minutes dans sa salle d'attente pourtant vide. Lorsque Mathieu, furieux, pénétra enfin dans son bureau, Tristan Boidoré et le pré-Élitien Peter de Nemours, qui avait été le quatrième juge lors de son épreuve du Prétendant, le dévisagèrent d'un air profondément désespéré. Devant eux, la comtesse et le baron Hudson, directeur de l'école, étaient assis, aussi pâles et immobiles que des statues.

– Mathieu Hidalf, commença Armance Dacourt avec son habituel sourire de mauvais augure, comment allez-vous ?

Sans attendre une réponse dont elle se moquait éperdument, la comtesse ajouta avec un sang-froid redoutable :

– Je vais être claire avec vous, Mathieu. *Jamais,*

149

vous m'entendez, *jamais*, dans l'histoire de cette école, un Prétendant n'a été assez stupide et outrecuidant pour ne pas se préoccuper de son épreuve du Premier Mois les quinze jours ayant suivi sa rentrée.

Mathieu, qui se doutait du sens du mot *outrecuidant* depuis l'article de *L'Astre du jour*, haussa légèrement le sourcil droit.

– Mais, madame, il n'est pas dit que je ne fasse rien pour l'accomplir ! Souvenez-vous qu'il ne faut pas se fier aux apparences, répliqua-t-il d'un ton poli et sincère.

– Et jamais un Prétendant n'a été assez égoïste pour abandonner ses deux compagnons à leur sort, renchérit fermement Tristan Boidoré.

– La presse en a parlé aujourd'hui, figurez-vous, explosa le baron Hudson que Mathieu entendait pour la première fois.

La voix autoritaire du directeur aurait effrayé les frères Estaffes en personne. Elle fit froncer les sourcils de Mathieu Hidalf.

– Peut-on savoir pourquoi vous ne faites rien ? interrogea le pré-Élitien Peter de Nemours.

– Je vous promets, répondit Mathieu avec enthousiasme, que je travaille à un vaste projet ! Je compte bien devenir le plus jeune Prétendant de l'histoire à recevoir un Exploit ! Ce serait merveilleux, n'est-ce pas ?

– Un *Exploit* ? répéta le baron Hudson comme si on venait de lui infliger une gifle en pleine figure. Un *Exploit* ?

– Mathieu Hidalf, vous vous moquez du monde ! intervint la comtesse. Savez-vous seulement ce que vous dites ?

– J'espère que vos valises pour le manoir Hidalf sont prêtes, renchérit le baron, écarlate. Vous y retournerez dès la fin de votre épreuve. Vous pouvez disposer.

Tristan Boidoré et Peter de Nemours sortirent du bureau en même temps que Mathieu. Le second souriait distraitement. Mathieu l'épia du coin de l'œil. Il était célèbre dans l'école pour son charme et ses amours volages.

– Il y a une seconde raison à votre attitude, n'est-ce pas ? dit Peter de Nemours d'un ton amusé. Vous estimez qu'attraper la biche est un jeu d'enfant, je me trompe ?

– Si c'est le cas, Mathieu Hidalf, gronda Tristan Boidoré, apprenez que cette épreuve est considérée à juste titre comme la plus difficile de toute l'école. Elle est parfois attribuée à des pré-Élitiens !

– J'en sais quelque chose…, soupira Peter de Nemours sans se départir de son sourire.

– Quant aux Exploits, ajouta Boidoré en s'éloignant, ils sont comme les trèfles à quatre feuilles. Il ne faut pas les chercher pour en obtenir…

Une fois que le jeune responsable des Prétendants fut hors de vue, le visage séducteur de Peter de Nemours se métamorphosa, et il posa sur Mathieu un regard sombre.

— Vous avez rendez-vous, *tout de suite*, dans la bibliothèque des pré-Élitiens…, chuchota-t-il. En voici la clef… Ce rendez-vous est absolument secret. N'en parlez à personne, et surtout pas à la comtesse ou à Tristan. Vous seriez perdu et vous me compromettriez gravement. Au cas où vous auriez un gros problème un jour, Mathieu Hidalf, demandez-moi au cabaret des Apprentis, dans la forêt. Bonne chance.

Mathieu courut jusqu'à la tour des Escaliers, qui desservait tous les étages de l'école. Elle était ainsi nommée parce qu'une dizaine d'escaliers différents tournoyaient dans son ventre de pierre. Mathieu empruntait toujours le même : celui des Capitaines.

*

On accédait à la bibliothèque des pré-Élitiens par une petite porte ronde du deuxième étage. Mathieu la franchit, le cœur battant. Qui pouvait bien lui donner un rendez-vous secret ? Des rangées de reliures noires se succédaient sous ses yeux. La bibliothèque semblait vide. En avançant, il aperçut soudain un éclat doré. Il voulut s'enfuir, mais il était trop tard. Juliette d'Or en personne, le visage à moitié dissimulé sous un capuchon, se jeta sur lui et l'immobilisa entre ses bras tentaculaires.

– J'ai appris, dit-elle d'une voix de furie, que tu refuses d'accomplir ton épreuve du Premier Mois ?

– Mais…

– L'échec de ta tricherie ne t'a pas suffi, imbécile ? s'écria sa sœur. La comtesse Dacourt me traque comme une bête, et je suis obligée de prendre des risques inouïs pour te raisonner ! J'ai écrit à papa. Pour lui dire toute la vérité.

– Tu n'as pas osé ? s'étrangla Mathieu. Je pourrais bien lui écrire par lettre recommandée que le pré-Élitien Peter de Nemours, qui a la plus mauvaise réputation imaginable, te donne des rendez-vous secrets, moi !

– Il ne me donne pas de rendez-vous, vermine ! Je ne veux pas que tu quittes le château, tu m'entends ? Et c'est ce qui va t'arriver si tu ne fais rien !

– Tu es pire que la comtesse ! riposta Mathieu. Je vais obtenir un Exploit, ce qui est bien mieux que d'attraper une biche d'amour !

– Je vois que j'ai eu raison d'employer les grands moyens.

– Les *grands moyens* ? balbutia Mathieu avec inquiétude. C'est toi qui as prévenu la comtesse ?

– J'ai fait bien mieux que ça, répliqua-t-elle froidement. Et mon petit doigt me dit que, dès demain, tu chasseras cette Foudre fantôme, acheva-t-elle avec une sincérité terrifiante.

– Voilà qui m'étonnerait, grommela Mathieu.

– Tu dois *travailler*.

– Je ne veux pas travailler, je veux un Exploit !

– Très bien, dit Juliette d'Or d'un ton hautain. Tu pourras compter sur moi dès demain. En attendant, je dois te prévenir d'une chose… Méfie-toi du beau Tristan Boidoré…

– Pourquoi ? fit Mathieu, étonné. C'est le responsable des Prétendants et il n'est pas si beau que ça !

– C'est surtout le neveu de la comtesse Dacourt…

Mathieu écarquilla les yeux.

– Et d'après les rumeurs, il aurait un faible pour moi…, précisa Juliette. J'ai l'habitude de gérer ce genre d'inconvénients. L'ennui, c'est que ce Tristan est extrêmement jaloux et discipliné… S'il pouvait me prendre en flagrant délit, je serais perdue…

*

De retour dans la bibliothèque des Prétendants, contrarié d'avoir été sévèrement réprimandé par la comtesse, par le baron Hudson, par Tristan Boidoré et par la moins brillante de ses sœurs, Mathieu se faufila jusqu'à son lit, désireux d'éviter une mauvaise rencontre de plus. En retirant un cheveu d'or égaré sur sa luide, il pensa tristement à tout ce qui lui manquait au manoir Hidalf. Il se rappelait sa chambre gigantesque, sa colonne de livres non lus, et la perruque de son père au sommet du grand chêne. Il revoyait sans cesse quatre visages flotter dans les airs, comme les fantômes lointains de sa petite enfance. Un ingénu aurait pu croire qu'il s'agissait du visage des deux petites Juliette, de M. et de Mme Hidalf. Mais en réalité, Mathieu voyait défiler les quatre gueules de Bougetou, hurlant à la mort. Il feuilleta le livre offert par maître Magimel, pour chercher une idée d'Exploit, puis il tomba dans un profond sommeil.

*

Mathieu fut réveillé en sursaut au beau milieu de la nuit. Quelqu'un venait de tirer brusquement les rideaux de son lit. Lorsqu'il ouvrit les yeux, le regard inquisiteur de Tristan Boidoré était à nouveau posé sur lui.

– Qu'avez-vous encore fait ? chuchota l'Apprenti.

Mathieu le dévisagea sans comprendre. Tristan avait les cheveux en bataille et ne portait même pas sa luide. Tout laissait supposer qu'il sortait de son lit.

– Qu'avez-vous fait pour être convoqué à une telle heure de la nuit ? précisa Boidoré.

Mathieu faillit s'étrangler. Juliette d'Or avait dû se faire prendre !

– Convoqué par qui ? bredouilla-t-il.

Boidoré posa une main presque affectueuse sur son épaule, et annonça :

– Bureau de la comtesse. Bon courage.

– Vous ne venez pas ? s'inquiéta Mathieu en quittant ses draps.

– J'ai reçu l'ordre de ne pas vous accompagner… Quoi qu'il vous arrive ce soir, Mathieu Hidalf, ne perdez pas espoir.

Mathieu quitta la bibliothèque le cœur battant. La grande galerie du troisième étage était plus silencieuse qu'une épave. Seul l'escalier de la tour Directrice était vaguement éclairé par une série de chandelles. À cause de sa sœur, la comtesse allait sans doute le foudroyer… Mais cette fois-ci, il n'épargnerait pas la grande Juliette, et, si nécessaire, il citerait même le nom de Peter de Nemours.

*

Dans le bureau entrouvert, une bougie éclairait le fauteuil d'Armance Dacourt, qui tournait le dos à Mathieu. Il approcha en fronçant les sourcils, décidé à prendre les devants.

– Madame la comtesse, que dirait mon père s'il savait que vous me donnez des rendez-vous secrets au milieu de la nuit ? Je n'ai que onze ans, pardi !

Le fauteuil pivota lentement et Mathieu reconnut avec stupéfaction la dernière personne qu'il s'était attendu à rencontrer : Louis Serra, dont l'arbre couvert de branches dorées étincelait à la lueur de la bougie. Il paraissait épuisé, mais il aurait pu dompter une tempête d'un seul regard.

– Et que dirait la comtesse, dit-il doucement, si elle savait que j'utilise son bureau pour vous recevoir, Mathieu Hidalf ?

Pour la première fois, Louis Serra esquissa un sourire.

– Vous ne craignez pas qu'elle revienne ? murmura Mathieu avec admiration. Parce que moi, à votre place, je peux bien vous dire que j'aurais peur qu'elle me surprenne dans son fauteuil !

– Effectivement, la comtesse y tient beaucoup, admit Louis Serra en hochant la tête. Mais il se trouve qu'elle dort, un soir par semaine, chez son auguste mari, le comte Dacourt. Par hasard, elle y dort *précisément* ce soir.

Mathieu nota cette information dans un coin de son esprit. Il faudrait profiter des moments d'absence de la comtesse pour les opérations les plus délicates…

– J'ai rencontré votre sœur dans l'après-midi, déclara alors Louis Serra. Hélas, vous vous doutez bien que je n'ai pas le temps de m'occuper personnellement de l'intégration des Prétendants.

Mathieu écarquilla les yeux, effaré. Voilà donc ce qu'avait imaginé Juliette ! Faire perdre son temps à l'homme le plus important du royaume, le capitaine Louis Serra !

– Elle a agi de sa propre initiative ! se défendit-il. Et tout le monde sait, au manoir, qu'elle est certainement la moins intelligente de tous les enfants Hidalf ! Déjà, à treize ans, elle a embrassé un crapaud en espérant que…

– Je suis absolument furieux, Mathieu Hidalf, et je pèse mes mots, annonça Louis Serra d'une voix très calme.

Mathieu se redressa sur son siège, pris de court.

– Juliette d'Or a eu raison de venir me voir, poursuivit l'Élitien. Personne avant elle n'avait pris la peine de m'informer de votre comportement inadmissible. J'ai appris avec stupeur que vous refusiez d'accomplir votre épreuve.

Mathieu s'apprêtait à révéler que Juliette avait un amoureux, pour faire diversion, mais il réalisa qu'il n'avait plus affaire à son père et que Louis Serra ne se préoccupait guère des soupirants de sa sœur.

– Mais, monsieur, dit-il, la biche d'amour…

– Je sais. Tu dois attraper la Foudre fantôme, l'interrompit Louis Serra, le tutoyant. Fais tout ton possible, voilà tout.

– Mais je ne suis pas du tout amoureux ! explosa

Mathieu. C'est un scandale ! Déjà, quand j'avais sept ans, Marie-Marie du Château Boisé m'a…

— Que je sois bien clair, le coupa à nouveau Louis Serra d'un ton où commençait à percer une pointe d'impatience. Je me moque éperdument de tes aventures avec Marie-Marie du Château Boisé. Le temps que tu me fais perdre ce soir m'est précieux. Je veux que demain, à six heures sonnantes, tu commences à rechercher la Foudre. Je veux que chaque parcelle de ton imagination se consacre à sa capture. Je veux que la Foudre tremble. Nous avons appris qu'un Prétendant, dont nous ignorons l'identité, est parvenu à l'approcher à deux reprises depuis la rentrée… Ce n'est donc pas impossible. Je veux que tu obtiennes ta première branche. Tu as réussi à marier le roi à son insu en trompant tout un royaume. Tu réussiras à atteindre la biche.

Le visage de Mathieu s'assombrit, et, pour la première fois, il n'osa pas répondre.

— Tu pensais pouvoir obtenir un Exploit, n'est-ce pas ? dit Louis Serra avec une douceur surprenante.

— Je n'ai trouvé aucune information à leur sujet…, balbutia Mathieu. Mais vous, vous en avez reçu un, n'est-ce pas ?

— Je sais que tu as rêvé à nouveau, répliqua Louis Serra en éludant sa question. L'année dernière, tu as pénétré dans la galerie des Gouffres… Pourquoi tu es tombé au milieu d'un rêve au lieu de te noyer, je l'ignore… Et personne n'en sait rien pour le moment. Mais ce que tu as vu peut se révéler d'une importance cruciale. Et je t'ai ordonné, à plusieurs reprises, de me tenir informé de la moindre vision. Stadir Origan t'avait prié lui-même de venir me voir dès ta rentrée.

– Mais j'étais au…

– Que cela ne se reproduise jamais, gronda Louis Serra.

Mathieu inclina la tête. Depuis qu'il avait évoqué son rêve avec le Grand Busier, il avait complètement oublié d'en avertir le capitaine. Il fronça les sourcils, décidé à se rattraper, et raconta, comme l'an passé, comment il avait découvert le roi mort, dans sa chambre silencieuse. Les yeux du capitaine se plissaient peu à peu.

– Le Grand Busier va-t-il mourir à tous les coups ? demanda Mathieu en achevant son récit.

– Personne n'a le droit de pénétrer dans son appartement, répondit Louis Serra. Il est surveillé en permanence par des dizaines de soldats de la garde royale, sous la direction d'Hector du Château Boisé. La garde royale et les Élitiens se détestent. Néanmoins, un Élitien surveille bel et bien la tour du Grand Busier, qui est éclairée constamment par plus de mille nymphettes, dont trois travaillent pour les services secrets élitiens. Hélas, les frères

Estaffes savent déjouer les sortilèges les plus redoutables… Et j'ignore si nos efforts suffiront.

Louis Serra observa un instant de silence avant de reprendre :

– Dans ta seconde vision, il y avait toujours cet enfant mystérieux, poursuivi par cinq des six frères Estaffes, n'est-ce pas ? Sais-tu quelque chose de plus à son sujet ?

Le sang de Mathieu se glaça peu à peu dans ses veines.

– Je n'ai pas reconnu l'enfant, dit-il lentement. Mais j'ai néanmoins découvert quelque chose… Il portait une luide.

Louis Serra ne manifesta aucune réaction, mais Mathieu vit clairement un éclair passer dans son œil noir.

– Comme l'an dernier, il était pourchassé, continua-t-il en épiant le capitaine. Les Estaffes lui couraient après dans le vestibule… sous les branches de l'Arbre doré…

– Tu veux dire que les Estaffes, dans ton rêve, ont pénétré à l'intérieur de l'école ? interrogea Louis Serra comme s'il demandait l'heure.

– Oui… Ils y sont entrés.

– Je me doutais qu'ils y pénétreraient. Désormais, nous en sommes sûrs. Par où l'enfant fuyait-il ? La tour des Escaliers ?

– Non… Il franchissait la Grille inviolable…

La Grille inviolable était plus puissante encore que la Grille épineuse ; seuls les trente Élitiens pouvaient la franchir et personne d'autre qu'eux ne savait ce qu'elle dissimulait. En disant ces mots, Mathieu comprit aussitôt que quelque chose clochait. Quelque chose auquel il n'avait pas pris garde plus tôt. Comment un simple enfant pouvait-il franchir la grille des trente Élitiens ? Pendant une seconde, Mathieu ne vit que les yeux de Louis Serra qui s'illuminaient d'effroi. Puis l'Élitien se leva si brutalement qu'il renversa le fauteuil de la comtesse contre le sol, dans un bruit sourd.

– La Grille inviolable ? répéta le capitaine. Mathieu Hidalf, cette révélation est la plus importante que tu m'aies confiée. Es-tu absolument certain de ce que tu as vu ?

– Oui.

– L'enfant était-il en âge d'être un Élitien ?

– Non.

L'épée effilée du capitaine étincelait dans l'ombre. Chaque muscle de son visage s'était contracté. Il n'avait pas paru aussi épouvanté le jour où il avait appris la fin du Serment rouge et la mort à venir du Grand Busier.

– Stadir Origan est-il au courant ? questionna-t-il froidement, parvenant à peine à maîtriser sa respiration.

– Non…

– En as-tu déjà parlé à quelqu'un ? Une de tes sœurs ? Ton père ? Un Élitien ? Un Prétendant ?

– Non…

Louis Serra posa une main ferme et puissante sur l'avant-bras de Mathieu. Il paraissait bouleversé lorsqu'il se pencha sur lui.

– Si tu répètes à quiconque ce que tu m'as révélé, alors mes efforts pour sauver l'Élite seront vains…, aboya-t-il, oubliant qu'il s'adressait à un Prétendant. Tu ne parleras à personne de la Grille inviolable. *Personne*. Je suis bien clair ?

La voix de Louis Serra n'avait jamais été si froide ni si intimidante. N'importe quel enfant n'aurait plus osé parler pendant une semaine après un tel ordre. Mais la curiosité de Mathieu avait toujours dominé sa peur.

– Vous êtes bien clair, dit-il pour rassurer Louis Serra. Mais pourquoi ne dois-je rien dire ? Et pourquoi est-ce si grave que la Grille inviolable disparaisse ?

Il ne voyait plus que l'arbre doré du capitaine, et l'éclat de ses dents à la lueur de la lune. Louis Serra prit la direction de la sortie comme s'il avait oublié sa présence. Il parut s'en souvenir sur le seuil, lorsqu'il murmura comme à lui-même :

– À compter d'aujourd'hui, tu dois consacrer tous tes efforts à te rapprocher de la Foudre fantôme. Et méfie-toi de tout le monde.

— Capitaine ! appela Mathieu d'une voix faible. Je ne vous ai pas tout dit…

Louis Serra se retourna une dernière fois, menaçant.

— Je vous ai vu… en face… en face de l'un des six frères… Et vous aviez l'air… l'air bouleversé…

Mathieu avait imaginé que Louis Serra s'évanouirait. Mais l'Élitien quitta la tour Directrice sans un mot de plus. Un éclat de voix retentit dans l'escalier, puis Boidoré parut, légèrement embarrassé.

— Louis Serra n'est pas de bonne humeur, dit Mathieu d'un air songeur. Je me suis fait passer un savon !

— Moi aussi, si cela peut vous consoler, répliqua Tristan. Et à cause de vous, qui plus est ! Il était furieux que je ne l'aie pas averti de votre attitude… Peu importe. Croyez-moi, vous allez vous mettre au travail. Et j'y veillerai personnellement.

— C'est inutile. Dès demain, j'aurai attrapé la biche, répondit Mathieu avec un grand calme.

Tristan Boidoré préféra taire le fond de sa pensée et raccompagna Mathieu à travers la galerie du troisième étage.

— Que se passerait-il si la Grille inviolable perdait son pouvoir ? demanda Mathieu, parvenu aux portes de la bibliothèque.

– C'est impossible, affirma Boidoré. Et ça ne vous aidera pas à attraper la Foudre fantôme.

– Je m'en doutais bien, mais ma grande sœur est certaine du contraire ! prétendit Mathieu, en guettant du coin de l'œil la réaction de l'Apprenti. Son amoureux lui a dit que la biche se cache dans le repaire des Élitiens ! Il faut dire que ma sœur n'est pas une lumière.

Juliette d'Or n'avait pas menti. Le visage lugubre de Tristan Boidoré sembla rougir et s'assombrir à la fois.

– Il faut croire, dit le jeune homme, que l'amoureux de votre sœur est un imbécile.

– Cela fait partie de ses critères, confirma Mathieu.

Et Tristan le laissa seul à l'entrée de la bibliothèque endormie, en s'éloignant d'un pas particulièrement mécontent.

Chapitre 8
La tragique histoire
de Roméo et Juliette

Le lendemain matin, lorsque Jurençon et Roméo se levèrent à l'aube, encore embrumés de sommeil, ils furent abasourdis de tomber sur Mathieu Hidalf habillé, peigné, devant une tasse de thé fumant et un plan de l'école.

– Que fais-tu ? balbutia Jurençon.

– J'attrape la Foudre fantôme, répondit Mathieu.

Un sourire se dessina sur les lèvres du neveu du roi.

– Je suis désolé de vous avoir faussé compagnie, précisa Mathieu. Je réfléchissais à l'élaboration de mon premier stratagème.

Les yeux étincelants, il ajouta :

– Maintenant, Jurençon sera comme une de mes sœurs pour moi. Quant à toi, Roméo… tu seras comme une sœur que j'aurais eue, mais soléline.

– C'est-à-dire que tu vas enfin déployer toute ton imagination pour nous aider au lieu d'être égoïste ? se félicita Jurençon.

– Non, je serai toujours égoïste, rectifia Mathieu. Mais égoïste à trois. C'est ce que nous faisons toujours, avec mes sœurs…

Dix minutes plus tard, Mathieu, Jurençon et Roméo étaient réunis dans la salle déserte des Couturiers, dans laquelle étaient suspendues des centaines de costumes.

– Qu'avez-vous appris de la Foudre fantôme, pour le moment ? questionna Mathieu.

Jurençon et Roméo rougirent quelque peu, et le neveu du roi osa enfin répondre :

– Nous ne savons même pas si elle existe bel et bien… Nous n'avons pas découvert l'ombre d'une empreinte ni le moindre témoignage à son sujet. Roméo a pourtant emprunté tous les chiens de chasse de son père pour organiser une immense battue… Sans résultat…

– La Foudre fantôme existe, affirma Mathieu. Je l'ai croisée l'année dernière, le soir de l'anniversaire du roi, en entrant secrètement dans l'école. Voici mon idée : avant de songer à la capturer, il faut pouvoir l'approcher. Et qui peut réussir à l'approcher ? Personne… à part des *amoureux* !

– Tu es amoureux ? s'étonna Jurençon.

– Bien sûr que non, répliqua Mathieu, imperturbable. Mais il suffit que la Foudre fantôme le croie…
Nous allons donc jouer une pièce de théâtre, une sorte de tragédie ! Pas n'importe laquelle, car la biche a dû en entendre des centaines. C'est pourquoi j'ai envoyé une lettre à ma petite sœur la semaine dernière, la priant de composer une pièce de théâtre unique. Ma petite sœur est plus intelligente que vous deux réunis. Nous allons dans la forêt, nous appâtons la biche d'amour, l'un de nous l'attend à cheval, l'autre avec un arc, et nous lui réglons son compte en *bonne uniforme* !

– C'est brillant ! s'exclama Jurençon.

– Tu veux la tuer ! s'indigna Roméo.

– S'il le faut, il le faut, trancha Mathieu.

– Peut-être, admit Jurençon. Mais reste à savoir qui joue quel rôle !

– Le casting est déjà complet, annonça fièrement Mathieu. Roméo, tu seras l'amoureux.

– Et pourquoi moi ?

– Tu as un prénom d'amoureux.

– Non, je n'ai pas un prénom d'amoureux ! riposta Roméo, rouge comme un Hidalf.

– Si, *Roméo*, c'est un prénom d'amoureux, j'en suis certain ! Et d'ailleurs, comme le personnage féminin s'appelle Juliette, vous serez donc Roméo et Juliette, ce qui t'aidera à trouver des mots d'amour plus facilement.

– Et pourquoi ça ? balbutia Roméo, contrit.

– Parce que tout le monde sait que tu es désespérément amoureux de ma grande sœur.

Si Roméo n'avait pas prévu lui aussi un argument majeur, il aurait sans doute cédé aux avances de son frère ennemi.

– Je veux bien jouer le rôle de l'amoureux, rétorqua-t-il, mais as-tu songé que tu prendras le risque de toucher le museau de la Foudre fantôme en l'attrapant ?

Mathieu pâlit d'effroi. Il n'y avait pas du tout songé.

– Tandis que si c'est moi qui le touche, je m'en accommoderai très bien, avoua Roméo d'une voix frémissante.

– Soit ! grogna Mathieu. Nous verrons ce soir pour le rôle de l'amoureux. Mais je parie que tu t'en accommoderas parfaitement.

– Et moi ? intervint Jurençon en écartant les mèches blondes de son front. Je ne vais tout de même pas jouer Juliette, si ?

– En quelque sorte…, répondit Mathieu. C'est grâce à toi que nous échapperons à la vigilance de la comtesse Dacourt… Rendez-vous ici même, à minuit précis. Et que la Foudre fantôme profite de sa dernière soirée de liberté !

*

À minuit, ce soir-là, Jurençon et Roméo patientaient dans l'étrange salle des Couturiers. Conformément aux instructions de Mathieu, Jurençon avait enfilé une robe volée à Juliette d'Or et passé du rouge sur ses lèvres. Dans l'obscurité, maître Magimel l'aurait peut-être confondu avec l'aînée des Hidalf.

Soudain, la porte s'ouvrit. Mathieu apparut, l'œil noir et pétillant.

— Roméo, dit-il d'emblée, *tu* seras l'amoureux.

— Non, répliqua Roméo qui s'était préparé à cette repartie depuis des heures. Je ne le serai pas.

— L'amoureux aura droit à un baiser de Juliette, précisa Mathieu négligemment. Ne te plains pas, généralement, je les fais payer.

— Juliette ? bredouilla Roméo. Laquelle ?

— Je n'embrasse personne ! grommela Jurençon dont la noblesse était offensée.

Mais à cet instant, la porte tourna sur ses gonds. Pierre Chapelier entra en catimini, suivi de la plus belle jeune fille du royaume, Juliette d'Or. En posant un regard sur les deux garçons, Juliette sourit discrètement. Quant à Roméo, il chassa la nymphette qui voletait au-dessus de lui, pour dissimuler ses joues empourprées à la jeune fille.

— Ils ne vont tout de même pas s'embrasser ? s'émerveilla Jurençon.

— Pour attraper cette biche, il faut être prêt

à tout, déclara Juliette d'Or, un peu rouge, mais déterminée.

– Qu'attendons-nous ! s'exclama Roméo. En route !

Et les quatre Prétendants, guidés par Juliette d'Or éblouissante, quittèrent en courant le cinquième étage.

– Et si nous tombons sur la comtesse ? s'inquiéta Jurençon. Juliette sera perdue !

– Tout est prévu, assura la jeune fille, le cœur battant.

*

Pour la première fois depuis sa rentrée officielle, Mathieu Hidalf franchit la porte ronde et couverte de lierre du troisième étage, derrière laquelle s'étendait la stupéfiante forêt de l'école. Une fois refermée, la porte qui donnait sur l'immense tronc d'un chêne semblait presque invisible. Des arbres effrayants s'étendaient à perte de vue.

Devant un sentier obscur, trois destriers, empruntés par Pierre aux écuries de l'école, paissaient en silence. Enfourchant leurs montures, Mathieu, Pierre et Jurençon suivirent à distance Roméo et Juliette, qui se promenaient au clair de lune. Au loin, un agneau, qui avait eu le malheur de boire dans le même ruisseau qu'un loup, poussa son dernier bêlement. Les Prétendants frissonnèrent.

171

Il était temps de réussir cette épreuve du Premier Mois une bonne fois pour toutes.

Parvenu au bord d'un lac, sur lequel un cygne chantait gravement, Roméo Pompous dévisagea la grande Juliette avec des yeux si tremblants d'amour que la jeune fille crut qu'il était un acteur fort talentueux. Tous deux s'observèrent avec émotion. Le premier mot de la pièce était pour Roméo. Mais sa gorge nouée était incapable de le prononcer.

– Quel imbécile ! chuchota Mathieu. Il va tout faire rater ! Je savais que j'aurais dû prendre sa place, mais tout de même, je ne peux pas tout faire !

Pour encourager Roméo à commencer, Juliette d'Or lui prit la main. Il s'y agrippa comme à une corde au milieu d'une falaise. Dissimulé sous un saule pleureur, Jurençon, qui connaissait par cœur tous les rôles, lui souffla dans le silence :

– *Ah ! Juliette ! Juliette ! Pourquoi es-tu Juliette ?*

Roméo, soudain enhardi par les lèvres rouge sang de Juliette d'Or penchée sur lui, répéta la phrase avec énergie.

– *Hélas !* déclama Juliette d'une voix angélique, qui fit frémir Mathieu lui-même. *Hélas ! Faut-il que vous soyez solélin, Roméo ? Et qu'ai-je fait à mes sœurs pour naître darnoise ? Si vous m'accordez un regard, je renie mon nom, mes parents, mes origines et mon grand frère !*

Mathieu et Jurençon échangèrent un coup

d'œil ahuri. Juliette avait les larmes aux yeux, et Mathieu ne lui connaissait pourtant aucun talent d'actrice.

– *Juliette, vous m'aimez donc ?* ânonna Roméo, plus pâle que le cygne qui avait cessé de chanter pour les écouter.

– *Je vous aime, je vous aime, mille fois je vous aime, et ce n'est même pas une hyperbole.*

Derrière les deux comédiens, Jurençon chuchota :

– Qu'est-ce que c'est qu'une *hyperbole* ?

– Sans doute une invention de cette bécasse de Juliette d'Airain, grommela Mathieu.

– *Quant à vous, Roméo, m'aimez-vous ?* demanda Juliette d'une voix suppliante.

Roméo rougit et pâlit à la fois, si bien qu'il parut insensible.

– *Si je vous aime ?* bredouilla-t-il. *Depuis le premier jour, Juliette.*

– Ce n'est pas dans la pièce, remarqua Mathieu. Quel minable !

– *Vous n'êtes donc plus amoureux de ma sotte grande sœur, la plus belle jeune femme du royaume ?* chuchota Juliette en faisant tournoyer sa chevelure d'or sous le ciel nocturne.

– *Un royaume ?* s'écria Roméo, enhardi. *Quel royaume ? Il n'est plus de royaume où sont Roméo et Juliette !*

Jurençon, Pierre et Mathieu se dévisagèrent avec étonnement. Roméo criait si fort et avec tant de conviction que la forêt entière retentissait de ses répliques. Juliette porta une main à son cœur, prête à s'évanouir.

– *Une sœur ? Quelle sœur ?* rugit Roméo, passionné. *J'ai cessé d'aimer cette paire de jambes analphabètes le jour où je vous ai vue, Juliette ! C'était un après-midi, dans le salon de mon père ! Je t'ai vue… Et j'ai été foudroyé…*

– Il recommence…, nota Mathieu qui lisait en même temps la pièce de Juliette d'Airain. Il invente la moitié des répliques !

– *Mais comment allons-nous faire pour convaincre nos pères de souffrir notre amour ?* reprit Juliette en étouffant à son tour un sanglot désarmant.

– Cette fois-ci, je crois qu'ils sont vraiment amoureux ! annonça Jurençon, perplexe.

– Et moi, je crois que j'ai vu juste ! se félicita Mathieu. Je suis formidable ! Il fallait que la pièce soit crédible pour attirer la biche. Je savais que Juliette d'Airain écrirait en pensant à Roméo. Elle est amoureuse de lui. Roméo est amoureux de Juliette d'Or. Et Juliette d'Or est amoureuse d'un Solélin, Peter de Nemours, ce dont j'étais convaincu. Si bien que tout le monde joue son propre rôle !

Juliette détacha soudainement son étreinte,

Roméo recula vivement, Jurençon tomba de cheval, Pierre lâcha son arc, et Mathieu chuchota :

– La Foudre fantôme…

*

Une biche argentée comme la lune venait de bondir d'un arbuste, et dévisageait majestueusement Roméo et Juliette. Si Mathieu n'avait jamais vu de biche ni de lion, il aurait cru qu'il s'agissait d'un lion, car c'était sans nul doute la reine de cette forêt. La Foudre fantôme était stupéfiante. Elle semblait si légère, si rapide, qu'on s'attendait à la voir disparaître d'un moment à l'autre. Mathieu s'efforça de retrouver son sang-froid et d'enregistrer autant de détails qu'il était possible. La première chose qu'il remarqua fut qu'un anneau d'argent était effectivement glissé aux bois de la biche : l'anneau de Foudre du premier Élitien. Le bijou n'était pas facile à distinguer, parce qu'il avait été taillé dans le même matériau que les bois étincelants.

De leur côté, les deux amoureux, subjugués, échangèrent un regard. Roméo, le cœur battant, poussa de toutes ses forces sur la pointe de ses bottes. Juliette, un peu étourdie, ferma les yeux. Devant Mathieu ahuri, Roméo Pompous et Juliette d'Or Hidalf échangèrent leur premier baiser.

Cependant, la biche n'avait pas l'intention

d'avancer dans leur direction. Elle se contentait de les observer, comme une spectatrice de l'opéra de Darnar, depuis une loge inaccessible. Mathieu, Pierre et Jurençon jaillirent à cet instant des fourrés, chacun lançant son cheval à toute allure. La Foudre fantôme justifia sa réputation légendaire ; en une seconde, tel un éclair, elle fondit entre deux buissons, prise en chasse par les trois Prétendants qui disparurent à leur tour, comme une flèche enragée.

*

Lorsque Mathieu Hidalf, le visage fouetté par une branche, suivi de Pierre maussade et de Jurençon crotté jusqu'au cou, s'en revinrent au bord du lac, Roméo et Juliette contemplaient leur reflet, main dans la main.

– Par Origan ! s'écria Jurençon. C'est incroyable ! La Foudre fantôme nous a semés le temps d'un soupir ! Elle est plus rapide qu'une buse !

– Par Origan ! s'écria Mathieu à son tour. Juliette, pense que tu as déjà un amoureux !

Juliette d'Or parut revenir à elle et s'écarta vivement de Roméo, béat et inexpressif.

– En parlant de buse, nous y sommes…, indiqua Pierre. La comtesse est en route. Et nous n'avons rien appris sur le repaire de la Foudre fantôme !

En effet, une buse au bec vert sillonnait le ciel au-dessus de Juliette d'Or, dont l'œil perçant traduisait mille émotions indescriptibles. Elle rabattit un capuchon sur ses longs cheveux. L'oiseau avait été dressé pour repérer les jeunes filles introduites illégalement dans l'école. Pierre emporta Juliette dans un sentier désert. Mathieu courut avec Roméo et Jurençon, qui piétinait sa robe, en direction de la galerie du troisième étage. Une seconde buse, au bec rouge, traversa alors le ciel nocturne, plongea sur Jurençon et trancha une longue mèche de ses cheveux d'un coup de bec.

*

Un instant plus tard, lorsque Mathieu ouvrit la porte du troisième étage, il tomba nez à nez avec la comtesse Dacourt. En robe de chambre, l'air victorieux, elle serrait dans son poing fermé une mèche de cheveux dorés.

– Juliette d'Or Hidalf, dit-elle, vous êtes perdue.

Derrière Mathieu et Roméo, Jurençon venait d'apparaître.

– Madame la comtesse, répliqua Mathieu, non seulement Jurençon n'est pas ma sœur, mais il n'est même pas mon frère, à cause du fait avéré que ma mère n'a eu qu'un seul fils !

La comtesse Dacourt changea radicalement d'expression. Quoique Jurençon fût le neveu du roi, elle l'attira sans ménagement jusqu'à elle, et compara minutieusement la mèche de cheveux rapportée par sa buse avec ceux du jeune Prétendant.

— Juliette d'Or a des cheveux bien plus chatoyants, bien plus souples, et bien plus voluptueux, grommela Roméo d'un air dédaigneux, comme s'il s'adressait à la dernière des ignares.

— Nous en parlerons demain dans mon bureau, monsieur Pompous, rétorqua la comtesse.

Alors, ses yeux verts s'éclaircirent.

— Où est Pierre Chapelier ? dit-elle gravement.

— Je crois, répondit Mathieu avec un sourire triomphal, qu'il a eu envie de se promener dans le château cette nuit…

*

De retour dans la salle des Couturiers, Jurençon essuya ses lèvres d'un revers de la main, et retira la robe empruntée à Juliette d'Or. Il avait admirablement remplacé la jeune fille. Pourtant, en dépit de leur victoire sur la direction de l'école, les Prétendants retournèrent tête basse dans la bibliothèque. Mathieu, en premier lieu, était vivement troublé. Il était à la fois mécontent d'avoir été semé par une biche et excité, dans sa soif de défi, de faire face à un adversaire si digne de lui. Car il en était désormais convaincu : la Foudre fantôme était une créature extraordinaire, dont il ne pourrait s'emparer qu'en employant tout son génie. Toutefois, la situation devenait préoccupante : le temps était déjà compté, et chaque jour rapprochait les trois Prétendants du terme de l'épreuve. Seul Roméo paraissait se moquer complètement du résultat de cette opération nocturne. Un sourire ineffable ne quittait plus son visage.

– Au moins, remarqua Jurençon, nous savons désormais que la Foudre fantôme existe bel et bien ! Il faut simplement que nous trouvions une nouvelle idée…

– J'y travaille depuis longtemps, admit Mathieu, plongé dans ses pensées. Il ne sera pas dit qu'une biche m'a échappé par deux fois ! Je dois reconnaître, ajouta-t-il le plus naturellement du monde, que j'ai besoin de vos économies… Je n'ai plus d'argent sur moi, et il me faut impérativement trente diamantors… Il n'y a pas d'entourloupe, je vous remettrai une facture…

Chapitre 9
Le premier pas de Jurençon

Le lendemain matin, un événement imprévu retarda la chasse de Mathieu, Roméo et Jurençon. Le mage Bergamote venait officiellement de guérir de son rhume tout à fait ordinaire, occasionné par sa mésaventure avec M. Rigor Hidalf dans un bassin de transport gelé. Sa première action avait été de publier son célèbre (quoique décrié) *Classement partial de ses Prétendants favoris*. La comtesse Dacourt en personne avait sévèrement condamné la parution de cette liste. Mais le mage avait plus d'un tour dans son sac, en dépit de sa triste réputation, entretenue en premier lieu par MM. Hidalf et Pompous, qui le détestaient.

La curiosité pressait des dizaines de Prétendants autour de la liste interminable affichée sur les portes de la bibliothèque. Octave Jurençon était à la première place, ce qui l'étonna vivement, car il n'avait jamais adressé la parole au mage

Bergamote. Mathieu chercha son nom parmi les premières places. Puis parmi celles du milieu. Puis parmi les dernières.

– Nous sommes aux deux extrémités, constata Jurençon.

Le nom *Mathieu Hidalf* était gribouillé avec si peu de soin que Mathieu lui-même eut du mal à le déchiffrer. Et, tandis que Jurençon, ravi, et Roméo, indifférent, couraient dans la forêt pour reprendre la chasse, Mathieu monta d'un pas déterminé jusqu'au sommet du pigeonnier des buses, décidé à en découdre avec Bergamote. La tour était colossale. Le mage Bergamote en avait récemment investi le dernier étage. Au seuil de la porte, l'Élitien Julius Maxima, que Mathieu n'avait jamais apprécié, montait la garde patiemment.

*

Bergamote avait un nez de l'envergure d'une coquille de bigorneau. Il portait un costume haute couture payé avec la caisse de l'école, et arborait une perruque violette. Quoique Mathieu ne se fût pas attendu à la perruque violette, onze années passées au manoir lui avaient appris à conserver son sang-froid en toutes circonstances.

– Monsieur *Hidalf*, grommela Bergamote comme s'il prononçait le nom d'une maladie contagieuse. Pourquoi m'importunez-vous ?

Vraisemblablement, le premier mage de la cour n'avait pas du tout apprécié d'être sauvé d'une ridicule noyade par son pire ennemi. Mathieu ne fut guère impressionné par cet accueil.

— Je viens vous proposer un marché, dit-il avec fermeté.

En entendant le mot magique *marché*, l'éclat de colère qui luisait au fond des yeux du mage s'amenuisa.

— Un *marché* ? Quel genre de marché ?

— Le genre de marché qu'il vaut mieux que mon père ignore à tout jamais. J'ai besoin de l'aide d'un sorcier redoutable pour accomplir mon épreuve du Premier Mois, et je suis prêt à acheter cette aide au prix fort.

— Entrez tout de suite, mon cher, dit aimablement Bergamote en refermant la porte, sous le regard intrigué de Julius Maxima.

*

— Je sais que vous me détestez car vous détestez mon père qui vous déteste, ce qui est légitime, analysa Mathieu avec un sourire imperceptible. Or mon père n'a inventé ni le bêtisomètre ni l'eau chaude. Si vous et moi unissons nos forces contre lui, nous en viendrons à bout aisément. Je connais personnellement trois journalistes de la branche événementielle de *L'Astre du jour* qui vont bientôt comprendre que, à onze ans, on ne m'achète plus avec des bâtons de réglisse.

Le mage Bergamote parut tout à fait charmé par cette initiative.

– Cher Mathieu Hidalf, je connais moi-même quatre ou cinq journalistes de *L'Astre du jour*. D'après moi, votre père en a une demi-douzaine sous la perruque. Il est battu ! Nous pourrions facilement nuire à son image…

– Accessoirement, avança Mathieu d'un ton léger, je peux prouver que mon père a renvoyé douze de mes quatorze précepteurs en ne leur versant aucune indemnité, qu'il refuse d'accorder aux deux cent trois nymphettes du manoir le jour de congé annuel auquel elles ont droit, et qu'il possède un lustre célébrissime conçu par une illustre forgeronne dans notre sous-sol, qu'il n'a jamais déclaré aux impôts. Au cas où la guerre des médias dégénérerait, je peux prouver *bien pire*…

Le mage Bergamote connaissait la réputation de Mathieu Hidalf depuis longtemps. Mais jamais il n'avait imaginé qu'elle puisse être si méritée.

– Et en quoi puis-je vous aider pour votre épreuve ? demanda-t-il avec méfiance.

– Je crois…, commença Mathieu, que vous disposez d'un objet légendaire et rarissime… Un objet qui pourrait m'aider considérablement à courir après la Foudre fantôme.

Le mage fronça les sourcils, et Mathieu sortit cérémonieusement un contrat prérédigé de son uniforme.

Lorsque les Prétendants qui sortaient à peine de leur lit consultèrent la liste des élèves favoris du mage Bergamote, ils furent très surpris de découvrir le fils de son pire ennemi à la première place, devant Jurençon, le neveu du roi.

Le nom *Mathieu Hidalf* avait été écrit par un enlumineur à l'encre d'or, en lettres majuscules, tel un soleil indétrônable.

*

Une semaine s'écoula, interminable. Pierre, Jurençon et Roméo, intrigués, attendaient Mathieu dans une salle déserte de l'école. Pourvue d'un plafond bas et écrasant, la pièce était éclairée par quatre flambeaux qui jetaient des lueurs chancelantes sur les visiteurs.

Mathieu y pénétra avec un sourire angélique et un carton qui ressemblait à une boîte de chaussures. Roméo et Jurençon poussèrent un soupir de soulagement ; le neuvième jour du mois des Mages se rapprochait à grands pas. En effet, le mage Bergamote, craignant une arnaque, avait exigé des garanties draconiennes de la part de Mathieu, avant d'honorer sa part du contrat. Et depuis une semaine, le manoir Hidalf, à Darnar, était le théâtre d'une scène inédite : des agents du service des fraudes avaient débarqué de bon matin, sans que M. Rigor Hidalf, stupéfait, en fût informé par le consulat. Mathieu ignorait encore ce que les agents avaient découvert chez son père, mais il se doutait qu'ils n'avaient pas été déçus par leur visite, car le mage Bergamote, fou de joie, était venu le chercher en plein déjeuner, sous les yeux attentifs de la comtesse Dacourt, avec un étrange paquet.

— Voici le prêt du mage Poucet Bergamote ! annonça fièrement Mathieu à ses compagnons. Nous nous emparerons bientôt de la Foudre fantôme !

Tous savaient qu'un nouvel échec serait synonyme de renvoi. Une tension palpable régnait sur la pièce. Ému, Mathieu ouvrit pour la première fois l'étrange boîte, comme si elle contenait un trésor légendaire. Elle renfermait en réalité une vulgaire paire de bottes cuivrées, bien trop grandes pour un enfant de onze ans, et qui plus est malodorantes.

— Le mage Bergamote nous a prêté ses brodequins démodés ? bredouilla Jurençon.

Un mot du mage, rédigé sur du papier violet, était glissé dans une des bottes. Mathieu lut à haute voix :

– Chers Prétendants, personne ne doit savoir que je vous ai prêté ces rarissimes bottes de sept lieues, qui ne sont pas aussi rapides que l'indique leur nom, mais suffisamment tout de même pour être potentiellement dangereuses. Essayez-les dans un lieu vaste, serrez bien les lacets, et surtout…

La suite était invisible. Le mage Bergamote avait continué à écrire bien que sa plume fût asséchée.

– Des bottes de sept lieues ! s'émerveilla Roméo. Il n'en existe qu'une seule paire dans le royaume !

– Comme la biche court plus vite qu'un cheval, j'ai pensé que nous en aurions besoin…, expliqua Mathieu. L'idée m'est venue en lisant un conte de la grand-mère édentée.

– Mais comment as-tu fait pour convaincre Bergamote de te les céder ? s'étonna Pierre.

– Vous le saurez sûrement en lisant *L'Astre du jour* demain, répondit Mathieu sans s'étendre sur la question.

– Il faudra tout de même que nous repérions la biche avant de les utiliser, intervint Jurençon.

Mathieu sourit de son air diabolique.

– Les bottes ne sont que la première partie de ma seconde idée, admit-il triomphalement. Je pense même qu'aucun d'entre nous n'aura à les porter…

– Quoi ! protesta Jurençon. Mais je veux à tout

prix les essayer ! J'en rêve depuis toujours… Faire un pas à la vitesse d'une buse, est-ce que vous imaginez ça ?

— Bergamote nous a recommandé d'être prudents, fit remarquer Pierre. Et compte tenu de son inconscience légendaire, nous devrions peut-être l'écouter…

En guise de réponse, Jurençon enfila la paire de bottes, qui s'accommoda miraculeusement à sa pointure, devant les exclamations admiratives des Prétendants. Le neveu du roi serra les lacets de toutes ses forces et Pierre les attacha avec un nœud marin.

Jurençon était précautionneusement resté immobile tout au long de sa préparation. Quand il fut fin prêt, il leva une jambe au ralenti, rayonnant, et posa la botte à terre. Mathieu, Pierre et Roméo entendirent un long hurlement, puis un fracas étourdissant. Jurençon avait disparu.

— Que s'est-il passé ? s'exclama Mathieu, éberlué. Il s'est envolé ?

Un gémissement retentit à l'autre bout de la salle. Les trois Prétendants accoururent au secours de Jurençon ; son pas, si petit fût-il, l'avait propulsé dans un mur, qu'il avait presque démoli. Une multitude de dents tournaient autour de lui comme des toupies.

Mathieu, Pierre et Roméo passèrent l'après-midi au chevet de leur compagnon, qui dormait du sommeil du juste dans l'appartement du Dr Soupont. La direction y avait déplacé son propre lit, car il était probable que le neveu du roi passe ses dernières nuits de Prétendant loin de la bibliothèque.

Le célèbre médecin des Élitiens les avait accueillis avec un large sourire, et en voyant les bottes aux pieds du malheureux, il avait aussitôt découvert le mal dont il souffrait : « *Bergamote ?* » avait-il dit, d'un ton indéchiffrable.

– Je crois que la comtesse ne va pas du tout apprécier cet incident, pressentit Mathieu.

Et la comtesse lui donna raison. Dix minutes après leur arrivée chez le Dr Soupont, celui-ci quitta Jurençon et rejoignit son cabinet dont la porte s'ouvrait à la volée. Mathieu, Pierre et Roméo tendirent l'oreille avec attention.

– Que s'est-il passé *exactement* ? Est-ce qu'il est hors de danger ?

Les trois Prétendants reconnurent avec émotion la voix du Grand Busier, qui avait accouru en personne en apprenant la blessure de son neveu. Mathieu fut étonné d'entendre la voix du roi trembler à ce point. Il ignorait qu'il était si proche de

Jurençon ; machinalement, il plongea sa main dans la poche intérieure de sa luide, et joua avec la minuscule clef rouge confiée par le vieux souverain. Une seconde voix s'éleva, furieuse. Mathieu identifia la comtesse Dacourt.

– J'ai mené mon enquête, *sire*, dit-elle froidement. Voici ce qu'il s'est passé *exactement* : votre neveu a utilisé un accessoire magique reconnu pour être mortellement dangereux : des bottes de sept lieues.

– Scientifiquement parlant, précisa le Dr Soupont, votre neveu est entré dans un mur à la vitesse d'un projectile catapulté. Il serait mort sur le coup s'il n'avait porté son uniforme et s'il n'avait révélé, à cette occasion, une résistance absolument… surprenante de la part d'un Prétendant de première branche. Il a parfaitement réussi à contrôler sa luide. Si bien qu'elle s'est durcie comme une armure dès que votre neveu a heurté le mur, qui s'est presque émietté à son contact. L'Arbre doré a amorti le choc. En un mot, nous retiendrons de cette histoire que M. Jurençon est fort talentueux… et qu'il passera plusieurs semaines alité.

De l'autre côté de la porte, Mathieu était étonné, et quelque peu jaloux, d'entendre de tels éloges sur son compagnon.

– Hélas ! reprit le Dr Soupont, imprudemment,

Octave Jurençon n'a pas recouvert son visage de la capuche. Je devrais pouvoir remettre toutes ses dents en place, mais la note sera salée. La sécurité sociale des Prétendants n'inclut pas des soins dentaires si poussés, sire.

– Mais comment un Prétendant est-il entré en possession de ces bottes mortelles ? interrogea cette fois-ci la voix mécontente de Tristan Boidoré.

La comtesse n'attendait que cette question pour attaquer le vif du sujet :

– *J'ai enquêté*, dit-elle d'un ton glacial. Mathieu Hidalf est bien sûr à l'origine de cette mésaventure.

– Il nous tuera tous…, dit mystérieusement le Grand Busier.

– Mais il n'est pas le premier responsable, trancha la comtesse au grand étonnement de Mathieu. Vous savez tous que Mathieu Hidalf ne manque pas d'imagination, ni de talents pour la servir. J'ai interdit à quiconque, dans cette école, de marchander avec lui : loi Hidalf 4. Figurez-vous qu'il a tout simplement prié le mage Bergamote de lui prêter ses célèbres bottes de sept lieues…

Il y eut un long silence, pendant lequel personne n'osait croire ce qui devenait pourtant une évidence à la lumière de cet exposé.

– Et naturellement, reprit la comtesse exaspérée,

le mage Bergamote s'est aussitôt dit : « Un Prétendant de onze ans me demande des bottes mortelles,
qui nécessitent des années d'entraînement pour
être maîtrisées. Je vais les lui confier sur-le-champ,
et qu'il en fasse bon usage ! »

– Cet hurluberlu a osé ? s'indigna Tristan Boidoré.

– Je suis curieux de savoir ce que Mathieu
Hidalf lui a promis en échange, dit le roi, songeur.

– Le mage Poucet Bergamote a tout de même
joint un mot, nota le Dr Soupont dans un souci
d'équité. Hélas ! il n'avait plus d'encre pour leur
signaler de porter leur capuche en visière, ce qui…

– J'ai lu ce mot, coupa la comtesse Dacourt.
Bergamote a écrit que ces bottes étaient « potentiellement dangereuses ». Je vous laisse juger de ce
qu'un enfant comme Mathieu Hidalf fait d'un tel
avertissement. C'est un miracle que personne ne
soit mort ! Non seulement le mage Bergamote est
le plus médiocre des professeurs de cette école et le
plus médiocre des mages du royaume, mais il est en
plus directement lié aux trois quarts des blessures
majeures de Prétendants et d'Apprentis.

Mathieu entendit la porte du cabinet s'ouvrir
une nouvelle fois. Il fronça les sourcils, piqué par
une vive curiosité, et reconnut le timbre feutré de
Julius Maxima.

– J'étais là lorsque Mathieu Hidalf est venu

solliciter l'aide du mage Bergamote, indiqua l'Élitien. Cet enfant n'a suivi aucun cours depuis son
arrivée dans l'école. Contrairement à Octave
Jurençon, il n'a jamais appris à utiliser sa luide.
S'il avait essayé les bottes, il ne serait plus là pour
narrer ses exploits. Je connais Emma Hidalf personnellement. Elle m'a averti de l'étrange comportement de certaines personnes à l'égard de son
fils. Comme vous le savez tous, Mathieu Hidalf est
devenu Prétendant sur nomination de Louis Serra.

Mathieu, Pierre et Roméo retinrent leur souffle,
conscients, cette fois-ci, d'assister à une conversation qu'ils n'étaient pas censés entendre.

– Ce n'est pas prouvé, répliqua la comtesse
Dacourt.

– J'en suis certain, infirma Maxima. Louis lui a
donné un rendez-vous, il y a quelques jours, dans
votre bureau, Armance. Je crois qu'il se passe des
choses étranges autour du fils Hidalf. Les figures les
plus illustres de l'école se servent outrageusement
de lui. C'est sans doute pourquoi le mage Bergamote a accédé à sa requête en dépit de tout bon
sens. Pour sa propre sécurité, il faut renvoyer cet
enfant chez lui au plus vite. C'est l'avis de sa mère,
et le mien. Il est trop jeune, trop influençable, trop
imprudent. Sans même évoquer son insupportable
vanité, je ne lui donne pas une espérance de vie
supérieure à trois mois, s'il reste entre nos murs. Et

contrairement à Stadir Origan et à Louis Serra, je ne suis pas disposé à sacrifier la vie d'un Prétendant pour prolonger les nôtres.

Mathieu faillit pousser un cri d'effroi, mais Pierre l'étouffa juste à temps d'une main ferme.

– Pour le moment, conclut la comtesse, le pauvre garçon doit être absolument morfondu à l'idée d'être responsable du drame. Je vais le confier à la cellule psychologique.

– *Responsable ?* chuchota Mathieu comme s'il entendait ce mot pour la première fois.

Il ne lui était jamais venu à l'idée de se sentir *responsable* de quoi que ce soit, et encore moins des erreurs du mage Bergamote. Mais l'idée méritait d'être exploitée.

*

Les trois derniers étages de la tour Directrice étaient réservés à l'usage de la comtesse Dacourt, dont le vestibule était souvent rempli, à toute heure du jour et de la nuit, d'enfants en attente de ses châtiments. Mathieu n'eut pas à faire la queue, car il avait été convoqué par lettre prioritaire. L'heure était venue de confronter son génie de la bêtise avec le génie pratique de la comtesse. Confiant, Mathieu Hidalf estimait qu'il avait enfin un objectif à sa hauteur : faire pénétrer officiellement Juliette d'Or dans l'école, sous prétexte d'un traumatisme que seule une grande sœur peut soigner. Il s'engagea sans hésitation dans le bureau de la sérénissime directrice.

Elle était assise, droite comme un portemanteau, sur le trône noir occupé dernièrement par Louis Serra. Son bureau ressemblait à une vaste pierre tombale. Les murs étaient couverts de bibliothèques soigneusement rangées. Deux grimoires, ouverts chacun sur un pupitre colossal, attirèrent l'attention de Mathieu ; des lignes s'y inscrivaient toutes seules. Il s'agissait, probablement, d'un double du registre de la Grille épineuse et d'un compte rendu des déplacements de lits, relié au dortoir des Prétendants. Depuis son fauteuil, la comtesse contrôlait donc les moindres allées et venues de ses élèves.

– Est-ce que tout se passe bien, monsieur Hidalf ? interrogea-t-elle sans se détourner de l'épais dossier qu'elle consultait.

Mathieu hocha la tête en s'efforçant d'avoir l'air aussi coupable que possible. Et curieusement, malgré toute son expérience de coupable, il éprouva mille difficultés à jouer son propre rôle. Il était si concentré sur son attitude qu'il en oublia de parler. Il s'efforçait de trouver l'image la plus triste qu'il ait égarée dans sa mémoire pour attendrir la comtesse.

– Est-ce que vous allez me punir pour les bottes ?

intervint-il enfin d'une petite voix, pour gagner du temps.

— C'est un fait que vous n'auriez pas dû les emprunter. Mais lorsque vous demandez à votre père de vous laisser conduire le carrosse, Mathieu, que répond-il ?

— Que je dois respecter les limitations de vitesse.

La comtesse ouvrit grands les yeux, interdite.

— Quoi qu'il en soit, grommela-t-elle, le mage Bergamote n'aurait *jamais* dû vous prêter ces bottes. Vous ne serez pas puni à sa place. Mais si *jamais* vous vous les procurez à nouveau, Mathieu Hidalf, par quelque moyen que ce soit, légal ou illégal, comptez sur moi pour revenir sur ma parole.

Mathieu entendit à peine, concentré sur le jour où Juliette d'Airain, à deux ans, avait prononcé sa première phrase : « Pourrais-je apprendre à lire, mon cher père ? » Il avait compris ce jour-là, lui qui ne savait pas encore parler de manière intelligible, que le combat serait inégal. Mais il ne parvenait toujours pas à pleurer.

— Est-ce que Jurençon va mourir ? questionna-t-il du ton le plus naturel, renonçant à embellir son discours de sanglots.

— Non, quelle idée !

— Je me sens tellement *coupable*…, dit-il en écartant les bras. Comment pourrais-je me pardonner un jour, même dans une semaine ? être condamné à manger des compotes toute sa vie, quel drame ! Je me sens encore plus coupable que lorsque j'ai *mouru* pendant l'épreuve du Prétendant.

– Vous n'étiez pas *mouru*, vous étiez *mort*, Mathieu, répliqua la comtesse sévèrement. Et M. Octave Jurençon ne mangera pas des compotes toute sa vie. Il est entre les mains du docteur des Élitiens.

Mathieu comprit avec colère que jamais la comtesse ne se laisserait prendre par son pitoyable numéro. Mais à son grand étonnement, elle murmura avec une douceur qu'il ne lui connaissait pas :

– Je sais que vous vivez des heures difficiles… et que certaines personnes, très influentes, exigent de vous des choses compliquées. Il faut que vous sachiez, Mathieu, que le capitaine Louis Serra n'a pas tous les droits vous concernant. Vous voyez en lui un héros. Beaucoup ont fait cette erreur : il n'est qu'un homme, il peut se tromper, il peut avoir tort. Est-ce que vous ressentez le besoin de parler à un psychologue de l'école ?

– Je les connais tous, ils sont souvent venus au manoir et ont promis de ne jamais me reconsulter…

– Eh bien, proposa la comtesse, peut-être puis-je demander à un membre de votre famille de vous rendre exceptionnellement visite ?

Mathieu se redressa avec un vif sourire. La redoutable Armance Dacourt tombait elle-même dans le piège qu'il n'avait pas réussi à lui tendre !

– Je crois que cela m'aiderait à affronter ma culpabilité ! s'exclama-t-il d'un ton réjoui.

– Qui est disponible pour vous voir ? Votre père, sans doute ?

– Ma sœur est dans l'école de danse, madame, tandis que mon père n'a jamais été habile pour me réconforter !

– Votre… Juliette d'Or ? Eh bien, je lui accorde une permission *exceptionnelle*, pour vous prouver que je ne m'acharne pas sur elle, conclut la comtesse en délivrant à Mathieu une autorisation écrite.

*

Dès qu'elle entra dans la bibliothèque, Juliette d'Or, épiée par la longue-vue de Roméo Pompous, courut dans les bras de son frère d'un air beaucoup trop théâtral pour le tromper. Bientôt ses yeux s'éclaircirent, ses joues rosirent de bonheur, et elle chuchota :

– Merci d'avoir réussi à me faire entrer légalement. Heureusement qu'il y a eu un *Mathieu* avec les trois Juliette…

Mathieu était vraiment heureux d'avoir une sœur si belle, mais il lui restait à la tromper à son tour, pour identifier son amoureux, et s'assurer qu'il s'agissait bien du pré-Élitien Peter de Nemours. Après quoi, Juliette ne pourrait plus rien lui refuser.

— Tu ne vas pas rejoindre ton Solélin ? demanda-t-il avec un sourire charmeur.

— Allons… Je ne vais pas le retrouver, c'est *lui* qui va venir.

— Hein ? fit Mathieu, étonné par cette apparence de simplicité. C'est *moi* qui dois partir, alors ?

Juliette d'Or poussa un de ses soupirs méprisants dont elle avait le secret.

— La comtesse Dacourt est aussi subtile que maman, expliqua-t-elle avec une fermeté inhabituelle, sauf qu'elle n'a pas le métier de mère à côté de son métier d'espionne. Elle est dix fois plus adroite que maman ! explosa-t-elle soudain. Le seul but de sa sinistre existence est de ruiner la mienne, parce que je suis la plus belle femme du royaume et que mon histoire d'amour est incomparablement magnifique !

— Tu es sûre que tu n'exagères pas un peu ?

— *Exagérer ?* Tu n'as donc pas compris ?

Mathieu haussa légèrement le sourcil droit.

— Compris quoi ? bredouilla-t-il, bouillant d'impatience.

— Mathieu, siffla Juliette en l'agrippant, tu n'as pas réussi à convaincre la comtesse de me faire entrer, voyons… *Elle* a réussi à te faire croire que tu l'avais convaincue ! C'est un traquenard astucieux ; elle espère me prendre en flagrant délit !

Mathieu fut parcouru d'un long frisson, stupéfait. Il avait été berné par la comtesse Dacourt comme un enfant de onze ans inexpérimenté !

— Mais elle saura qui est ton amoureux dès qu'il entrera, remarqua-t-il d'une petite voix, décidé à reconquérir l'estime de sa sœur.

— Mon *amoureux* n'est pas un Prétendant qui ne sait même pas utiliser sa luide, dit-elle tout bas, mais un élève hardi, brillantissime et tout à fait insoupçonnable.

— Il est peut-être insoupçonnable, mais pour te faire entrer dans l'école, il a autant d'imagination que papa !

— Sais-tu comment il va me faire sortir de la bibliothèque sans que la comtesse s'en aperçoive ? Il va tout simplement y ajouter son lit. Brillant, n'est-ce pas ?

— Il va… *y ajouter son lit* ! s'offusqua Mathieu. Cette fois-ci, les choses vont trop loin ! Je te dénonce à maman par lettre, et à papa par double lettre recommandée ! Je ne serai plus jamais ton complice !

— Ce n'est pas ce que tu penses, chuchota Juliette, toute rouge.

À cet instant, un lit recouvert de plusieurs draps

blancs, qui dissimulaient sa couleur véritable, se posa en silence dans les hauteurs de la bibliothèque, sur le balcon des contes de fées maléfiques. Mathieu écarquilla les yeux et la longue-vue de Roméo se braqua sur le sommier, pour essayer d'y lire le nom du propriétaire. Juliette, de plus en plus rouge, monta l'échelle qui menait au balcon. Mathieu la vit pénétrer à l'intérieur du lit, qui disparut aussitôt, quelque part dans l'école, à l'abri des foudres de la comtesse.

– Son amoureux est un génie ! s'écria-t-il.

*

Furieux, trompé par la comtesse et par sa sœur, déçu dans ses moindres espérances, Mathieu Hidalf se réfugia dans son lit vert cloué au sol et écrivit une courte lettre à sa mère.

Ma chère maman,
Cette fois-ci, j'ai encore failli mourir, mais pour de vrai à cause du mage Bergamote. Sinon, je voulais vous avertir que Juliette d'Or devient une rose sauvage. Ne révélez rien à papa qui n'est pas assez mûr pour comprendre. Tout ça pour dire que l'école c'est bien, mais c'est quand même dommage, parfois, que Juliette n'habite plus au manoir avec vous.
J'avais oublié, la dernière fois, de vous prier de saluer les nymphettes, et surtout celle de la bibliothèque,

parce que Bougetou a failli la manger, ce qui n'est pas rien, vu qu'il a quatre têtes.

P.-S. : N'ayez pas d'inquiétude si Griffrigor s'évade prochainement. C'est prévu.

À demain quand je lirai votre lettre de la demi-journée.

Votre fils toujours vivant.

Mathieu espéra toute la soirée que la comtesse Dacourt surprendrait Juliette d'Or et son amoureux, ce qui serait l'occasion d'une bonne leçon de morale. Mais il n'y eut aucune moralité ce soir-là. Le lit couvert de draps réapparut sur le balcon des contes de fées. Juliette en descendit comme un soleil, et le lit disparut sans un bruit.

Lorsqu'il raccompagna sa sœur à la Grille épineuse, Mathieu repéra l'ombre patiente de la comtesse, qui les suivait au loin.

– Ne fais pas cette tête ! chuchota Juliette, légère comme un nuage. Moi aussi, je t'aiderai lorsque papa voudra te marier à Marie-Marie du Château Boisé !

– Pour l'instant, répliqua Mathieu, signe un contrat qui m'autorise à prendre possession de ta chambre au manoir, ou je préviens papa dans la minute que ton nouveau moyen de transport est le lit d'un Solélin !

– Si tu fais une telle chose, menaça Juliette en

le pointant du doigt, je te promets que tu regretteras toute ton existence cette abjecte trahison.

Furieux, Mathieu remonta jusqu'à la bibliothèque.

– Vous êtes consolé ? l'interrogea la comtesse d'un ton indéchiffrable.

– Non, grogna-t-il. Vous aviez raison. Je préfère encore voir mon père que la grande Juliette.

Chapitre 10
Le secours
du prétentieux chat botté

— Je me demande ce que fiche cette biche, grommela Mathieu, assis au chevet de Jurençon, dans le fauteuil voisin de celui de Roméo. J'enrage !

— Nous allons être renvoyés de l'école à cause d'elle.

— Elle court trop vite !

— Elle voit dans le noir, sûrement !

— Elle connaît la forêt par cœur !

— Elle sait que nous devons l'attraper !

— Si seulement j'étais un Helios, exposa Mathieu, j'aurais pu attraper la Foudre fantôme en un instant. Avec mes sens incroyables, je l'aurais entendue à l'autre bout de la forêt ! Et avec mes jambes de vitesse incroyables, j'aurais pu l'attraper aussitôt ! Mais je ne suis pas un Helios ! Je ne suis qu'un homme ! Et en plus, je n'ai que onze ans ! C'est un scandale !

Mathieu et Roméo parcouraient la forêt de long en large, décryptaient les cartes les plus improbables, visitaient les tanières les plus effrayantes. En vain. Plusieurs fois, ils avaient fui, pris en chasse par des loups. La veille, ils avaient regagné la bibliothèque à l'aube, parce qu'ils s'étaient égarés dans la forêt. Mais malgré leurs efforts, jamais ils n'avaient revu la Foudre fantôme. La situation devenait critique, catastrophique, humiliante. Chaque heure était désormais comptée. Et chaque heure semblait préparer le triomphe de la Foudre... à moins que la seconde opération organisée par Mathieu ne réussisse. Ce dernier passait souvent la nuit entière devant une carte incomplète de la forêt, à tracer des cercles, à disposer des pions. Dès que Roméo ou Pierre approchait, il rangeait le tout, refusant de prononcer un mot, comme si la Foudre fantôme avait pu l'entendre. Rarement, dans sa vie, Mathieu Hidalf avait douté de remporter la victoire sur ses adversaires : cette fois-ci, il avait un curieux pressentiment. Le pressentiment que la Foudre fantôme ne se laisserait pas prendre.

*

Au commencement du mois des Mages, de plus en plus de Prétendants entraient victorieusement dans la bibliothèque, en proclamant qu'ils avaient accompli leur épreuve. Les scènes de joie se multipliaient, et Mathieu, épouvanté, s'enfermait farouchement dans son lit vert. La plupart des élèves commençaient d'ailleurs à médire copieusement du groupe Jurençon, Pompous, Hidalf. Ils avaient été baptisés *le gratin de la noblesse*. Et Mathieu n'en avait jamais tant voulu à son père de ne pas être qu'un simple bourgeois richissime.

Heureusement, au soir du cinquième jour du mois des Mages, Mathieu reçut un billet anonyme qu'il attendait désespérément. C'était le feu vert pour la seconde opération qu'il menait contre la Foudre fantôme. Il était écrit sur un morceau de papier bleu : *Les bois dorment et le chat miaule.*

– C'est le grand jour, annonça Mathieu à Pierre et Roméo.

– Il était temps…, râla Roméo en se penchant sur l'étrange message. Vas-tu enfin nous dire de quoi il s'agit ?

Mathieu garda le silence et précisa seulement qu'ils iraient chercher les *instruments* au cœur de la nuit, en dehors de l'école.

– Les *instruments* ? répéta Roméo. Tu veux jouer une romance à la biche ?

– *En dehors de l'école* ? répéta Pierre avec inquiétude. Il est vivement déconseillé d'en sortir en ce moment…

À minuit, les trois Prétendants s'éclipsèrent

pourtant, sans un bruit, de la bibliothèque. Ils traversèrent la galerie du troisième étage et passèrent par l'appartement du Dr Soupont, où Jurençon résidait toujours (non pas qu'il se portât mal, bien au contraire, mais le Dr Soupont ne pouvait admettre qu'il ait guéri si vite). Le neveu du roi avait presque retrouvé le sourire. Presque, parce qu'il lui manquait tout de même cinq ou six dents pour qu'il soit complet.

— Veux-tu nous accompagner pour mettre un terme à la liberté de la Foudre fantôme ? lui proposa Mathieu.

— Za dépend, fit Jurençon. Ze n'aurai pas à porter les bottes de zept lieues ?

— Non.

— Pas de déguizement ?

— Aucun.

— Alors, ze viens !

— Le docteur n'est pas là ? chuchota Pierre.

— Non. Ze l'ai contrarié. Il a pazé toute la journée à me convaincre de zoizir des dents clignotantes, qui font fureur auprès des filles, et qui coûtent une fortune…

— Et tu as refusé ? s'écria Mathieu sans en croire ses oreilles.

— Bien zûr ! Ze veux garder mes dents d'orizine !

— Si seulement j'étais rentré dans le mur à ta place ! soupira Mathieu.

*

Les quatre Prétendants franchirent la Grille épineuse en catimini et traversèrent le château silencieux jusqu'à l'immense tour des Nobles, dans laquelle habitaient les familles Hidalf et Pompous lors de leurs séjours au château du roi.

– Nous allons dans l'appartement n° 10 ? interrogea Roméo, car il s'agissait du logement de fonction de M. Hidalf.

– Dans le numéro 4…, rectifia Mathieu en courant le long du tapis rouge qui couvrait les marches.

– Z'est zelui de l'arziduc de Darnar…, fit remarquer Jurençon.

La porte rouge qui se dressait sur le chemin des Prétendants était close. Mathieu sortit un lourd trousseau de clefs de son uniforme.

– L'archiduc n'est pas là ? s'indigna Pierre.

– Non ! Mais il m'a confié ses clefs par le biais de Juliette d'Or, affirma Mathieu.

En effet, la serrure n'offrit aucune résistance. Jurençon, Roméo et Pierre s'attendaient à découvrir une meute de chiens de chasse. Mais au milieu du salon aussitôt éclairé par une nymphette, il n'y avait qu'un pot de peinture, sur l'étiquette duquel on pouvait lire : *Teinture argent de type helios, pour une coiffure du tonnerre.*

– Tu veux que nous nous teignions les cheveux en argent ? bredouilla Roméo, perplexe.

– Non, répondit Mathieu. Puisque la biche n'a pas voulu croire en notre amour, nous allons inverser les rôles…

– Tu veux que ze me déguize en zerf arzenté ? s'étrangla Jurençon en reculant.

– Tu te rapproches, reconnut Mathieu. Mais ce n'est pas toi qui seras déguisé en cerf…

– Ce ne sera pas moi non plus, ça, je peux te l'assurer ! prévint Roméo.

Mathieu ouvrit la porte de la chambre de l'archiduc. Sur le lit gigantesque du vieillard, un cerf majestueux, attaché à une longue corde, les observait d'un air farouche. Entre ses pattes, une boîte percée de trous remuait de temps en temps.

– Il est parfaitement apprivoisé et a été acheté par l'archiduc avec vos économies…, expliqua Mathieu. Je l'ai appelé Boidefeu, pour qu'il n'ait pas à rougir de son nom !

Pierre arborait le sourire ingénu que seules les inventions de son ami pouvaient dessiner sur son visage.

– Nous ferons en sorte que ce soit la biche qui tombe amoureuse ! lança triomphalement Mathieu. Coup de foudre pour la Foudre fantôme ! Vite, peignons le cerf en argent…

*

Peindre un cerf n'était pas aussi amusant que Mathieu Hidalf l'avait imaginé, et cela en dépit des efforts de Jurençon, qui expliquait à l'animal furieux qu'il allait épouser la plus belle biche de toute l'histoire des biches.

– Elle est mazique ! répétait-il.

– Et elle est helios ! renchérissait Mathieu.

– Montre-lui la représentation du dictionnaire de la chasse ! proposa Roméo.

Mais ni la célébrité ni la beauté superficielle ne semblaient intéresser Boidefeu. Lorsqu'il fut peint des bois aux sabots, les quatre Prétendants se regardèrent avec lassitude.

– Qu'est-ze que nous faizons, maintenant ? bredouilla Jurençon.

Mathieu quitta l'appartement dévasté de l'archiduc en emportant l'étrange boîte percée de trous. De petits ronronnements s'en échappèrent. Puis la plus longue promenade jamais entreprise par les quatre enfants dans le château du roi débuta. Car Boidefeu avait encore plus de force que Bougetou, avec trois têtes de moins.

Deux heures après avoir quitté la tour des Nobles, et ayant semé derrière eux des milliers d'empreintes argentées, les quatre Prétendants reconnurent avec soulagement la lueur de l'Arbre doré.

– C'est la pire idée que j'ai jamais mise à exécution ! râla Roméo.

— Et moi la pire que j'ai jamais eue, admit Mathieu à bout de forces.

— À présent, remarqua Pierre, il s'agit d'atteindre la forêt du troisième étage... en passant juste devant l'appartement de la comtesse.

— Aucun risque, les rassura Mathieu. J'ai pris mes précautions. Ce soir, la comtesse dort chez son mari, à l'école de danse !

Jurençon poussa un long soupir.

— Si seulement nous avions une montre de mort, nous pourrions tuer cet imbécile de cerf le temps de le monter dans la forêt, ajouta Mathieu, songeur.

— Hélas, mon oncle ze zert toutes les nuits de zette montre pour trouver le zommeil, objecta Jurençon. Depuis que ton père la lui a offerte, il ne prend plus aucun poizon de Bergamote pour dormir, et za zanté va beaucoup mieux...

— Sans compter que nous aurions encore plus de mal à faire monter ce cerf mort que vivant..., conclut Pierre.

Une heure plus tard, perchés dans un arbre, Roméo, Pierre, Mathieu et Jurençon avaient libéré Boidefeu, luisant des mille feux de sa teinture, au bord du lac peuplé de cygnes où Roméo et Juliette avaient échangé leur baiser. Leurs yeux se fermaient malgré eux, tandis que l'animal contemplait son reflet dans le lac, finalement satis-fait de sa robe argentée.

Ce fut le moment choisi par Mathieu pour ouvrir le paquet percé de petits trous, secrètement apporté du manoir Hidalf par l'archiduc.

– Qu'y a-t-il là-dedans ? chuchota Jurençon.

– Le meilleur chasseur que je connaisse, répon-dit Mathieu en jetant un regard prudent à Roméo. Il va se cacher dans les hautes herbes. Et il prendra en chasse la biche d'amour jusqu'à son repaire…

Mathieu souleva le couvercle de la boîte. Un miaulement retentit et Griffrigor, son chat doré, lui bondit sur la tête, le léchant de sa petite langue rugueuse.

– Mais…, fit Roméo d'une voix étranglée. Mais… Mais… C'est *Poildor* !

Au nom de Poildor, le chat jeta un coup d'œil au jeune Solélin.

– C'est le chat que mon père a prêté au tien il y a un an ! hurla Roméo.

– *Zut*…, fit Jurençon qui voulait dire *chut*.

– Ton père l'a volé ! rugit Roméo.

– *Zut*, je vous dis ! répéta Jurençon.

– Il ne l'a pas volé ! *Je* l'ai volé ! répliqua Mathieu.

– Mais alors, Poildor n'a pas été dévoré par Bougetou !

– Poildor s'appelle Griffrigor ! s'insurgea Mathieu.

Chaque fois qu'il entendait son nom, le chat, indifférent, tournait la tête avec mépris, l'air de dire qu'il n'appartenait à aucun de ces deux hurluberlus.

– Il a été mangé par Bougetou, mais je l'ai ressuscité ! conclut Mathieu.

En disant ces mots, il renversa précautionneusement le contenu d'un sac de toile noir pendu à son uniforme. Une paire de bottes en tomba. Jurençon les reconnut avec épouvante.

– Les bottes de sept lieues ! s'exclama Pierre. Mais je croyais que la comtesse…

– Bergamote a accepté de me les prêter à nouveau, l'interrompit Mathieu. J'ai dû marchander longtemps, et j'ai promis par écrit qu'aucun enfant ne les porterait… Avec ça aux pattes arrière, Griffrigor sera plus rapide qu'un éclair ! D'après Bergamote, les chats ont des capacités naturelles pour s'adapter aux bottes de sept lieues…

Et Mathieu enfila cérémonieusement les bottes aux pattes du chat doré, comme s'il le faisait chevalier.

– Viens me voir, Poildor ! ordonna alors Roméo.

– Griffrigor, reste ici ou Bougetou te dévorera, menaça Mathieu.

– Poildor, je vais avertir mon père que tu as trahi notre famille !

Le chat ne les toisa même pas. Ses deux oreilles

s'étaient dressées. En une seconde, il bondit comme une flèche le long du tronc de l'arbre où les Prétendants s'étaient réfugiés.

– Taisez-vous ! ordonna Pierre.

Un éclat de lumière argentée venait de jaillir de la forêt ténébreuse.

– La biche…

– … mazique…

– … d'amour…

– … éternel…, firent les quatre garçons, éberlués.

La Foudre fantôme scrutait Boidefeu avec une vive curiosité.

– C'est la première fois qu'elle voit un cerf depuis quatre siècles ! annonça Roméo. Elle va craquer !

La biche fit un pas dans la clairière, ses grands yeux bleus posés sur Boidefeu, qui ressemblait à Roméo Pompous en présence de Juliette d'Or.

– Il est sous le charme…, commenta Mathieu.

– Mais elle, est-ce qu'elle succombera ? objecta Pierre. Voilà la question !

– Peut-être pas, mais elle tombera dans le piège, ça, j'en suis sûr ! affirma Mathieu. Regardez Griffrigor qui s'approche ! Il n'y a plus aucun oiseau dans Darnar depuis que nous l'avons adopté !

– Il chasse même les chiens, reconnut Roméo, rayonnant.

En effet, Griffrigor, en jetant parfois des coups d'œil supérieurs à l'arbre des Prétendants, se rapprochait à pas feutrés de la biche innocente. Il paraissait être né avec les bottes de sept lieues, qu'il maîtrisait admirablement.

– C'est impossible… Vous allez réussir…, bredouilla Pierre, émerveillé.

– Donne-lui un baiser, triple buse ! siffla Mathieu au cerf.

Mais Boidefeu, troublé par tant de grâce, n'eut pas l'audace de donner un baiser à la Foudre fantôme. Elle se glissa lentement entre deux arbres ; le cerf la suivit ; Griffrigor sortit une griffe dorée en direction de Mathieu et Roméo, en signe de contrôle parfait de la situation, et s'engagea à la poursuite du couple mystérieux.

– Nous allons découvrir son repaire ! exulta Mathieu. Griffrigor a pour instructions de ne pas la quitter des yeux une seule fois. J'ai signé un contrat avec lui ! S'il remplit sa part, je l'introduirai dans la plus grande volière du royaume !

– Merveilleux ! se réjouit Jurençon. Ze vais pouvoir rentrer zez le Dr Zoupont le cœur lézer…

– Et demain, ajouta Roméo, Poildor nous conduira directement chez la biche. Nous ferons alors le nécessaire pour la ramener… Nous sommes sauvés !

– Je n'aurai pas besoin d'un Exploit, admit Mathieu avec étonnement.

À cet instant, un miaulement assourdissant retentit depuis les entrailles de la forêt.

– Griffrigor ! fit Mathieu.

– Poildor ! fit Roméo.

Et le chat doré Pompous-Hidalf traversa la clairière à la vitesse d'une étoile filante sans laisser aux Prétendants le temps de faire un vœu. Les bottes fonctionnaient à n'en pas douter !

– Mais que fait ton idiot de chat ? demanda Mathieu à Roméo.

Alors, le cerf de l'archiduc débardeau du même buisson que le chat doré.

– Boidefeu le pourzuit ! commenta Jurençon.

– Espérons que la biche les poursuive tous les deux ! balbutia Pierre.

Mais une ombre noire, puis deux, puis trois, puis quatre surgirent comme des flèches du buisson. Et une meute de loups furibonde transperça la clairière, à la poursuite de Griffrigor et du cerf argenté. Mathieu, Pierre, Jurençon et Roméo n'osèrent pas se regarder.

– Nous avons encore raté, bredouilla Mathieu.

– Et il ne nous reste que quatre jours pour la capturer ! se lamenta Roméo.

– Dormons dans l'arbre zette nuit, proposa Jurençon. Ze préfère me faire pazer un zavon par le Dr Zoupont plutôt que d'avoir un bras clignotant à cauze des loups…

Mathieu lui-même n'avait aucune envie de posséder un bras clignotant.

– Cette biche est bien plus intelligente que Bougetou et que cet idiot de chasseur de Poildor..., grommela-t-il. Elle les a entraînés directement dans la tanière d'une meute de loups !

Les Prétendants n'échangèrent plus un mot. Avec ce nouvel échec, leur épreuve était devenue presque impossible à accomplir. Ils n'avaient plus que quatre jours pour piéger la Foudre fantôme. Quatre jours pour réussir l'épreuve du Premier Mois... ou quitter à tout jamais l'école de l'Élite.

*

Au lever du soleil, lorsque les Prétendants osèrent enfin quitter leur arbre, Mathieu tenait à peine debout. Il avait consacré la nuit entière à préparer une troisième opération. L'opération de la dernière chance. L'opération *Anneau de Foudre*.

Chapitre 11
La folie de Louis Serra

Cette fois-ci, Mathieu avait dévoilé sa stratégie à Pierre, Roméo et Jurençon. La situation était devenue trop urgente pour se priver de leur aide. Son idée était simple : il existait deux anneaux de Foudre, taillés dans les bois de la biche. Cette dernière possédait l'anneau de Foudre du premier Élitien, le comte Boidecœur. Mathieu était intimement persuadé qu'elle leur accorderait une heure de sa liberté, en échange du second anneau, l'anneau disparu de la comtesse. En attendant les explications lumineuses de sa petite sœur, Mathieu avait depuis longtemps contacté tous les orfèvres, tous les assureurs, tous les banquiers du royaume pour retrouver sa trace. Aucun n'avait jamais entendu parler d'un bijou taillé dans les bois d'une biche…

Par bonheur, la lettre de Juliette d'Airain arriva sans tarder. Mathieu, Roméo et Pierre coururent jusqu'au cabinet du Dr Soupont, où Jurençon était encore alité. Pierre lut à voix haute :

– Mon cher grand frère, j'ai eu beaucoup de mal à comprendre ta lettre précédente.

– C'est à cause de mon vocabulaire, expliqua fièrement Mathieu.

– Tu y as employé une multitude de mots en leur prêtant un sens qu'ils n'ont pas du tout, si bien qu'elle ne voulait plus rien dire. Nous avons bien ri de toi en la lisant, lors d'un dîner en compagnie du duc Hector et de Marie-Marie du Château Boisé. Papa était rouge de honte ; il a décidé de t'offrir un dictionnaire. Mais je l'ai convaincu d'abandonner cette idée, car un dictionnaire ne sert à rien si l'on ne connaît pas l'ordre alphabétique.

Roméo ricana, tandis que Pierre s'empressait de poursuivre :

– Parlons de choses sérieuses. Voici le résultat de mes recherches : la comtesse Boidecœur, épouse du premier Élitien, a été assassinée, il y a quatre siècles, en pleine nuit. Son enterrement eut lieu dans le plus grand secret, quelques heures à peine après sa mort. Jamais son anneau de Foudre n'a été recensé ni aperçu. Selon moi, il ne peut se trouver qu'à un seul endroit : le tombeau des Boidecœur. Nous allons devoir profaner la tombe du premier Élitien ? s'étrangla Pierre, livide.

Jurençon, Roméo et Mathieu semblaient avoir beaucoup moins de scrupules. Ils ne répondirent même pas. Pierre reprit sa lecture, légèrement troublé :

– C'est ici que les obstacles commencent… Le tombeau n'est malheureusement pas situé dans le cimetière des Élitiens, mais dans les souterrains d'une tour très énigmatique : la tour Disparue. Cette construction a servi de logis aux Boidecœur pendant leur courte vie. Hélas ! personne ne sait où elle a été bâtie… On prétend que le lieu qui l'abrite serait particulièrement dangereux, afin de décourager les plus hardis. D'après mes recherches, elle doit être dissimulée dans la forêt des Élitiens. J'espère que nos efforts triompheront de l'adversité ! Ta petite sœur brillante, Juliette d'Airain.

– Je savais que l'école était grande, râla Mathieu, mais de là à égarer une tour, c'est un peu fort !

*

Un branle-bas de combat commença le jour même pour découvrir l'emplacement de la tour Disparue. Mathieu, Roméo et même Jurençon (depuis l'appartement du Dr Soupont) firent jouer toutes leurs relations. Mais ni l'archiduc de Darnar, ni le mage Bergamote, ni Peter de Nemours, ni Méphistos Pompous, ni le Grand Busier ne purent leur fournir le moindre indice. La bibliothèque elle-même n'apprit rien à Pierre. D'après ses lectures, la mystérieuse tour avait été volontairement cachée, un siècle plus tôt, sous la direction de Barjaut Magimel. L'ancien directeur avait fait disparaître son nom des cartes et des rares ouvrages qui la mentionnaient.

– Maître Magimel est le juriste de ton père, fit remarquer Pierre à Mathieu. Si tu le lui demandes, il vous aidera sans doute…

– Maître Magimel oublie son propre nom un jour sur deux ! soupira Mathieu. Alors une tour qu'il a cachée il y a cent ans…

Il se résolut pourtant à solliciter le vieil homme. Sa lettre partit aussitôt, emportant leur seul espoir de succès.

*

Le lendemain, en arpentant les couloirs, Mathieu eut la bonne surprise de rencontrer Jurençon, qui s'en retournait à la bibliothèque.

– J'ai toutes mes dents ! fit le neveu du roi.

– Enfin une bonne nouvelle, constata Mathieu.

– C'est vrai ! Sauf pour le royaume… Je crois que les implants dentaires ont coûté une telle fortune que plusieurs vols de nymphettes seront réduits de cinquante pour cent cet hiver… Ne tombez pas malades, le Dr Soupont est en vacances… J'imagine que vous n'avez aucune nouvelle de maître Magimel ?

– Ni de maître Magimel, ni de la Foudre, ni de Boidefeu, ni de Griffrigor, ni des bottes de sept lieues, reconnut Mathieu, songeur. En un mot :

c'est un désastre. En revanche, la comtesse Dacourt a publié un arrêté priant les élèves responsables des taches argentées indélébiles répandues dans le château et dans l'école d'avoir la gentillesse de se dénoncer.

— Et alors ? fit Jurençon un peu pâle. Vous vous êtes dénoncés ?

— Oui, admit Mathieu.

— *Quoi ?*

— Disons plutôt que *j'ai* gentiment dénoncé Roméo.

— Hein ? Tu as fait ça !

— Et Roméo m'a dénoncé.

— Bon…

— Et tu as dénoncé Pierre…

— Mais non, je n'ai rien…

— Qui t'a lui-même dénoncé…, acheva Mathieu à bout de souffle. C'était une ruse navrante de Roméo. Nous avons tous été graciés par le baron Hudson, puis punis par la comtesse…

— Pourquoi ?

— Pour nous être dénoncés les uns les autres.

Jurençon poussa un soupir.

— Poucet Bergamote passe trois heures par jour à mon chevet, dit-il avec ennui. Du coup, nous parlons beaucoup… J'ai appris une anecdote amusante. L'année dernière, tu aurais dû être transformé en âne par son bêtisomètre, tu t'en souviens ?

– Bien sûr !

– Bergamote m'a révélé qu'il avait lui-même remplacé le bêtisomètre par une vulgaire boule de cristal… Il a préféré passer pour un incompétent plutôt que de donner l'occasion à ton père d'empêcher ta bêtise !

En disant ces mots, il ouvrit une feuille de parchemin pliée en quatre.

– Regarde ce que j'ai reçu tout à l'heure…

Mon cher Octave, qui êtes dorénavant, je tiens à vous l'avouer, mon nouveau Prétendant favori, je serais heureux de vous avoir à ma table pour une compote ce soir après dîner, avec votre cher compagnon le tristement célèbre mais non moins sympathique Mathieu Hidalf, dorénavant deuxième de ma liste des favoris. J'ai une grande nouvelle à vous annoncer !

Poucet Bergamote.

– Je crains le pire…, déclara Mathieu. Et j'ai perdu ses bottes !

*

À la tombée du soir, Mathieu et Jurençon prirent timidement la direction du pigeonnier des buses, logis du mage Bergamote. Quatre pré-Élitiens, plus immobiles que des statues, montaient la garde au pied de la tour. Peter de Nemours salua

222

discrètement Mathieu, qui fit mine de n'avoir rien remarqué.

À l'approche de la porte de Bergamote, l'absence de Julius Maxima se remarquait plus que son habituelle présence. Parvenus au sommet des marches, Mathieu et Jurençon échangèrent un regard étonné. Dans l'appartement, de rudes échanges éclataient, comme si Bergamote se disputait violemment avec quelqu'un. Les deux Prétendants collèrent l'oreille contre la porte. Pour la première fois depuis longtemps, ils oublièrent complètement la Foudre fantôme. Un fauteuil racla le sol depuis l'appartement, et la voix de Bergamote tonna dans la tour déserte :

– Pourquoi me demander mon avis, si vous n'en tenez pas compte ? Ils cherchent à vous faire sortir de l'école… Et lorsque ce sera fait, vous serez à leur merci, ouvrez donc les yeux !

– Lorsqu'il a fallu signer le Serment rouge, je les ai pourtant rencontrés, répliqua une voix glaciale que Mathieu ne reconnut que trop bien.

La porte s'ouvrit brusquement. Louis Serra apparut, marqua un arrêt en tombant sur Mathieu et Jurençon, puis descendit les marches sans prononcer un mot. Bergamote invita les deux enfants à pénétrer chez lui, comme si de rien n'était.

La nuit s'était abattue sur le château royal. Des vols de nymphettes sillonnaient le ciel noir.

Mathieu sentait ses mains trembler légèrement. Était-il possible que Louis Serra s'apprête à rencontrer les six frères Estaffes, dans le plus grand secret et sans protection ? Pendant une seconde, il songea à quitter leur hôte pour avertir la comtesse… Elle seule était peut-être capable de raisonner le capitaine. Il échangea un regard en biais avec Jurençon et comprit que le neveu du roi pensait à la même chose que lui. Mais tous deux se turent et reportèrent leur attention sur le mage Bergamote.

L'appartement était dans un désordre sans nom. Des parapluies oubliés par les visiteurs du mage étaient disséminés dans la toiture. Des livres tirés des rayons de la bibliothèque de l'école depuis une éternité s'entassaient dans des cartons éventrés, des plantes vertes appartenant aux différents jardins du château se déployaient n'importe où, y compris sous un lit double réalisé illégalement par la Faiseuse de lits.

– Il est curieux que vous ayez été choisis pour attraper la Foudre fantôme, déclara alors le mage Bergamote, qui semblait lui aussi se remettre de ses émotions. Vous n'ignorez pas que les épreuves sont déterminées en fonction des candidats… Eh bien, figurez-vous que le dernier Prétendant qui ait eu pour mission de capturer la biche… n'est autre que Louis Serra en personne. Étonnant, n'est-ce pas ?

Jurençon et Mathieu restèrent un instant sous le choc de cette révélation.

– Louis Serra a donc réussi l'épreuve ? déduisit enfin Mathieu. Et sans tuer la biche, puisqu'elle est vivante…

– En quelque sorte, oui, admit Bergamote. Mais où sont mes bottes, Mathieu, s'il vous plaît ? Je ne voudrais pas attiser à nouveau les foudres de notre chère ennemie commune la sérénissime comtesse Dacourt…

Mathieu grimaça.

– À vrai dire, professeur Bergamote… le chat doré de Roméo Pompous les a…

– Bien ! lança le sorcier, indifférent. Parfait ! Mais écoutez plutôt ceci !

Il déplia avec une joie manifeste un exemplaire de *L'Astre du jour*, qu'il avait dû lire mille fois tant il était chiffonné.

– *Le bien nommé Rigor Hidalf, sous-consul de Darnar, homme célébré pour son équité et sa philanthropie, vient de voir sa réputation écorchée par un contrôle fiscal inopiné.*

Bergamote se mordit la lèvre, retenant péniblement un éclat de rire.

– *Interrogé sur un lustre à vingt chandelles de la forgeronne Lucie Fer découvert dans son sous-sol, M. Rigor Hidalf a expliqué à la presse qu'il « soupçonne son fils Mathieu Hidalf de trafic d'objets d'art, de contrefaçon et de faux ». Ce à quoi le service des fraudes a répliqué qu'étant tout de même responsable des actes d'un enfant de onze ans, il aurait à rendre compte financièrement des multiples découvertes effectuées dans ses caves. Découvertes qui pourraient, selon un agent anonyme, coûter plusieurs dizaines de milliers de diamantors à leur propriétaire.*

Et Bergamote pleura longuement de rire. Lorsqu'il retrouva ses esprits, Jurençon, à bout de nerfs, avait perdu son sourire enjôleur et naïf. Tout en lui avait mystérieusement changé. Il était presque effrayant, et des étincelles paraissaient jaillir de son regard bleu. Il rabattit une mèche de ses cheveux blonds et dit d'un ton ferme que Mathieu ne lui connaissait pas :

— Louis Serra ne peut pas faire ça.

— Faire quoi ? balbutia Bergamote, blême.

— Il ne peut pas faire confiance aux frères Estaffes et les rencontrer. Il faut avertir les Élitiens.

Bergamote pâlit. De son côté, Mathieu retint son souffle. Il revoyait avec une précision diabolique l'expression figée du capitaine, dans sa vision. Il n'avait plus aucun doute : Louis Serra allait bien rencontrer un des Estaffes et rien ni personne ne le ferait changer d'avis. Il releva la tête. La nuit semblait désormais plus profonde autour d'eux.

— Il faut que vous sachiez, dit enfin Bergamote, sans l'ombre d'un sourire, que Louis Serra n'est pas un Élitien ordinaire. Il prend des risques gigantesques… Mais, si gigantesques qu'ils soient, ces risques sont toujours mesurés…

La discussion aurait pu en rester là, si Jurençon n'avait pas chuchoté avec une colère soudaine :

– Qui sont les six frères ?

– Comment ça, *qui sont les six frères* ? répéta Bergamote, de plus en plus mal à l'aise.

– Vous savez bien ce que je veux dire…, répliqua Jurençon. *Vous*, les Élitiens, les professeurs, la direction, vous nous mentez jour après jour… Tout ce qui concerne les six frères est secret… Je n'ai trouvé *aucune* information les concernant dans la bibliothèque des Prétendants ! Pourquoi les Estaffes cherchent-ils à détruire les Élitiens ? Ils ont un lien avec l'école, n'est-ce pas ?

Mathieu dévisageait Jurençon avec stupéfaction. Il n'avait jamais soupçonné son ami de se préoccuper de quoi que ce soit, à part de son sourire.

– Il existe une légende, reprit doucement Jurençon, comme s'il avait craint d'être entendu. Une légende sur le compte des six frères et sur l'école… C'est mon oncle, le roi, qui m'en a parlé.

– Quelle légende ? demanda Mathieu, l'œil noir. Je ne suis pas au courant !

– Une légende à laquelle Louis Serra attache une importance démesurée, lâcha Bergamote. On dit que les six frères, il y a plusieurs décennies, ont découvert quelque chose *dans* l'école… Quelque chose de redoutable et d'insoupçonnable… connu sous le nom de *maléfice de Circé.*

Jurençon et Mathieu retinrent leur souffle en même temps, comme s'ils n'avaient plus qu'un seul cœur pour deux.

— On ignore en quoi consisterait ce maléfice…, avoua Bergamote. D'après les rumeurs, les six frères seraient sous son emprise… L'envoûtement serait si puissant qu'un homme ordinaire, à leur place, ne se rendrait même pas compte qu'il est envoûté ! Grâce à leurs pouvoirs, les six frères auraient conservé leur volonté… Mais il suffirait que l'un d'eux combatte le maléfice de Circé pour périr aussitôt…

Jurençon inclina la tête, songeur, tandis que Mathieu haussait légèrement le sourcil droit.

— Comme le dit si bien Louis Serra, il y a sans doute une part de vérité dans cette légende…, estima Bergamote. Mais les six frères, avant même leur prétendue découverte, étaient redoutables… À votre âge, ils étaient déjà Apprentis.

— Ils ont été élèves de l'école ? lâcha Mathieu, stupéfait.

— Ils étaient inséparables, raconta Bergamote. Distingués… Bien éduqués… Brillants… Puis, un jour, l'un d'eux a découvert un lieu secret et interdit : le gouffre aux sirènes de l'école… Vous connaissez de réputation ces créatures maléfiques… Elles sont meurtrières ; personne ne revient vivant de leur gouffre. L'une d'elles a eu le malheur de mordre l'Estaffes… Elle pensait tenir une victime imprudente… mais elle avait tort. Le lendemain, cette sirène et toutes ses sœurs furent retrouvées massacrées… Depuis ce jour, le vrai visage des six frères a été révélé…

Il avait à peine achevé sa phrase qu'un éclair passa dans son regard. Un éclair de surprise et de douleur. Au même instant, un long frisson parcourut Mathieu et Jurençon.

– C'était notre arbre…, balbutia le neveu du roi en posant la main sur son cœur. Notre arbre… se glace !

Bergamote se redressa, passant et repassant la main le long des branches dorées cousues sur sa robe de sorcier.

– L'un d'entre nous est en danger de mort, dit-il d'une voix faible.

Chacun put lire le nom de Louis Serra sur les lèvres des deux autres. Ils n'avaient pas bougé lorsque la porte du pigeonnier s'ouvrit violemment. Le pré-Élitien Peter de Nemours apparut, déchaîné. Il se tourna vers les deux Prétendants et le mage en leur ordonnant de rester sur place. Après ces mots, il s'engouffra dans l'escalier comme une furie. Mathieu et Jurençon n'hésitèrent pas une seconde : ils s'élancèrent derrière lui.

*

À peine Mathieu fut-il arrivé dans la galerie du troisième étage qu'un flot d'élèves le happa comme une vague, le séparant de Jurençon.

— Où vont-ils tous ? cria le neveu du roi au milieu du désordre.

— À l'Arbre doré ! rugit Mathieu en se faufilant entre les paires de jambes.

L'école était agitée comme le pont d'un navire au moment d'un naufrage. Mathieu n'avait jamais entendu un tel vacarme. Peut-être que les frères Estaffes étaient en train de forcer la Grille épineuse, comme dans son rêve ? Lorsqu'il arriva dans la tour des Escaliers, de grands cris parvinrent jusqu'à lui. L'emblème de l'école continuait à se glacer sur son cœur et le picotait légèrement. Il arriva dans le vestibule parmi les premiers élèves. La comtesse Dacourt et quelques Élitiens étaient déjà sur place, la tête levée vers la couronne de branches dorées. Mathieu sentit une présence familière à son côté. Pierre venait d'arriver, le visage pâle, suivi de Roméo Pompous dont les yeux étincelaient dans la pénombre. Un craquement terrible retentit.

— Reculez ! ordonna la comtesse d'une voix glaciale.

Tout le monde s'écarta et une branche massive se brisa en deux, au sommet de l'Arbre. Par un phénomène curieux, la branche n'était pas tombée, mais elle menaçait de se détacher à tout moment du tronc. Peu à peu, l'or dont elle était couverte fut dévoré par une noirceur épouvantable. La comtesse Dacourt fit un pas en arrière, livide.

– Un Élitien est mort ! lança un Prétendant.

– Un Élitien est mort ! répéta un second.

Des dizaines de voix clamèrent la nouvelle jusqu'au septième étage de l'école qui se mit à geindre, comme atteinte d'une blessure profonde. Un Élitien mourait, et les murs semblaient avoir pris vie pour le pleurer. C'était la première fois, depuis la ratification du Serment rouge, qu'un Élitien trouvait la mort.

– Silence ! rugit la comtesse Dacourt, incroyablement calme.

On n'entendit plus un bruit dans le vestibule. La comtesse, droite comme une épée, n'avait jamais paru si rassurante.

– Où est le capitaine ? cria quelqu'un dans l'assemblée.

Désespérément, Mathieu parcourut la foule à la recherche de l'ombre noire de Louis Serra. Il manquait au nombre des Élitiens. Derrière lui, Tristan Boidoré posa une main qui se voulait réconfortante sur son épaule. Mais Mathieu la sentait trembler.

— Les Estaffes ont assassiné Louis Serra ! hurla quelqu'un. C'est sa branche qui a noirci !

La main de Boidoré resserra son étreinte sur l'épaule de Mathieu. Derrière la Grille épineuse, dans le vestibule, des valets du château, des nymphettes, des journalistes ameutés par les cris observaient l'Arbre avec effroi.

Une silhouette majeure fit alors irruption. Les élèves se tassaient pour lui laisser la place de circuler. L'imposant baron Hudson, directeur de l'école, ordonna d'une voix rauque qui trahissait une vive émotion :

— Prétendants, remontez immédiatement. Aucune sortie ce soir sous peine de renvoi immédiat.

Mathieu observait les barreaux argentés de la Grille inviolable en espérant que Louis Serra en surgirait tout à coup. Pierre et Roméo s'étaient approchés de lui.

— Remontez, murmura Tristan Boidoré dont les yeux brillaient. Et soyez prudents cette nuit.

Chapitre 12
Le dernier soupir du roi

Mathieu était persuadé que les Élitiens et les pré-Élitiens savaient précisément à qui appartenait la branche brisée. Il décida donc de partir à la recherche du cabaret des Apprentis, où il espérait retrouver Peter de Nemours. Faussant compagnie à Pierre et Roméo, il pénétra dans la forêt gigantesque. Le ciel était vide. Seule la lune éclairait les bois d'une pâle clarté. Était-il possible que Louis Serra soit mort ?

Mathieu suivit un sentier sinueux. Il atteignait l'orée d'une clairière, lorsqu'un buisson s'ébroua comme un chien trempé, à quelques pas de lui.

– Griffrigor ? bredouilla-t-il en reculant.

Mais il ne s'agissait pas du chat doré. Mathieu n'en crut pas ses yeux. La Foudre fantôme, sans qu'il ait eu à la chercher, se dressait devant lui. Quelque chose d'extraordinaire se produisit. Des étincelles argentées illuminaient son pelage et paraissaient éteindre toute lumière autour d'eux ;

Mathieu sentit des picotements se répandre dans sa poitrine. La Foudre s'élança dans le sentier qu'il venait d'emprunter. C'était l'occasion ou jamais de la capturer !

Arrivée devant la porte ronde qui donnait accès à l'école, la Foudre fantôme la fracassa de deux coups de ses sabots d'airain. Le battant de la porte se répandit en miettes sur le sol. Une série de flambeaux illumina la tour Directrice. Sans y prêter attention, Mathieu se précipita à la poursuite de la créature, qui atteignait déjà la tour des Escaliers.

– Jurençon ! Roméo ! Pierre ! cria-t-il en passant devant la bibliothèque des Prétendants. Je vais l'attraper !

La biche se jeta dans l'escalier des Capitaines avec une grâce qui aurait écœuré le prétentieux Griffrigor en personne. En moins de temps qu'il n'en faut pour le dire, elle atteignit le vestibule désert. On avait peine à imaginer qu'un peu plus tôt toute l'école s'était réunie là, sous les branches de l'Arbre doré. La Foudre fantôme approcha des barreaux hérissés de la Grille épineuse, et ne bougea plus. Mathieu fut parcouru d'un frisson. Il avait le sentiment de se tenir face à une légende. Une légende qui avait tout vu : la création de l'école, les noces du premier Élitien, l'arrivée des frères Estaffes, la signature et la rupture du Serment rouge... Une légende qui veillait sur l'Élite depuis toujours… Ce fut à cet instant qu'il comprit. Si la Foudre fantôme l'avait conduit jusque-là, ce n'était pas pour lui échapper. Mais pour que Mathieu lui permette de porter secours à Louis Serra, en lui ouvrant la grille de l'école. Oubliant son épreuve et la consigne du baron Hudson, Mathieu écrivit son nom, d'un trait, sur le registre intérieur. Plus rien n'avait d'importance, hormis la survie du capitaine. La stupéfiante Grille épineuse tourna sur ses gonds. Dans la tour des Escaliers, la comtesse Dacourt se rapprochait. Mais la Foudre fantôme, au lieu de fuir, s'inclina devant Mathieu, comme si elle l'incitait à grimper sur son dos. Il n'en croyait pas ses yeux. Il enfourcha la biche avec d'infinies précautions, serrant les bois d'argent dans ses mains tremblantes. Pendant une seconde, il crut qu'il ne se passerait rien. La seconde suivante, il poussa un hurlement. À une vitesse fulgurante, la Foudre fantôme venait de franchir la grille noire qui se referma dans un claquement sonore.

*

La Foudre filait comme une étoile, traversant le château comme si elle avait passé les cent dernières années à s'y promener la nuit. Une étrange sensation de froid s'emparait peu à peu de Mathieu, qui n'avait jamais monté un animal si rapide.

Cette chevauchée était tout simplement extraordinaire. Un nuage de nymphettes volait derrière eux, comme un ouragan de lumière. Tout défilait incroyablement vite, dans des éclats d'argent et de feu. La biche contourna la tour des Nobles sans ralentir et se dirigea vers la galerie des Rois. Ses sabots crissèrent sur le sol de marbre ; elle s'arrêta de justesse, devant une grille surveillée par trois agents en uniforme rouge, le visage masqué par un capuchon. Le cœur battant, Mathieu identifia les soldats de la redoutable garde royale, qui avaient la réputation de ne guère apprécier la compagnie des Élitiens. Il comprit brusquement pourquoi il avait été conduit jusque-là. Ses yeux s'écarquillèrent de terreur. Sa respiration se coupa. La mystérieuse prophétie qui le hantait depuis un an était sur le point de se réaliser : le roi mourrait ce soir.

– Le Grand Busier est en danger ! lança-t-il précipitamment aux trois gardiens.

En guise de réponse, ces derniers tirèrent leur épée. Mathieu s'étonna de susciter une telle réaction, lorsqu'il comprit qu'il n'en était pas la cause. Une silhouette noire, à cheval au cœur du château, approchait au galop. Mathieu reprit espoir : un Élitien accourait.

La monture ralentit en atteignant la grille, provoquant un écart de la Foudre fantôme. Ce que Mathieu avait d'abord pris pour un Élitien n'était en réalité qu'un Apprenti… Il reconnut, avec un mélange de soulagement et d'effroi, Tristan Boidoré, le responsable des Prétendants. Mais que pourrait faire un simple Apprenti pour persuader trois soldats royaux d'abandonner leur poste ?

– Tristan, dit Mathieu si vite qu'il écorchait les mots en les prononçant, le Grand Busier est…

– Je sais, coupa Tristan Boidoré.

Son ton était si glacial que Mathieu fut saisi d'un affreux pressentiment.

– Sa Majesté est en sécurité, annonça un des gardiens. Personne ne peut franchir cette grille sans une clef royale. Reculez sur-le-champ ou nous attaquerons.

Les mains tremblantes, Mathieu fouilla sa luide et en extirpa la minuscule clef rouge confiée par le Grand Busier, à la veille de sa rentrée. Tristan la considéra en silence. Les épées se levaient déjà, lorsqu'une voix froide retentit comme un coup de tonnerre.

– *Abaissez immédiatement ces armes.*

La comtesse Armance Dacourt, folle de rage, se dressait entre les combattants.

– Tristan ! aboya-t-elle. Rangez *immédiatement* votre épée ! C'est un ordre !

Une ombre voila les yeux noirs de l'Apprenti. Un « non » tranchant fut toute sa réponse. En une seconde, il bondit à terre et propulsa un des gardes contre la grille. Le choc fut si violent que le malheureux s'écroula. Tristan désarma le deuxième des soldats et s'apprêtait à fondre sur le troisième, lorsque la Foudre fantôme le prit de court. Elle envoya un coup de sabot prodigieux dans l'épée du dernier opposant. La lame se brisa net.

Le cœur battant, Mathieu ouvrit la grille d'un tour de clef. La Foudre fantôme s'engagea aussitôt dans les quartiers du roi, claquant, d'un coup de sabots, les barreaux noirs au nez de la comtesse Dacourt. Dès que la grille fut close, Tristan Boidoré s'éloigna de quelques pas et rangea son épée.

– Qu'avez-vous fait ? balbutia la comtesse.

– J'ai obéi à Louis Serra, répondit l'Apprenti. Et j'espère que je n'ai pas eu tort…

*

Mathieu était descendu du dos de la Foudre fantôme dès qu'elle avait atteint l'escalier de la tour du Roi. La créature l'abandonna, avançant à petits pas dans la galerie obscure, comme si sa mission était accomplie. Mathieu lui jeta un dernier regard, partagé entre la colère et l'admiration. La reverrait-il jamais ou bien venait-il de laisser passer sa chance ? Sans hésiter plus longtemps, il s'engagea dans l'escalier qu'il connaissait par cœur, pour l'avoir gravi deux fois, dans son rêve.

Pour se donner du courage, il serrait de toutes ses

forces la clef rouge confiée par le roi. Si le Grand Busier était bel et bien mort, Mathieu devrait détruire le contenu de son coffre, excepté l'enveloppe rouge, qu'il transmettrait plus tard à maître Magimel. Pour la première fois, il était décidé à accomplir son devoir.

*

Au sommet de la tour, l'appartement royal baignait dans l'obscurité. Une nymphette était perchée sur un lustre éteint. Mais elle paraissait ensorcelée, battant des ailes au ralenti. Sous la créature, le Grand Busier gisait, allongé sur son lit, les yeux ouverts. Mathieu était arrivé trop tard.

– Vous m'entendez, Majesté ? balbutia-t-il en retenant ses larmes.

Le Grand Busier n'émit aucune réaction. Alors, Mathieu se détourna du lit. La nymphette éclaira les contours d'un petit coffre rouge. Tremblant et incapable de réfléchir, Mathieu ouvrit le coffre d'un tour de clef. Il s'empara de l'enveloppe rouge, posée au sommet d'une pile de documents. Elle était cachetée par un cercle de cire. Aucune annotation ne permettait de percer son secret. Presque malgré lui, Mathieu commençait à la soupeser, lorsque la pointe d'une épée racla le sol. Mathieu remit aussitôt l'enveloppe à sa place, claqua le couvercle du coffre et fit volte-face, comme s'il venait de sortir d'un cauchemar. Il n'était pas seul.

– Mathieu…, souffla une voix à peine audible.

L'appartement royal était immense, et la lueur de la nymphette éclairait à peine le lit du Grand Busier. Au-delà, tout était noyé dans l'obscurité. Un souffle lent s'éleva à quelques pas. Mathieu aperçut alors, entre deux clignotements de la nymphette, les branches d'un arbre doré. Sans réfléchir, il s'enfonça dans les ténèbres. Une seconde nymphette, qui semblait aussi ensorcelée que la première, se mit à battre lentement des ailes, produisant une lueur blafarde. Louis Serra apparut. Il était assis dans un fauteuil. Sa joue était balafrée, son teint pâle.

– Capitaine ! s'écria Mathieu en accourant. Que dois-je faire ?

Les yeux de Louis Serra brillèrent dans la pénombre. Il serra la main de Mathieu dans la sienne, d'une étreinte si faible qu'elle en était désespérante.

– Que dois-je faire ? répéta Mathieu au bord des larmes.

– Rien, murmura Louis Serra. Tu seras, un jour, un grand Élitien, Mathieu Hidalf.

L'étreinte se desserra et la tête de Louis Serra s'inclina. L'arbre légendaire brodé sur le cœur du capitaine noircit. Et son souffle s'éteignit.

Pourtant, quelqu'un respirait, à proximité. Lorsque la nymphette battit doucement des ailes, Mathieu aperçut un second fauteuil. Une silhouette était assise dedans, si noire que Mathieu ne l'avait pas distinguée jusque-là. Un Élitien, le visage dissimulé sous le capuchon de sa luide, observait le lit du roi. Son arbre était aussi sombre que celui de Louis Serra. Deux mains émergeaient de la luide, crispées sur les accoudoirs du fauteuil. Deux mains blanches comme celles d'un fantôme.

– Il faut aller chercher de l'aide ! lança Mathieu. Le capitaine va mourir !

– Il est trop tard pour Louis Serra, répliqua le mystérieux Élitien. Il a été un capitaine hors du commun. Le premier à croire suffisamment au maléfice de Circé pour découvrir ce que tout le monde avait oublié. Hélas, il en a trop appris pour survivre…

La voix de l'homme n'était qu'un murmure indistinct. Il se leva. Son épée glissa sur le sol. Il parut alors pris de folie, se penchant pour se saisir de son arme puis la repoussant avec fureur.

– Éloignez-vous ! cria-t-il à Mathieu. Je ne pourrai pas résister longtemps…

Mathieu recula mais il était trop tard. L'homme s'était déplacé à une vitesse incroyable et l'avait attrapé par le poignet. Son capuchon s'était abaissé. Mathieu constata avec effroi qu'il ne

241

connaissait pas cet Élitien. Son visage avait sans doute été beau. Mais, ce soir-là, il était d'une pâleur et d'une maigreur effrayantes. Ses yeux étaient pareils à deux émeraudes, deux émeraudes illuminées d'un éclat dément. Il semblait aux prises avec un ennemi invisible et plongea longtemps son regard dans celui de Mathieu. Enfin, il relâcha son étreinte et recula dans l'ombre qui parut l'engloutir. Un éclat vert de plus en plus intense émanait de lui. Il se mit à marcher en rond, à grands pas, la tête entre les mains comme s'il souffrait d'une atroce migraine. Soudain, les vitres royales volèrent en éclats une par une ; seule une nymphette continua de clignoter faiblement, éclairant le visage immobile de Louis Serra. Le second Élitien retomba dans son fauteuil. Quelque chose de stupéfiant se produisit alors. Son arbre retrouva peu à peu son éclat. Mathieu découvrit, stupéfait, le tronc le plus lumineux qu'il ait jamais vu. Six branches rouges le coiffaient : l'inconnu avait donc accompli six Exploits ! Ce dernier passa une main sur son cœur. Il paraissait apaisé. Son visage était moins redoutable lorsqu'il souffla :

— Je trahis les miens… Je meurs… et l'Arbre doré m'accepte à nouveau dans le cercle des Trente.

Mathieu était incapable de bouger. Il se demanda comment il avait pu ne pas comprendre plus tôt.

– Vous êtes un Estaffes ! lança-t-il en fuyant jusqu'au lit du roi. Vous avez tué le Grand Busier et Louis Serra !

L'inconnu était désormais aussi pâle qu'un mort.

– Vous ne pouvez pas encore comprendre, Mathieu Hidalf, affirma-t-il d'une voix à peine audible. Mes frères feront tout pour anéantir l'Élite. Ils n'ont plus le choix. Et j'en suis la preuve…

Une seconde, les yeux verts de l'Élitien furent possédés par un tel éclat de fureur que Mathieu crut sa dernière heure venue. Mais l'inconnu domina une dernière fois sa colère.

– On monte l'escalier, dit-il d'une voix douce. Ne dites à personne que vous m'avez vu vivant, Mathieu Hidalf. Racontez que Louis Serra m'a tué. Si vous ne mentez pas, vous ne serez plus jamais en sécurité. Mes frères ont prêté serment. Ils ne renonceront jamais à détruire l'Arbre doré. Mais, ce soir, à cause de moi, ils n'ont jamais été si loin d'y parvenir…

Des cris, répercutés en écho jusqu'à la chambre, s'élevaient depuis l'escalier de la tour du Roi. Lorsque l'Estaffes aux six Exploits cessa de respirer, la nymphette qui avait survécu jusque-là tomba de son lustre.

Mathieu sentit son arbre étinceler sur sa poitrine. La chaleur qui s'en dégageait était telle que la tête lui tourna. Des fils d'or indistincts traversèrent la nuit ; c'étaient les branches de l'emblème de onze Élitiens et de Tristan Boidoré. Un flot de nymphettes portant de minuscules luides se déversa dans la suite, l'illuminant de part en part. Mathieu vit au loin les cadavres étendus de plusieurs soldats de la garde royale. La silhouette de Julius Maxima apparut alors. En une seconde, son regard balaya l'appartement du Grand Busier et finit sa course sur Mathieu Hidalf.

Chapitre 13
Le premier Exploit
de Mathieu Hidalf

Lorsque Mathieu retrouva ses esprits, la comtesse Dacourt, le baron Hudson et Jurençon avaient pénétré dans l'appartement du Grand Busier, observant tantôt le corps étendu du roi, tantôt celui de Louis Serra.

La personne que Mathieu attendait le plus au monde, sans qu'il sût vraiment pourquoi, fit alors son entrée. Le sorcier Stadir Origan, trempé, fendit la foule. Il était accompagné du Dr Soupont, revenu prématurément de vacances. Le vieil Origan posa un regard d'une vivacité extraordinaire sur Louis Serra, puis sur l'Estaffes. Il serra vigoureusement Mathieu contre lui.

– Ils... Ils étaient déjà morts quand je suis arrivé..., bredouilla Mathieu.

Origan passa une main réconfortante dans ses cheveux, tandis que le Dr Soupont s'éloignait du lit royal, en annonçant qu'il était trop tard pour sauver la couronne. Il approcha bientôt de Louis Serra.

– Le capitaine est vivant ! souffla-t-il. L'Arbre doré lui a permis de survivre.

Une lueur d'espoir se diffusa de visage en visage. Soupont renifla les restes d'une fiole brisée aux pieds de Louis Serra.

– Empoisonné… Cette mixture abjecte n'est pas la plus prompte à agir, heureusement… mais une demi-heure après son absorption, elle ne laisse aucune chance à sa victime…

Il ouvrit un sac de cuir abîmé duquel il sortit précautionneusement un minuscule flacon. Après quelques mots échangés avec Stadir Origan, il s'empressa de verser le contenu du flacon entre les lèvres inertes du capitaine des Élitiens. Ce dernier frémit aussitôt.

– Mathieu Hidalf ? murmura-t-il en revenant à lui.

Un soupir de soulagement traversa la chambre, tandis que Louis Serra se tournait avec effroi vers le lit du Grand Busier.

– Je suis arrivé trop tard ? dit-il d'une voix rauque.

– Louis…, intervint le baron Hudson. Vous avez tué William, l'aîné des Estaffes… Pour la première fois depuis qu'ils sèment la terreur, l'un des six frères a été vaincu !

Le capitaine, les yeux noirs d'épuisement et de fureur, paraissait lutter contre lui-même, pour extirper de son propre esprit le souvenir de cette soirée.

— Après avoir bu un tel poison, intervint le Dr Soupont, vous ne serez plus jamais le même, Louis. Quant à ce qui s'est passé ce soir, vous ne vous le rappellerez certainement pas.

Sans répondre, Louis Serra repoussa les Élitiens qui l'entouraient et approcha du lit royal. Mathieu n'avait jamais vu un homme aussi triste. Le capitaine prit la main flétrie du Grand Busier. Alors, il ne bougea plus, droit comme la lame d'une épée. Il y eut un silence interminable.

La nouvelle de la disparition du Grand Busier se répéta de bouche en bouche, puis jusque dans les entrailles du royaume. Le Dr Soupont, guère impressionné par le corps de William Estaffes, s'était accroupi devant lui, avec un mélange de curiosité et de fascination. Au milieu de l'assistance émue, il fronçait peu à peu les sourcils.

— C'est curieux…, commenta-t-il. Je doute que vous ayez tué cet homme, Louis Serra.

— Et qui l'aurait tué, si ce n'est lui ? gronda le baron Hudson. Mathieu Hidalf, peut-être ?

Louis Serra chercha à nouveau dans les profondeurs de sa mémoire. Épiant Mathieu du coin de l'œil, il dit brusquement :

– J'ai tué l'Estaffes.

Mathieu sentait son cœur battre à vive allure. Louis Serra mentait.

– Pourtant, il a été assassiné par un sortilège d'une puissance incomparable, objecta Soupont en sortant des instruments de mesure de son sac. Je n'avais jamais vu une chose pareille ! Quant à son arbre, il est doré… C'est la première fois qu'un mort n'a pas le cœur noirci…

– Mathieu ! s'écria alors une voix par-dessus les murmures. Mathieu !

Une chevelure blonde émergea entre les habits noirs. Accompagnée du comte Dacourt, directeur de l'école de danse, Juliette d'Or se jeta dans les bras de son frère.

– Tu es vivant ! Des rumeurs insensées circulent dans le château !

En découvrant le corps du roi, Juliette prit la main de son frère sans rien ajouter. Dehors, un soleil nocturne sembla se lever. Les nymphettes du silence venaient de quitter leur sommeil profond. Ces créatures rarissimes ne prenaient leur envol qu'en trois occasions de l'existence d'un roi. Le jour de sa naissance, le jour de son mariage et celui de sa mort. À la vue des nymphettes, Jurençon serra les dents. Et Mathieu considéra le coffre du Grand Busier, sur lequel plusieurs notables du royaume posaient déjà un œil envieux. Il ne trahirait pas le roi… Personne ne découvrirait ses secrets tant que Mathieu serait en possession de la clef royale. Il reporta son attention sur Louis Serra. Il devait absolument lui révéler la vérité. Un des frères Estaffes s'était sacrifié et avait mentionné le maléfice légendaire lancé sur l'école. Tout cela était bien trop flou pour éclairer l'esprit de Mathieu. Mais peut-être que ces éléments pouvaient prendre un sens très différent pour le capitaine des Élitiens.

*

Dans l'espoir que la noblesse ne puisse se déplacer à temps, le Grand Busier avait exigé, auprès de quatre notaires, d'être enterré à l'aurore qui suivrait sa disparition, au cœur du cimetière des Élitiens. C'était sa manière de rappeler à chacun qu'il avait toujours détesté les cérémonies officielles.

Le roi fut transporté jusqu'à l'intérieur de l'école. Pour l'occasion, la Grille épineuse, surveillée par plusieurs Apprentis en deuil, resta curieusement ouverte. Il y avait foule sous l'Arbre doré. Louis Serra échangea fébrilement quelques mots avec Stadir Origan, puis il prit seul la direction de la Grille inviolable. Au-dessus de lui, sa propre branche, toujours cassée en deux, retrouvait peu à peu sa teinte d'origine. Mathieu se faufila entre les luides obscures et tira le capitaine par la manche.

– Je dois vous parler à tout prix…, murmura-t-il.

– Pas maintenant, gronda Louis Serra qui semblait ne pas l'avoir reconnu.

– Mais, capitaine, je dois…

– Pas maintenant, Mathieu Hidalf! aboya-t-il.

Alors il ajouta d'une voix si basse que personne d'autre que Mathieu ne put l'entendre :

– Je sais ce que tu as à me dire…

Et en prononçant ces mots, il posa sur le garçon un regard à la fois ferme et bouleversé, qui ordonnait le silence sur cette affaire.

*

Mathieu ne trouva le sommeil que tardivement. Peut-être aurait-il dû insister auprès de Louis Serra… Pourquoi un des frères Estaffes avait-il choisi de se sacrifier? Et surtout, en quoi avait consisté son sacrifice? À s'attaquer au roi et au capitaine? Tout cela n'avait aucun sens… Il ne dit pas un mot de sa mystérieuse rencontre à ses compagnons. En revanche, il raconta à tout le monde les exploits de Tristan Boidoré, puis il révéla à Roméo, Pierre et Jurençon qu'il avait permis à la Foudre fantôme de sortir de l'école.

– Et tu ne l'as pas capturée? s'écria Roméo, ahuri. Quel imbécile! Nous allons être renvoyés à cause de toi!

– Tu as fait ton devoir, rétorqua Pierre. Je

crois que j'aurais fait la même chose à ta place, Mathieu…

– Nous aurions tous fait la même chose à sa place, riposta Roméo. C'est bien là qu'est le problème ! Mathieu, *lui*, aurait dû faire autre chose : transpercer la biche dans le dos !

*

À six heures du matin, toute l'école se dirigea vers le cimetière des Élitiens, Mathieu Hidalf excepté. Les rideaux de son lit vert étaient clos ; Jurençon, Roméo et Pierre passèrent devant sans avoir le cœur de le réveiller.

Dès que la bibliothèque fut vide, les rideaux s'écartèrent pourtant. Mathieu bondit hors de son lit, le teint blafard. Il avait à peine fermé l'œil de la nuit. Il dévala la tour des Escaliers, mais au lieu de rejoindre le cimetière, il se précipita hors de l'école, la petite clef rouge confiée par le Grand Busier à la main. Il allait accomplir sa mission au service du roi, avant qu'il ne soit trop tard.

Il courut à toute vitesse dans les couloirs. Il avait eu raison de penser que le château serait désert. En quelques instants, il atteignit les quartiers royaux. La grille, surveillée la veille par trois soldats de la garde royale, n'était même pas fermée. Mathieu gravit l'escalier tortueux de la tour du Grand Busier et pénétra enfin dans son appartement. Le coffre inviolable était posé à même le sol, en face d'une multitude d'outils étranges. Les notables n'avaient pas perdu une seconde… mais heureusement, le coffre avait tenu bon jusque-là ! Et lorsque ceux qui en avaient après les secrets du roi viendraient à bout du coffre, ils ne découvriraient que des lettres illisibles.

Mathieu fit quelques pas dans la chambre silencieuse. Qu'est-ce que le roi pouvait bien cacher avec tant de soin ? Et pourquoi avait-il pris le risque de mettre ses secrets entre les mains du pire enfant qui soit dans son royaume ? Devant Mathieu, les fauteuils dans lesquels Louis Serra et l'Estaffes gisaient encore la veille à minuit étaient étrangement vides. Seul le lit du roi était défait, symbole d'une journée peu ordinaire. Au-dessus du sommier, Mathieu aperçut avec un pincement au cœur quelques premières pages de *L'Astre du jour*, clouées au mur. Il s'agissait de toutes les unes concernant une bêtise de Mathieu. Le roi devait avoir, lui aussi, un goût caché pour les anniversaires ratés. Mathieu remarqua alors un écrin familier, posé sur la table de chevet royale. Un frisson le parcourut. Approchant d'un pas intimidé, il ouvrit l'écrin. Il était vide !

Mathieu dévala la tour du Roi, sans avoir détruit le contenu du coffre. En bas de l'escalier, deux silhouettes l'attendaient. Il reconnut l'Élitien

Julius Maxima et Armance Dacourt. La comtesse était blême comme un fantôme, à cause de la nuit qu'elle avait passée assise à son bureau ; elle paraissait aussi furieuse qu'épuisée lorsqu'elle attrapa, sans ménagement, le poignet de Mathieu Hidalf.

*

Le cimetière des Élitiens ressemblait à une forêt de tombes. Un soleil pâle se levait dans le ciel gris. L'assemblée était tournée vers la sépulture royale, qu'on distinguait difficilement à cause d'un brouillard plus épais que les archives de la comtesse Dacourt. M. et Mme Hidalf, accourus du manoir grâce au concours de Stadir Origan, cherchaient leur fils, avec une inquiétude croissante.

– Que peut-il bien fabriquer ? chuchotait nerveusement M. Hidalf. Juliette d'Or l'a perverti, j'en suis convaincu ! Elle verra ce soir ce qu'il coûte d'entacher le nom des Hidalf !

Le manoir avait reçu, pendant la nuit, une lettre du comte Dacourt, directeur de l'école de danse, qui avait surpris Juliette en dehors de son dortoir, à une heure avancée. En vérité, M. Hidalf se préoccupait bien plus de cette lettre que de la mort du roi.

Toute la noblesse était réunie, et chacun se battait pour être assis à la place qui lui était due, le plus près possible de la tombe du Grand Busier. Le cercueil gisait au-dessous d'une pluie d'argent, provoquée par le vol des nymphettes du silence.

— Chaque fois que Mathieu n'est pas visible lors d'un événement public, une catastrophe survient, reprit M. Hidalf écarlate, en ajustant sa perruque des grands jours.

Il avait à peine achevé sa phrase qu'un cri d'enfant résonna au loin. M. Hidalf blêmit en identifiant la voix de son fils. Mathieu émergea en effet du brouillard, provoquant l'indignation de la noblesse. Il avançait lentement entre les fauteuils surchargés, en direction de la tombe. Il était aussi pâle qu'à l'instant de sa mort, dans la tour des Épreuves. Derrière lui, la silhouette de la comtesse Dacourt se dessina peu à peu. Louis Serra leva la tête et attendit Mathieu en lui lançant un regard indéchiffrable.

— Que voulez-vous ? demanda-t-il.

— Je crois que le roi n'est pas mort, répondit Mathieu d'une voix faible.

Un grand silence se fit. M. Rigor Hidalf recula d'un pas pour disparaître dans le brouillard. Jurençon se leva de son fauteuil. Son regard pétillait : il semblait avoir tout compris. Enfin, Louis Serra descendit dans la fosse fraîchement creusée. Il souleva le couvercle du cercueil. La noblesse se pressait au-dessus de la tombe. Le Grand Busier gisait là, livide et glacé, aussi mort que possible. Un murmure d'impatience s'éleva dans l'assemblée.

– Il n'est pas mort, répéta Mathieu plus pour lui-même qu'à l'attention de la foule.

– J'aimerais voir ça, commenta le Dr Soupont penché au-dessus de lui. Je parie mille diamantors.

Mathieu respira profondément et retroussa les manches du roi. Le Dr Soupont abaissa ses lunettes sur son nez volumineux, et passa une main sur son crâne chenu. Une montre verte au cadran géant luisait au poignet du Grand Busier. Mathieu en tourna les aiguilles en connaisseur. Aussitôt, le jour parut baisser. Une exclamation parcourut les rangs de la noblesse. Les nymphettes du silence quittaient une par une le ciel gris, comme un nuage de lumière chassé par une bourrasque. Dès que les aiguilles furent correctement réglées, le Grand Busier se redressa, sortant d'un long sommeil.

– C'est le jour… le jour de ma mort ? balbutia-t-il.

– Je suis monté dans votre chambre…, expliqua Mathieu. Pour y accomplir ce que vous savez… C'est alors que j'ai vu l'écrin de la montre de mort que mon père vous a offerte… Il était vide !

– Vous… Vous alliez… Vous alliez m'enterrer vivant ?

Et le roi s'évanouit au fond de sa propre tombe. Louis Serra ne prononça pas un mot, mais il posa une main sur l'épaule de Mathieu. Et l'étreinte de cette main était la plus belle chose que lui ait jamais dite le capitaine, qui quitta le cimetière sans se retourner. Les nymphettes du silence avaient totalement disparu. M. Hidalf aida son fils à sortir de la fosse.

– As-tu achevé ton épreuve ? demanda-t-il d'un ton lugubre, apparemment peu ému de savoir le roi vivant, lui qui se félicitait pourtant d'être un de ses rares confidents.

– Non…, bredouilla Mathieu. C'est un vrai désastre ! J'attends toujours une réponse de maître Magimel… Mais je vais retourner au manoir, j'en ai bien peur.

– C'est hors de question, décréta M. Hidalf. Il doit bien y avoir une solution !

À cet instant, la comtesse Dacourt fendit la foule et se dressa entre le sous-consul de Darnar et son fils.

– Il est temps, dit-elle d'un ton paisible, que vous retrouviez la bibliothèque, Mathieu. Vous avez une poignée de jours pour attraper la Foudre fantôme, et besoin de repos pour y parvenir.

En guise de réponse, Mathieu arbora un sourire victorieux, qui n'échappa guère à Armance Dacourt et à Jurençon. Attraper la Foudre fantôme ? Alors qu'il venait de sauver la vie du roi et de Louis Serra ?

– De quelle couleur sont les branches des Exploits, déjà, madame la comtesse ? se renseigna-t-il.

– Rouges, répliqua-t-elle sèchement. Pourquoi ?

– C'est ma couleur préférée ! s'exclama Mathieu, en courant jusqu'à la bibliothèque illuminée par le soleil levant.

Chapitre 14
Le génie
de Mme Emma Hidalf

Lorsque Mathieu s'éveilla, bien plus tard, il découvrit sur sa table de chevet deux exemplaires de *L'Astre du jour* que le mage Bergamote lui avait fait porter. Un petit mot les accompagnait :

Ne vous préoccupez plus de la Foudre fantôme. J'ai intercédé en votre faveur auprès de la direction.
Votre dévoué Poucet.

S'il y avait deux exemplaires ce jour-là, c'est que la rédaction du célèbre quotidien, n'ayant pas réussi à s'accorder sur la première page, espérait bien doubler ses ventes en sortant le même journal avec deux couvertures différentes. Sur le premier, le gros titre annonçait : *Louis Serra terrasse William Estaffes !* Sur le second, on pouvait lire : *Le roi est mort, vive Mathieu Hidalf !* Un long article rédigé par la plume bienveillante d'Olivier Tilleul, le reporter attitré de Mathieu, expliquait pourquoi, selon lui, le jeune Darnois deviendrait le premier Prétendant honoré d'un Exploit. Fou de joie, Mathieu découpa l'article et pria Pierre de le lui attacher dans le dos, à l'attention de ceux qui n'avaient pas eu la chance de lire le journal. Il se pavana dans l'école toute la matinée, à la recherche de ceux qui avaient ri de lui pendant si longtemps. Ce fut par hasard qu'il rencontra Jurençon et Roméo, qui parcouraient désespérément les couloirs à sa recherche.

– Toujours pas de réponse de maître Magimel, à propos de la tour Disparue ? lança Roméo.

– Non, mais si j'en reçois d'ici trois jours, je vous ferai prévenir, répondit Mathieu.

En guise d'explication, il leur tourna le dos, afin de dévoiler l'article élogieux de *L'Astre du jour*. Même s'il aimait de plus en plus Jurençon, et détestait de moins en moins Roméo, Mathieu n'avait aucune envie de perdre une nouvelle journée à traquer la Foudre fantôme avec eux. Après tout, il allait recevoir un Exploit, qui le dispensait de réussir son épreuve.

Jurençon accueillit la nouvelle de bonne grâce, à peine surpris. Roméo jura qu'il épargnait Mathieu Hidalf pour le seul amour de sa grande sœur. Mathieu était bien conscient que, d'un point de vue fraternel, son comportement n'était pas digne d'un héros. Mais il était digne d'un Hidalf.

Toute la matinée, le royaume entier fêta la disparition de William Estaffes. Pourtant, vingt des meilleurs soldats de la garde royale avaient également péri, assassinés par un combattant hors pair, dans les entrailles de la tour du Roi. Selon la presse, l'Estaffes n'avait eu aucun mal à massacrer les vingt gardiens, avant de rencontrer un adversaire à sa mesure : Louis Serra. Seul Mathieu Hidalf savait que cette version des faits était mensongère. Mais il s'était promis de n'en parler à personne d'autre qu'au capitaine.

Justement, le baron Hudson organisa le soir même un grand banquet dans la salle Cérémonie du château. Mathieu s'y rendit en espérant pouvoir adresser la parole à Louis Serra. Mais l'Élitien n'y parut pas. Une rumeur persistante enflait dans les murs de l'Élite, selon laquelle le capitaine souffrait gravement du poison qu'il avait ingurgité. En revanche, le Grand Busier fit une brève apparition, accompagné d'un homme à la fois remarquablement élégant et intimidant. Ce dernier ignorait manifestement les Élitiens, qui le lui rendaient bien. Il s'agissait du capitaine de la garde royale. Le roi était pleinement remis de ses émotions, et ne passa qu'un instant auprès de Mathieu, qu'il remercia en toute discrétion. Après quoi, il réclama poliment la clef de son coffre. S'efforçant de paraître naturel, Mathieu déposa une petite clef rouge, sans un mot, dans la main du roi.

– Je vous fais confiance, prétendit ce dernier avec un sourire, mais sans vouloir vous offenser, je préfère savoir que Mathieu Hidalf ne peut pas répandre mes secrets dans tout le royaume à la première échauffourée…

L'homme effrayant qui accompagnait le souverain fouilla alors Mathieu en moins d'une seconde, et dénicha dans l'une de ses poches un double doré de la clef royale, qui ne différait de l'original que par sa couleur. Le Grand Busier ne manifesta aucun étonnement.

– À titre d'information, dit-il d'un air victorieux, sachez, Mathieu Hidalf, que ma clef est très particulière… Aucun double n'est capable d'ouvrir la serrure de mon coffre. Et l'original va retourner dès à présent dans la banque royale. Je vous laisse la réplique en souvenir…

Le roi remit aussitôt la clef rouge aux mains du capitaine de sa garde. Mathieu ne répondit pas, mais il n'en pensait pas moins. À présent que le roi était hors de danger, ses secrets pouvaient trembler…

*

Deux jours passèrent. Les deux derniers jours de l'épreuve du Premier Mois. Maître Magimel n'avait donné aucun signe de vie. Jurençon et Roméo arpentaient sans répit le château, à la recherche de la tour Disparue, dans l'espoir d'y découvrir l'anneau de Foudre de la comtesse Boidecœur. Pierre, qui passait ses journées dans la base des Prétendants, leur prêtait main-forte au coucher du soleil. Quant à Mathieu, il partageait son temps entre la bibliothèque, le vestibule où il espérait surprendre Louis Serra, et l'appartement du mage Bergamote, qui répétait toutes les dix minutes : « J'ai personnellement discuté de votre Exploit avec les plus hautes autorités de l'école. Je vois d'ici une convocation vous arriver entre les mains ! »

Et la convocation arriva bel et bien, à seize heures précises, le huitième jour du mois des Mages.

— Une convocation en *bonne uniforme*, avec arbre doré sur l'enveloppe ! s'exclama Mathieu en la braquant sous le nez de Pierre. Ce ne peut être que pour un Exploit !

— C'est merveilleux, reconnut son ami.

Mathieu écrivit une courte lettre à son père, logé ces jours-ci dans la tour des Nobles du château du roi, pour lui annoncer qu'il ne rentrerait pas au manoir, à cause de son Exploit. Il y fourra une couverture froissée de *L'Astre du jour* avec une dédicace. Ensuite, comme il aimait ses sœurs plus que tout, il écrivit une deuxième lettre destinée à Juliette d'Airain, pour lui conseiller de renoncer à entrer à l'école après lui. Il conclut sa série par une missive adressée à Bougetou, qui avait l'honneur d'être le chien du plus célèbre Prétendant de l'histoire de l'école.

Fier comme un coq à quatre têtes, Mathieu Hidalf prit le chemin de la tour Directrice en souriant comme Juliette d'Or lorsqu'elle croisait un miroir. Il gravit les marches de la tour avec une légèreté inhabituelle, en se demandant s'il aurait un discours à prononcer devant les Élitiens. Il espérait que oui, car il se croyait très talentueux pour les discours.

Aucun discours ne lui fut réclamé.

*

– Madame Dacourt, dit Mathieu avec un bonheur naïf lorsqu'il fut arrivé, merci beaucoup, mais je crois que je ne mérite pas mon Exploit.

– Rassurez-vous, nous sommes précisément du même avis, répliqua la comtesse sans l'ombre d'un sourire. Et c'est pourquoi je vous ai convoqué pour vous informer que votre nom a été rayé du registre de la Grille épineuse, et ce jusqu'à nouvel ordre.

Mathieu n'aurait pas été plus surpris si on lui avait affirmé que Juliette d'Or épousait Roméo Pompous pour unir leurs deux familles.

– *Mon nom ?* balbutia-t-il sans comprendre.

– Jusqu'à ce que vous usiez de ce qu'on appelle

la *raison*, vous ne pourrez plus quitter l'école sans un adulte, souligna la comtesse en désignant un registre énorme posé sur la table. Une note a été diffusée auprès de vos compagnons. Si un Prétendant vous ouvre, il est renvoyé immédiatement chez lui.

— Mais, madame, d'après la rumeur, j'ai sauvé…

— Et d'après les faits, l'interrompit la comtesse, vous avez quitté l'Élite au beau milieu de la nuit malgré l'interdiction formelle du baron Hudson. Soyez heureux de ne pas être exclu sur-le-champ.

Mathieu avait toujours attaché plus d'importance aux rumeurs qu'aux faits. Il se sentit aussi désarmé que face à William Estaffes.

— Je n'ai jamais subi une telle injustice ! constata-t-il.

— J'ai prêté serment sur la constitution des Élitiens, Mathieu Hidalf. Je déploie tous les efforts possibles pour qu'aucun Prétendant ne meure dans mon école. Et vous avez l'étonnante faculté de vous mettre en danger de mort. Pardonnez-moi l'expression, mais je me moque radicalement de ce que Louis Serra en pense. Vous êtes Prétendant de première branche. Personne n'a le droit de vous faire risquer votre vie, pas même *vous*. Courez attraper votre biche pendant les quelques heures qu'il vous reste. C'est à ce prix que vous réussirez l'épreuve du Premier Mois, ce dont je doute beaucoup.

– Mais, madame, la Foudre fantôme…

Mathieu se tut, interrompu par trois coups frappés contre la porte. Tristan Boidoré apparut dans l'entrebâillement.

– Tristan ? fit la comtesse, agacée. J'ai demandé à ne pas être dérangée cet après-midi.

– Vous avez un visiteur d'importance, objecta Boidoré en ouvrant grand la porte.

Mathieu resta bouche bée, et la comtesse elle-même se leva en apercevant la silhouette élancée de maître Barjaut Magimel. Le vieux juriste de M. Hidalf, un parapluie ouvert au-dessus de la tête, s'inclina cérémonieusement. Il était vêtu, comme à son habitude, d'une robe de chambre délavée.

– Maître Magimel ! s'exclama Mathieu. Vous tombez bien ! Figurez-vous que je suis la victime d'une affreuse *complotation*, et je…

– Sortez de ce bureau, Mathieu Hidalf, coupa la comtesse d'un ton impérieux.

Mathieu haussa le sourcil droit en prenant la direction de la sortie.

– Je vous ai envoyé une lettre très importante, chuchota-t-il en passant à côté de maître Magimel. À propos de la tour Disparue…

– Je l'ai bien reçue, monsieur Hidalf, répondit Magimel d'une voix claironnante, en laissant échapper un éclat de rire sonore. Bon après-midi…

et à demain, car j'assisterai sans doute à votre épreuve !

La porte se referma au moment où Magimel s'exclamait :

— Armance Dacourt, je suis heureux d'avoir enfin l'insigne honneur de vous rencontrer !

Livide, Mathieu serait resté plusieurs minutes sans réaction, s'il n'était tombé nez à nez avec Tristan Boidoré et Roméo Pompous. Roméo n'avait pas l'air de lui avoir pardonné son récent abandon. Pourtant, il grommela avec un certain plaisir :

— Mathieu Hidalf, cette fois-ci, la Foudre fantôme va nous payer le temps qu'elle nous a fait perdre… Nous allons dans la tour Disparue !

— Tu l'as trouvée ? s'émerveilla Mathieu.

— Oh non, pas moi, répliqua Roméo. Suis-nous…

Arrivé en bas de la tour Directrice, Mathieu tomba des nues en reconnaissant la silhouette svelte et élégante de Mme Emma Hidalf, sa mère, qui serrait dans sa main une enveloppe scellée par un arbre doré.

*

Mme Hidalf était radieuse. Elle s'engagea dans les galeries les plus désertes de l'école, comme si elle y avait passé sa vie entière. Mathieu n'y comprenait rien, et jetait des regards en biais à Tristan et à Roméo. Ce dernier, grimaçant, ne daignait pas lui accorder la moindre attention. Il suivait Mme Hidalf avec une docilité presque agaçante.

– Mathieu, commença Mme Hidalf, il se trouve que ton père fait intercepter le courrier que tu adresses au manoir. Mais il se trouve encore que je l'intercepte la plupart du temps avant lui. Je suis entrée en possession d'une lettre que tu as envoyée à maître Magimel. Nous nous rendons dans la tour Disparue.

Mathieu n'en revenait pas. Comment sa mère, qui avait tout fait pour l'empêcher d'entrer à l'école, pouvait-elle le secourir au dernier moment ?

– La tour Disparue, poursuivit Mme Hidalf, avançant d'un pas gracieux et déterminé, a été condamnée par maître Magimel en personne, il y a près de cent ans, lorsqu'il était directeur de l'école. Elle a été rayée de toutes les cartes. Effacée de tous les livres. Maître Magimel lui-même avoue être incapable de la retrouver.

– Beau programme, chuchota Mathieu.

Mme Hidalf sourit dans la pénombre et annonça en plongeant son regard dans celui de son fils :

– Mais tu connais maître Magimel mieux que moi ! Il ne fait *jamais* rien d'irrévocable… et même ses contrats les mieux ficelés ne sont pas exempts d'une faiblesse, pour qu'il puisse les contourner lui-même, au besoin. Il se trouve que notre vieux juriste a commis une sorte d'*oubli*… Il n'existe qu'un seul moyen de pénétrer dans la tour Disparue. Maître Magimel l'a fait murer et disparaître de la mémoire des Élitiens… mais il n'a pas éliminé le casier correspondant à son emplacement, dans l'un des dortoirs de l'école… Sans même savoir où elle se cache, il nous suffit donc d'un lit pour nous rendre à l'intérieur de la tour la plus secrète du royaume.

Mathieu sentit les battements de son cœur s'intensifier. Il dévisagea sa mère avec stupéfaction.

– Et moi qui me demandais d'où venait mon intelligence, murmura-t-il à Roméo. Je comprends enfin qui dirige le manoir Hidalf !

Mme Hidalf l'entendit sans doute, car elle affecta un sourire flatté en ajoutant :

– Louis Serra est passé nous voir ce matin, ton père et moi, dans la tour des Nobles. Selon lui, il serait dangereux que tu quittes l'école prochainement… C'est pourquoi je suis résolue, exceptionnellement, à te prêter main-forte pour que tu accomplisses ton épreuve. N'en prends pas l'habitude.

Mme Hidalf s'engouffra dans un escalier si étroit que sa robe frottait contre chacune des parois.

– Il y a néanmoins un problème, madame, intervint Tristan Boidoré en la suivant à grands pas. Nos lits…

– Je n'ai pas besoin de vos lits, répliqua-t-elle, si sûre d'elle que les trois garçons frémirent. Seul un lit extraordinaire peut nous conduire dans la tour, car le casier qui lui correspond n'existe que dans un seul dortoir…

Au sommet de l'escalier, une petite porte les arrêta. On pouvait lire sur le battant : *Dortoir des Élitiens*.

*

Mme Hidalf ouvrit la porte. Une nymphette illuminait une tour colossale, remplie de centaines de passerelles, qui desservaient des milliers de casiers. Tous les lieux de l'école étaient référencés dans cet incroyable dortoir.

Mme Hidalf traversa plusieurs passerelles, sans la moindre hésitation. Mathieu devina que maître Magimel lui avait indiqué avec précision la démarche à suivre. Parvenue devant une étagère poussiéreuse, elle passa le doigt sur une petite case. Une inscription étincelante se révéla dans la pénombre, en caractères minuscules : *Tour du dortoir des Élitiens, balcon des cachots*. Mme Hidalf sortit une plume de sa robe et la déposa dans le casier. Aussitôt, un lit voilé d'argent atterrit sur un balcon lointain. Mathieu comprit le stratagème employé par sa mère. Dans un premier temps, elle avait fait apparaître le lit d'un Élitien dans le dortoir, à proximité du casier de la tour Disparue. Dans un second temps, tout le monde grimperait à bord du lit. Mme Hidalf n'aurait plus qu'à tendre la main pour déposer la plume dans le casier de la tour Disparue. Et le lit les transporterait à l'intérieur, comme une sorte de carrosse magique.

Lorsqu'ils atteignirent la passerelle éloignée où le lit venait d'apparaître, Mathieu, Roméo et Tristan firent un pas en arrière. Sur le rebord, le nom de Louis Serra flamboyait en toutes lettres.

— Voici un lit indétectable ! s'exclama fièrement Mme Hidalf. Maître Magimel collectionne les plumes de capitaine… Et Louis Serra n'utilise plus celle-ci depuis de longues années. Il ne s'apercevra même pas que nous avons… *emprunté* son lit. Tout le monde à bord !

Une minute plus tard, lorsque chacun fut installé, Mme Hidalf tendit la main jusqu'à un casier mystérieux, dont le nom était complètement effacé.

Le lit du capitaine des Élitiens disparut, comme avalé par l'obscurité.

*

Dans l'une des nombreuses pièces de la tour Disparue, deux lustres, éteints depuis des siècles, menaçaient de s'écraser contre le sol à tout moment. Un balai, assoiffé, gisait dans un seau fendu. Un jeu de cartes dépérissait sur un lit poussiéreux : le lit des Boidecœur. Soudain, quelque chose bouleversa l'immobilité centenaire de cette chambre : un lit argenté et massif se posa sur les deux lustres dans un cliquetis de cristaux, trois mètres au-dessus du plancher.

– Attention ! lança aussitôt Tristan Boidoré. Nous sommes en l'air !

Mme Hidalf laissa échapper une exclamation de surprise en sentant le lit tanguer dans le vide. Elle entrouvrit sa cape, d'où jaillit une minuscule nymphette. La créature déploya ses ailes et s'embrasa de mille feux, illuminant le lit suspendu dans les airs. Mathieu reconnut la petite Aurore, en fonction au château royal, avec laquelle il avait noué une relation de confiance depuis ses huit ans. Les nymphettes étaient connues pour s'attacher jalousement à un seul être humain. Aurore rougit de plaisir en se posant sur l'épaule de son jeune favori, tandis que Tristan Boidoré regardait prudemment sous ses pieds.

– Nous sommes aux portes de l'un des plus grands mystères de l'école…, dit-il avec émotion. La tour Disparue ! Est-ce que vous réalisez que personne n'a mis le pied ici depuis un siècle ?

Disant ces mots, il bondit sur le sol. Sous son poids, le parquet grinça dangereusement, comme le pont instable d'un navire. Mathieu, Roméo et Mme Hidalf descendirent avec davantage de

271

précautions, après avoir noué les draps de Louis Serra.

La chambre à coucher était dans un triste état de délabrement. À peine Mme Hidalf fit-elle un pas que tous les quatre éternuèrent, à cause du nuage de poussière soulevé par sa robe. Tout semblait stupéfié et endormi, comme lorsque, un an plus tôt, la grand-mère édentée avait jeté un maléfice de sommeil sur le château du roi. Dans cette chambre oubliée, chaque objet paraissait tenir sa place de toute éternité, et lorsque Roméo s'empara d'un ouvrage posé sur le bureau, il s'émietta entre ses mains.

– Où la tour est-elle cachée ? s'exclama Tristan en courant à une fenêtre.

Il perdit son enthousiasme en approchant. La fenêtre était murée par quelque chose qui ressemblait comme deux gouttes d'eau aux ronces de la Grille épineuse, si ce n'est qu'elles étaient incroyablement proches les unes des autres, si proches que le jour lui-même ne filtrait pas à travers leurs épines.

– Quel étrange endroit…, chuchota Mathieu, un sourire éclairant son visage.

– Pourquoi cette tour a-t-elle été cachée ? demanda Roméo en passant prudemment le doigt sur les ronces qui semblaient entourer l'édifice.

– Parce qu'elle recèle de grands secrets…,

révéla Tristan. Lorsque les frères Estaffes ont commencé à la rechercher, le directeur Magimel l'a soigneusement dissimulée… C'est ici que vécurent le premier Élitien et son épouse… dans une tour secrète, au cœur de l'école. Certains prétendent qu'ils aspiraient au plus grand calme, d'autres qu'ils se cachaient de redoutables ennemis… Ils survécurent à peine un an… Et personne n'a jamais pu expliquer ce qui leur est arrivé… C'est le grand mystère de la tour Disparue.

– Comment sont-ils morts ? interrogea Mathieu d'un ton lugubre, tandis que sa mère se rapprochait de lui.

– Un an après leurs noces, le comte et la comtesse eurent un enfant… La nuit même de sa naissance, tous trois disparurent… La comtesse périt la première, mystérieusement. Le matin même, le comte, un Élitien d'une santé exemplaire, fut retrouvé mort dans son lit… *Ce lit*, précisa Tristan en le pointant du doigt. *Mort*… mais sans le moindre symptôme ! Aucune blessure. Aucun signe d'empoisonnement. Le cœur du premier Élitien avait simplement cessé de battre… Il fut enterré auprès de son épouse…

– J'adore cette histoire, ironisa Roméo. Quand rentrons-nous au château ?

– Pour ce qui est de leur enfant, expliqua Boidoré, il disparut. Selon John Mid, qui est un des spécialistes de l'histoire de l'école, il ne serait pas impossible que le comte ait confié son nouveau-né à des Élitiens avant de mourir… En tout cas, il ne fut jamais retrouvé… On prétend que, depuis cette funeste nuit, la Foudre fantôme n'a plus jamais approché des Élitiens à portée de main… Du moins, pas avant ces trois derniers jours…

Mathieu et Tristan échangeaient un regard en biais, lorsqu'un bruit sourd résonna sous leurs pieds. Un bruit qui n'avait rien de naturel. Un bruit provoqué par un déplacement. En une seconde, Tristan tira son épée. Mme Hidalf entraîna Mathieu et Roméo derrière elle, stupéfaite. Une lueur montait lentement les marches d'un escalier obscur.

– C'est impossible ! s'étrangla Tristan. Il y a quelqu'un dans cette tour, alors qu'elle est murée depuis un siècle !

– Qui est là ? demanda Mme Hidalf avec tout l'aplomb dont elle était capable.

Personne ne répondit. Tristan fit courageusement deux pas en avant. La lueur disparut aussitôt en sens inverse. L'Apprenti s'élança sans hésitation à sa poursuite, devançant Mathieu, Roméo et Mme Hidalf ralentie par sa robe. Ils tournoyèrent longuement dans l'escalier, dont chaque marche menaçait de s'effondrer sous leur poids. La lueur continuait de décroître devant eux. Enfin, Tristan s'arrêta. Aurore, la nymphette emportée par

Mme Hidalf, s'accrochait peureusement à l'épaule de Mathieu. Ils étaient parvenus dans les souterrains de la tour Disparue. À proximité d'un puits, deux tombes, reliées entre elles par une sculpture de la Foudre fantôme, se dressaient dans les ténèbres.

– Où êtes-vous ? lança Tristan d'une voix menaçante, en balayant la pénombre du regard. Vous n'avez aucune chance de nous échapper !

L'Apprenti eut la peur de sa vie : une lueur dorée s'éleva de l'une des tombes, comme si une bougie l'illuminait de l'intérieur. Des chuchotements retentirent sous la pierre tombale. Mme Hidalf saisit le bras de Tristan, qui recula à son tour. Aucune de ses missions dans l'école de l'Élite ne l'avait préparé à une telle chose.

– La comtesse Boidecœur a été enterrée vivante ! annonça Mathieu.

Alors, à la stupéfaction générale, une seconde nymphette émergea d'une brèche, ouverte dans le tombeau.

– Je savais que le directeur Magimel enverrait quelqu'un à ma rescousse ! s'exclama-t-elle gaiement, agitant ses ailes dorées.

Tristan Boidoré baissa peu à peu son épée, abasourdi et rougissant d'avoir été effrayé par une nymphette.

– Vous… Vous… Vous êtes là depuis…

– Depuis quelques semaines, sans doute, l'interrompit la nymphette éblouissante. Le matin où la tour a été murée, je m'étais endormie par mégarde sous un lit… Comment va le directeur Magimel ?

Mathieu et Roméo échangèrent un regard stupéfait.

– Elle est enfermée là depuis cent ans, chuchota Tristan. Ne la brusquons pas…

– C'est Barjaut Magimel lui-même qui nous envoie, expliqua Mme Hidalf d'un ton rassurant, en approchant de la pauvre créature.

– Le directeur a encore oublié quelque chose, n'est-ce pas ? Il oublie toujours quelque chose, je le sais, je suis Ophélie, sa nymphette particulière depuis dix ans !

– Vous avez vu juste, Ophélie, prétendit Mme Hidalf. Le directeur a oublié *l'anneau de Foudre…*

– *L'anneau de Foudre ?* répéta la nymphette, surprise. Il n'a pourtant jamais voulu le récupérer…

– Vous savez où il se trouve ? reprit Mme Hidalf.

– Il est au doigt de la comtesse Boidecœur ? ricana Roméo.

– Oh, non ! plus maintenant ! répondit la nymphette. Je dors dans son tombeau, figurez-vous ! Et tous les soirs, lorsque la Foudre fantôme se rapproche de la tour, l'anneau s'illumine de mille feux ! Impossible de fermer l'œil… Je l'ai jeté au fond du puits…

– Quoi ? s'étrangla Mathieu.

À cet instant, un fracas assourdi, semblable à la course d'un cheval furieux, retentit au-dessus de leur tête.

– La Foudre vient plus tôt que d'habitude…, constata la nymphette Ophélie avec étonnement.

Mathieu et Roméo retinrent leur souffle. Un éclair argenté venait de frapper les profondeurs du puits, creusé dans un angle de la crypte. Les deux Prétendants se penchèrent prudemment au-dessus du trou, étroit et interminable.

– Il est là ! s'écria soudain Roméo. Je le vois !

Par miracle, l'anneau de Foudre était tombé au fond d'un seau, suspendu au bout d'une chaîne rouillée. Il étincelait par intermittence dans la noirceur du gouffre, obligeant Mathieu et Roméo à se couvrir les yeux.

La nymphette Aurore, furieuse d'être repoussée au second plan depuis la découverte d'Ophélie, n'écouta que son courage et plongea dans la cavité ; elle illumina les parois ruisselantes en rougissant de plaisir. Il ne lui fallut qu'une seconde pour rapporter l'anneau légendaire à Mathieu. Le bijou était lourd, froid, sublime. Il semblait sortir de l'atelier d'un orfèvre. Mme Hidalf le prit aussitôt des mains de son fils et, majestueusement, le glissa à son doigt.

— *L'anneau de Foudre*…, fit-elle avec émotion. Lorsque j'étais enfant, je crois que ce conte était mon préféré !

— La Foudre fantôme est perdue…, prophétisa Mathieu. Dès cette nuit, nous irons au-devant d'elle ! Nous lui promettrons de lui rendre l'anneau si elle se présente demain à la tour des Épreuves. Et nous réussirons l'impossible : ramener la Foudre fantôme aux juges de l'école !

— Nous n'avons plus qu'à repartir, proposa Roméo, le cœur battant.

— *Repartir ?* répéta la nymphette Ophélie d'un ton lugubre, en voletant au-dessus de Roméo Pompous. J'espère que le directeur Magimel attend au dortoir pour vous faire remonter… Cette tour est une vraie prison…

À ces mots, Tristan Boidoré cessa de respirer tandis que Mme Hidalf manquait de s'évanouir.

— Nous ne pouvons pas sortir d'ici ! comprit Roméo. À moins que quelqu'un ne rappelle le lit de Louis Serra dans l'école, nous sommes perdus !

*

À la nuit tombante, Mme Hidalf, Mathieu, Roméo et Tristan étaient allongés sous la couverture de Louis Serra, grelottant de froid. Le lit, soutenu par les deux lustres, se balançait sous leur poids comme un navire au creux d'une vague.

– J'aurais préféré mourir autrement ! râla Roméo.

– Moi aussi ! rouspéta Mathieu. Je ne suis pas du tout content de mourir de cette manière !

– Tout espoir n'est pas perdu, fit remarquer Mme Hidalf. Quelqu'un sait que nous sommes ici.

– Maître Magimel ! chuchota Mathieu avec espoir.

– Le connaissant, reprit faiblement sa mère, il lui faudra trois jours pour remarquer notre disparition, trois jours pour se souvenir que nous sommes ici, et trois jours pour peser le pour et le contre et nous porter secours…

Les minutes s'égrenèrent lentement. Mme Hidalf conta une histoire d'Helios à Mathieu et Roméo qui étaient finalement tout à fait heureux de passer la soirée dans cette sinistre tour. Tristan lui-même écoutait d'une oreille distraite, souriant parfois dans la pénombre. Au terme du conte, Mme Hidalf ferma les rideaux du lit. La nymphette Ophélie s'endormit en bâillant, et Aurore fit les cent pas sur l'épaule de Mathieu, éclairant à peine le visage des dormeurs. Épuisé, Roméo murmura : « Il faut que nous rentrions avant demain pour capturer la Foudre fantôme à temps… », puis il s'endormit.

Quelques instants plus tard, Mme Hidalf semblait

s'être assoupie également. Mathieu considéra Tristan Boidoré en silence avant d'annoncer :

– Je compte bien vous prêter main-forte, après tout ce que vous avez fait pour moi…

Tristan fronça les sourcils avec une vive inquiétude.

– Me prêter main-forte pour quoi ?

– Pour quoi ? répéta Mathieu, éberlué. Mais pour épouser Juliette d'Or, bien sûr !

– Comment savez-vous ? s'étrangla l'Apprenti.

– Juliette m'a averti que vous étiez amoureux d'elle, et qu'elle vous trouve prétentieux, stupide et pas si beau que ça…

Curieusement, Tristan sourit.

– Je ne peux pas forcer votre sœur à m'aimer, répondit-il.

– Bien sûr que si, protesta Mathieu. Vous n'y connaissez rien ! J'ai bien réfléchi, et j'ai décidé qu'elle doit tomber amoureuse de vous !

Et il expliqua les détails de son redoutable plan : dans moins d'une semaine, il aurait démasqué l'amoureux de sa sœur, et l'aurait dénoncé à la comtesse et à son père. Le châtiment ne tarderait pas : Juliette serait renvoyée au manoir. M. Hidalf lui ferait le coup de la princesse enfermée dans son donjon. Mathieu inviterait Tristan durant les vacances. La nuit, pendant que Juliette pleurerait avec son crapaud, l'Apprenti n'aurait plus qu'à lui offrir l'anneau de Foudre : et le tour serait joué !

– Qu'en dites-vous ? demanda Mathieu, fou de joie.

Les yeux de Tristan scintillèrent une seconde.

– Merci, Mathieu Hidalf… mais je refuse votre aide.

– Ah bon ?

Déçu, Mathieu s'adossa contre un des oreillers de Louis Serra, tandis que la nymphette Aurore s'assoupissait peu à peu. Ce fut à cet instant qu'une secousse se fit sentir.

– Que se passe-t-il ? hurla Roméo en sortant du sommeil.

– Le lit est rappelé au dortoir ! s'exclama joyeusement Mathieu.

– Je ne crois pas, le contredit Tristan qui se redressait.

Un « crac » sonore retentit. Et les deux lustres qui soutenaient le lit de Louis Serra cédèrent brusquement sous son poids. Ses quatre occupants poussèrent un cri d'effroi. Dans un vacarme assourdissant et une explosion de poussière, le lit d'argent s'écrasa sur le plancher. Un instant de calme suivit. Puis le plancher s'effondra. Tristan Boidoré plongea dans les bras de Mme Hidalf pour lui offrir la protection de sa luide. Dans une série de hurlements, le lit traversa tous les étages de la tour et arrêta sa chute vertigineuse en se fracassant sur le tombeau du comte et de la comtesse Boidecœur.

Les nymphettes se dépêtrèrent tant bien que mal des draps, illuminant les restes du lit, répandu en mille morceaux sur les deux tombes. Un grand silence se fit. Roméo toussota. Mathieu éternua. Tristan s'assura que Mme Hidalf était vivante. Tout gisait dans un amas de décombres sans pareil. Les tombes étaient éventrées et la statue de la Foudre fantôme réduite en poussière. Tristan se relevait, lorsque les débris commencèrent à trembler autour de lui.

– Quelqu'un rappelle le lit! s'écria-t-il. Tout le monde à bord!

Mme Hidalf attrapa Roméo et Mathieu par le col. Tristan bondit sur le matelas transpercé, et, brusquement, avant que les nymphettes aient pu les rejoindre, une vive luminosité entoura les quatre voyageurs.

*

Mathieu épousseta ses cheveux et tomba nez à nez avec le visage austère de Louis Serra, qui ramassa un éclat de bois sur lequel son nom était inscrit en toutes lettres.

– Pourquoi ne suis-je pas surpris de trouver mon lit en mille morceaux avec Mathieu Hidalf et Roméo Pompous à son bord ? demanda le capitaine d'une voix désabusée.

Louis Serra fut un peu plus surpris en reconnaissant Tristan Boidoré.

— Et qui se cache avec vous ? dit-il en soulevant la couverture. Certainement Octave Jurençon ?

Lorsque Mme Hidalf apparut dans les décombres, les joues légèrement roses, le capitaine s'exclama avec une sincérité désarmante :

— Cette fois-ci, je suis surpris !

— Monsieur Serra, intervint Mme Hidalf d'un ton autoritaire qui émerveilla Mathieu, il est évident que vous ne parlerez à personne de cette situation inconvenante.

— Comptez sur ma discrétion, madame, dit Louis Serra en s'inclinant.

— Je suis responsable de tout, précisa-t-elle avec la même assurance. Maître Magimel m'a transmis une plume que vous aviez égarée ; je l'ai utilisée pour sauver mon fils.

Le capitaine allait répliquer qu'*égarer* n'était pas le mot qui convenait, mais son œil noir avait repéré l'anneau de Foudre, glissé au doigt de Mme Hidalf. Un battement de cils auquel seul Mathieu prit garde l'informa de la stupéfaction de l'Élitien.

— Nous sommes dans le bureau de la comtesse Dacourt, remarqua Roméo avec étonnement.

— Vous vouliez y faire venir votre lit, capitaine !

s'offusqua Mathieu, qui en profita pour détourner l'attention de Louis Serra. Cette fois-ci, c'est du flagrant délit !

– Mathieu ! gronda Mme Hidalf rouge de honte, en guettant néanmoins avec une vive curiosité la réponse de Louis Serra.

Voyant que tous attendaient qu'il se justifie, ce dernier répliqua d'un ton à couper le souffle :

– J'ai constaté que mon lit avait disparu ; il se trouve que, sans ma plume, je ne peux le rappeler que depuis ce bureau. Dépêchez-vous d'en partir avant le retour de la comtesse ; je dois faire disparaître ce que vous avez bien voulu laisser de mon lit.

*

Avant d'avoir atteint la galerie du troisième étage, l'oreille de Tristan Boidoré reconnut le pas éternellement furieux de la comtesse Dacourt qui venait à leur rencontre. Il s'éclipsa aussitôt.

– Je vous ai cherchés partout ! lança la comtesse, un instant plus tard, à l'adresse de Roméo et de Mathieu. Vos pères sont au château pour assister, demain, à la conclusion de votre épreuve. Ils veulent vous voir ce soir. Vous êtes déjà en retard.

– Mais, madame, nous n'avons pas encore attrapé la Foudre fantôme ! se révolta Mathieu.

– L'Épreuve prend fin dans quelques heures. Il fallait vous en préoccuper plus tôt.

Sans un mot, Mme Hidalf accompagna les deux enfants jusqu'à la tour des Nobles. Mathieu ruminait, impatient de présenter l'anneau de Foudre à la biche et d'entreprendre la négociation la plus illustre de sa carrière. Sa mère s'arrêta au neuvième étage avec Roméo.

— J'ai été invitée à dîner chez les Pompous, expliqua-t-elle. Ton père souhaite vous voir, Juliette d'Or et toi, avant de me rejoindre. Je crois qu'il est extrêmement mécontent… mais j'ignore à quel sujet.

— Et la Foudre fantôme ? rétorqua Mathieu. Papa peut bien attendre, lui !

En guise de réponse, Mme Hidalf dévoila ses mains nues aux deux Prétendants. Un sourire se dessina sur son visage.

— L'anneau de Foudre est en possession de Tristan Boidoré, révéla-t-elle. Je l'ai chargé de le transmettre à Pierre et à Octave Jurençon… Et lorsque vous rentrerez ce soir, ils auront attrapé la biche, j'en suis convaincue…

Roméo et Mme Hidalf entrèrent ensemble dans l'appartement des Pompous avant que Mathieu ait eu le temps de protester. Étonné, le cœur battant, il monta seul jusqu'au dixième étage de la tour des Nobles, à la fois soucieux et impatient de découvrir ce que lui voulait son père, M. Rigor Hidalf.

Chapitre 15
Face à face avec Armance Dacourt

Contrairement à un père ordinaire, M. Hidalf n'accueillit pas sa progéniture par des baisers attendris. Lorsque Mathieu entra dans le salon de l'appartement n° 10 de la tour des Nobles, M. Hidalf, silencieux, était assis en face de Juliette d'Or, aussi silencieuse que lui. Tout laissait présager qu'ils n'avaient pas échangé le moindre mot.

– Mathieu Hidalf, grommela son père. Toujours en retard, bien entendu. Ordre du jour : réprimande de Mathieu, et foudroiement de Juliette d'Or.

Mathieu s'assit en haussant légèrement le sourcil droit. M. Hidalf s'empara d'un geste impérieux de l'une des nombreuses lettres éparpillées devant lui, comme un juge auquel on présente deux assassins multirécidivistes. Il portait son costume des grands jours, ce qui n'était jamais bon signe, les grands jours de cet homme étant par définition les pires jours de la vie de ses enfants.

— *Huitième jour du mois des Mages*, lut le sous-consul de Darnar, l'air aussi épanoui que le Grand Busier avec sa montre de mort. C'est-à-dire aujourd'hui même ! *Chère maman et pour l'occasion cher papa, j'ai encore failli mourir, mais cette fois-ci, j'aime autant vous dire que ça n'était pas pour du beurre dans les épinards, vu que j'ai enfin un Exploit. Dans le dragon des Élitiens, ça veut dire que je suis presque déjà un Apprenti en bonne uniforme, parce que j'ai rendu un service exceptionnel au royaume, en sauvant le roi, comme vous le savez. D'après les rumeurs, il paraît même que j'aurais sauvé la vie de Louis Serra. Je suis bien heureux de ne pas revenir au manoir. Votre célèbre fils dont vous pouvez tout de même être fier, Mathieu Hidalf.*

— Première remarque, Mathieu, dit son père d'un ton glacial, on ne dit pas dans le *dragon* des Élitiens, mais dans le *jargon*.

— Ah bon ! Mais qu'est-ce que c'est qu'un jargon, alors ?

— Seconde remarque, trancha M. Hidalf, pour la millième fois depuis sept ans, on ne dit pas *en bonne uniforme*, mais *en bonne et due forme*. Troisième remarque : comme il est étonnant que je reçoive cette lettre juste après sa sœur jumelle, postée cette fois-ci par la comtesse Dacourt, dont le propos diffère à quelques virgules près du tien : *Sixième jour du mois des Mages. Cher Monsieur Rigor Hidalf, j'ai l'honneur de vous informer que votre fils Mathieu a quitté cette nuit l'école de l'Élite, et ce malgré l'interdiction formelle communiquée à l'ensemble des Prétendants par le baron Hudson. La responsabilité de votre fils dans la mise en péril de sa propre vie est en cours de jugement.*

Mathieu ne sut pas quoi répondre, car tout de même, son père ne pouvait pas avoir toujours tort.

– À présent, grogna M. Hidalf en se tournant vers Juliette, parlons de *choses sérieuses.*

– Je n'ai pas de nouvelle tricherie, hélas ! soupira Mathieu.

– Quand je dis *choses sérieuses*, remarqua M. Hidalf décontenancé, je ne pense pas nécessairement à une de tes tricheries. Je sais que tu n'as pas triché. La Foudre fantôme ne peut être approchée que par un cœur pur et amoureux. Et on ne peut pas tricher sur ses sentiments.

Il s'empara sans autre forme de procès d'une troisième lettre et fixa son attention sur Juliette avec des yeux comme des catapultes :

– *Sixième jour du mois des Mages*, lettre postée à minuit moins dix, le soir de la fausse mort du roi ! *Cher papa, chère maman, chères Juliette, tout se passe pour le mieux dans la meilleure des écoles possibles. Comme d'habitude, tout le monde s'accorde à dire que je suis la plus belle. Il n'y a rien d'autre à signaler. Juliette d'Or.*

M. Hidalf prit une quatrième lettre, d'une main tremblante de rage. Il devait la connaître par cœur, car il ne quitta pas Juliette du regard.

— *Sixième jour du mois des Mages. Monsieur Hidalf, j'ai l'honneur de vous informer que votre fille Juliette d'Or Hidalf a été surprise en dehors des dortoirs de l'école de danse cette nuit, à minuit moins le quart. Bien que nous n'ayons pu déterminer à qui elle avait donné rendez-vous, nous avons l'honneur de vous informer que votre fille n'était probablement pas seule. Mes salutations honorifiques. M. le comte Dacourt.*

M. Hidalf, toutes les lettres à plat devant lui comme s'il s'agissait d'un festin, dévisagea gravement ses enfants.

— Mme Chapelier, en treize mois, n'a *jamais* reçu aucune lettre des Dacourt au sujet de quoi que ce soit. *Aucune!* J'en reçois une par semaine, et si vous êtes en forme, deux par jour!

— Mais, papa, moi je n'ai pas d'amoureuse! objecta Mathieu. C'est tout de même moins grave!

M. Hidalf leva la main et, au grand étonnement de Mathieu, il se tourna en direction de sa fille.

— À nous deux, mademoiselle Juliette d'Or, qui ne s'appellera plus longtemps *Hidalf* si elle continue sur cette voie!

— Pourquoi, elle va se marier ? s'étonna Mathieu.

Juliette d'Or gardait la tête haute, comme si elle contemplait un miroir lointain.

— Juliette, gronda M. Hidalf, inébranlable, que signifie cette phrase insultante : *nous avons l'honneur de vous informer que votre fille n'était probablement pas seule* ? Que signifie de n'être *probablement pas seule* à dix-sept ans quand on s'appelle *Juliette d'Or Hidalf* ? Crois-tu que les quolibets qui courent sur le compte de ma mère défunte t'autorisent à humilier notre nom ? Que faisais-tu hors de ton dortoir à cette heure nocturne ?

— Je dansais !

— Ah ! tu dansais ? grommela M. Hidalf blême comme les lettres qu'il avait reçues. J'en suis fort aise ! Et la prochaine fois, tu chanteras, sans doute ?

Juliette d'Or rougit jusqu'aux oreilles, ce qu'elle détestait plus que tout.

— Papa, intervint Mathieu d'une petite voix, je dois vous révéler un lourd secret qui expliquera le comportement inacceptable de Juliette.

Mathieu rougit à son tour, Juliette le scruta avec épouvante ; quant à M. Hidalf, il ne lui avait jamais prêté autant d'attention depuis sa naissance.

— Juliette avait bien un rendez-vous. Et d'ordinaire, je ne suis pas du genre à me compromettre pour ma sœur, mais si je suis tombé sur la tour du Roi, hier, c'est bien parce que j'étais déjà dans les couloirs du château, n'est-ce pas ? C'est *moi* qui avais rendez-vous avec Juliette. C'est pour ça qu'elle n'était probablement pas seule !

– *TU* avais rendez-vous avec ta sœur ? répéta M. Hidalf, méfiant. Et pourquoi lui avais-tu donné rendez-vous à une heure pareille ?

– Je voulais la faire entrer dans l'école, bredouilla Mathieu.

– Et pourquoi voulais-tu la faire entrer dans l'école ? rugit M. Hidalf qui pensait tenir son fils à son propre jeu.

– Tout simplement parce que je savais déjà que seul un cœur pur et amoureux peut tromper la Foudre fantôme ! Et je voulais demander à Juliette de m'aider ! s'exclama Mathieu victorieusement.

M. Hidalf, trouvant l'explication convenable, en fut satisfait. Mais une seconde s'écoula avant qu'il balbutie :

– Tu es en train de me dire que tu as choisi ta sœur pour attraper la biche, parce que tu savais que seule une *amoureuse* passionnée peut en venir à bout ?

Mathieu perdit son sourire, Juliette rougit de plus belle, et M. Hidalf resta un moment indécis. Il réfléchissait sans doute à un châtiment exemplaire. Mais à cet instant, on frappa trois coups timides à la porte de l'appartement n° 10. Les trois Hidalf tournèrent la tête brusquement. Roméo Pompous apparut sur le seuil, affreusement pâle.

– Je quittais l'appartement de mon père, lorsque j'ai surpris votre conversation…

M. Hidalf, qui ne pensait pas pouvoir imaginer une impolitesse aussi incroyable que celle dont il venait pourtant d'être le témoin, répondit d'une voix brusque :

– Non seulement les Pompous écoutent aux portes, mais en plus ils y frappent !

– Je suis venu, monsieur, pour vous dire la vérité…

Roméo était toujours aussi pâle, et Mathieu le dévisageait avec stupeur. C'est alors qu'il remarqua la robe dorée incroyablement sale de Juliette d'Or, que tenait fermement son compagnon. C'était celle que Jurençon avait portée pour tromper la comtesse Dacourt lors de la chasse à la Foudre fantôme.

– Je vous écoute, déclara M. Hidalf.

– Mathieu vous a menti…

– Merci pour cette révélation, je m'en étais aperçu sans vous.

– Oui, mais il vous a menti… *pour me protéger…*

M. Hidalf fut scandalisé avant même d'apprendre la teneur du scandale.

– Mon fils protégerait un *Pompous* ?

– Il se trouve…, articula péniblement Roméo

qui passait du blanc au rouge, que je… j'ai volé…
une robe de… une robe de Juliette d'Or…

Roméo la présenta d'une main tremblante.

– La robe que je t'ai offerte pour tes dix-sept
ans ! rugit M. Hidalf. C'est trop fort !

– C'est justement parce que je regrettais mon
vol… que je lui ai donné rendez-vous très tard,
pour lui rendre sa robe, le plus discrètement possible…

– Un instant ! s'écria M. Hidalf. Pourquoi diable
avez-vous volé la robe de ma fille ?

Roméo rougit à un tel point qu'il paraissait un
vrai petit Hidalf. M. Hidalf aurait pu se contenter
de cette réponse, mais Roméo ajouta d'une voix
minuscule :

– Je suis un peu… un peu amoureux de Juliette
d'Or.

Juliette écarquilla les yeux, Mathieu s'esclaffa,
M. Hidalf faillit mourir, et Roméo s'enfuit en courant, la robe sous le bras.

– Je suis furieux ! constata enfin M. Hidalf.
Qu'ai-je fait pour mériter de pareils enfants ! L'un
d'eux protège un Pompous, et l'autre trouve le
moyen de s'en faire aimer ! Mais ce Roméo ne perd
rien pour attendre ! Vos sœurs et votre mère dînent
justement chez les Pompous ! Je vais faire écrouer
ce Roméo pour amour indigne, et son père sera si
offensé en apprenant la nouvelle que…

– Papa, coupa Juliette d'une voix sèche, si vous répétez ce que Roméo nous a dit, je vous promets que vous ne serez pas fier longtemps d'être mon père.

– Et moi, surtout, je ne serai pas fier longtemps d'être votre fils ! renchérit Mathieu. Je ne suis déjà pas enchanté de lire dans les journaux que vous êtes un escroc… Si en plus vous dénoncez Roméo ! Il a été plus courageux que tous les Hidalf, puisqu'il a enfin osé vous avouer qu'il est amoureux de Juliette.

– *Quoi ?* s'étrangla M. Hidalf. Juliette… serait-il possible que toi aussi… tu sois amoureuse de cette demi-portion soléline ?

– *Non*, répliqua Juliette d'un ton catégorique. Je ne m'étais même pas aperçue de son existence. Mais c'est la noblesse dont vous vous vantez tant qui me fait rougir de honte à l'idée même que vous colportiez les aveux d'un pauvre enfant de onze ans…

– Et moi, renchérit Mathieu, je peux vous dire que si vous trahissez Roméo, je ne manquerai plus aucun anniversaire du roi ! Déjà que tout le monde m'appelle *le fils du fraudeur*, à cause des dénonciations de *L'Astre du jour* !

– Bien…, bredouilla M. Hidalf surpris. Alors je… je m'abstiendrai… MAIS cela n'empêche pas que si je trouve encore une robe de Juliette d'Or entre les mains d'un Solélin, je fais enfermer toute la fratrie !

Quelques minutes plus tard, dans un silence pesant, M. Hidalf poussa son grand soupir d'homme le plus éprouvé du monde.

– Hélas, je crois qu'il est temps pour moi de rejoindre l'appartement charmant des détestables Pompous pour ne pas accabler Méphistos de la pire nouvelle qu'il aurait apprise depuis sa naissance.

Redoutant d'embrasser Juliette, le sous-consul serra Mathieu contre lui, en annonçant d'une voix menaçante :

– Je serai demain au premier balcon de la tour des Épreuves. Et gare à toi si tu échoues ! Je compte sur ton triomphe pour redorer le blason de la famille.

Sur cette parole affectueuse, M. Hidalf prit congé de ses deux enfants.

*

Mathieu rejoignit Roméo sur-le-champ. Le jeune Solélin patientait sur la première marche de la tour des Nobles, la tête enfouie dans les épaules.

– J'ai été ridicule, n'est-ce pas ? demanda-t-il.

– Ridicule ? répéta Mathieu. Bien sûr que non ! Tu as sauvé Juliette d'Or du donjon à perpétuité ! Je peux te dire que si, après ça, elle ne t'offre pas un baiser, c'est une honte !

– Je l'ai sauvée ? s'émerveilla Roméo.

– Viens vite, lança Mathieu en se jetant dans les couloirs du château. Je n'ai aucune confiance en Pierre et Jurençon pour ce qui est de négocier avec la Foudre fantôme ! Ils seraient capables de lui remettre l'anneau dès ce soir !

Hélas ! aucun d'eux n'approcherait la Foudre fantôme ce soir-là. Parvenus dans la bibliothèque des Prétendants, Mathieu et Roméo apprirent la terrible nouvelle : Tristan Boidoré n'avait jamais rendu visite à Pierre et Jurençon. L'Apprenti s'était tout simplement volatilisé, l'anneau de Foudre en poche… emportant par la même occasion leurs derniers espoirs de succès. Hagard, Mathieu porta une main à son front.

– J'aurais dû y penser, bredouilla-t-il. Quelle erreur de débutant ! Tristan est fou de Juliette d'Or ! Il va utiliser l'anneau de Foudre pour la séduire…

– Quoi ? enragea Roméo, rouge comme un Hidalf. Mais c'est déloyal ! Jamais je ne laisserai faire une telle chose ! Fouillons l'école ! Interrogeons tout le monde ! Dénonçons-le à la comtesse Dacourt !

Le jeune Solélin n'avait pas l'air de plaisanter. Sous l'œil étonné de ses trois compagnons, il sortit de la bibliothèque en criant au scandale.

*

Pierre et Jurençon organisèrent méthodique-
ment une grande battue, avec l'aide de tous les
Prétendants volontaires. Roméo, pour sa part,
courut hors de l'école, à la recherche de Juliette
d'Or. Quant à Mathieu, persuadé que Tristan
échapperait aux recherches, il ajusta sa luide, et
resta seul, un long moment, face à un miroir gigantesque, suspendu au mur d'une salle déserte.

Quelques nymphettes voletaient autour de lui,
projetant son ombre sur les murs alentour. Par une
fenêtre, il contempla les tours innombrables de
l'école. Bientôt, l'hiver s'abattrait sur le royaume :
il était hors de question, pour Mathieu Hidalf, de
passer un nouvel hiver au manoir familial. Sa place
était auprès de Pierre, de Jurençon et même de
Roméo Pompous. Il était temps d'entreprendre l'impossible ; il prit la direction du bureau de la comtesse
Dacourt, pour négocier la réussite de son épreuve.

*

La porte d'Armance Dacourt était ouverte,
malgré l'heure tardive. Pour la première fois, la
directrice adjointe n'était pas plongée dans un
dossier. Elle portait sa plus belle robe, comme si
elle avait anticipé cet ultime rendez-vous avec
Mathieu Hidalf.

– Je me doutais, dit-elle aimablement, que vous viendriez ce soir. À nous trois, Mathieu Hidalf. Vous, votre génie, et moi.

Mathieu serra les poings pour dissimuler ses tremblements.

– Entre génies, répondit-il, je ne voudrais pas vous déranger.

La comtesse ne sourit même pas, lorsqu'elle ajouta d'un ton glacial :

– Que puis-je pour vous ?

Mathieu respira profondément ; il n'avait jamais été si impressionné par un face-à-face. Louis Serra lui-même n'inspirait pas autant de doutes que la comtesse Dacourt.

– Je viens vous proposer un *marché*, madame, dit-il fermement.

Armance Dacourt leva ses yeux pétillants sur lui, sans ajouter un mot ni manifester la moindre surprise.

– De toute évidence, reprit Mathieu, je ne vais pas réussir mon épreuve du Premier Mois.

– De toute évidence…, confirma la comtesse.

Il n'y avait aucune trace de défi sur le visage de Mathieu. Il n'était plus qu'un enfant.

– Seulement voilà…, commença-t-il, je suis prêt à tout pour rester Prétendant élitien. Je sais que l'argent ne vous intéresse pas. Je crois même que vous ne me porteriez pas secours si je trahissais

Juliette d'Or… Mais j'ai quelque chose à vous proposer… Quelque chose que vous ne pourrez pas vous procurer sans moi et qui pourrait changer votre vie…

— Vous aiguisez ma curiosité, reconnut la comtesse.

— Si vous trouvez le moyen de nous faire rester dans l'école, Jurençon, Roméo et moi…, avança Mathieu, je vous garantis que je vous remettrai, tôt ou tard, les deux anneaux de Foudre. Vous n'aurez plus qu'à les utiliser pour rendre Louis Serra amoureux de vous.

Le temps sembla se figer au sommet de la tour Directrice. Mathieu vit le visage de la jeune comtesse se décomposer. Pour la première fois, il était parvenu à lui couper le souffle.

— Comment osez-vous ? cria-t-elle si fort que M. Hidalf, au dixième étage de la tour des Nobles, se retourna dans son sommeil.

— Vous… Vous refusez ? s'étonna Mathieu.

La comtesse était si tremblante qu'elle ne put se lever. Sans quoi, Mathieu aurait certainement eu droit à un soufflet digne de celui de Marie-Marie du Château Boisé.

— Hors d'ici, Mathieu Hidalf ! ordonna la jeune femme d'une voix terrible. Sortez tout de suite de mon bureau ! C'est votre dernière nuit dans l'école de l'Élite !

Mathieu préféra ne pas insister et se réfugia dans la bibliothèque. Il aurait pourtant parié que sa proposition réjouirait la comtesse. Devant son lit, il retrouva Pierre et Roméo.

– Aucune trace de Juliette d'Or…, avoua Roméo, pâle et nerveux. Ni de Boidoré… ni de la Foudre fantôme… Adieu l'école !

– Cette fois-ci, soupira Mathieu, nous sommes perdus…

Chapitre 16
Les secrets de Juliette d'Or

Mathieu Hidalf, Pierre Chapelier, Octave Jurençon et Roméo Pompous se levèrent comme ils s'étaient couchés : en silence. Dans la bibliothèque, la plupart des Prétendants les observèrent avec une sorte d'effroi. Impassible, Mathieu songeait à cet Exploit qu'il n'avait pas obtenu. Et à cette biche qu'il n'était pas parvenu à capturer. Son seul réconfort était de savoir que Roméo et Jurençon subiraient le même sort que lui.

– L'épreuve du Premier Mois est très particulière…, avança Pierre sans trop y croire. Certains Prétendants sont renvoyés en l'ayant réussie… Il est possible que vous soyez acceptés en l'ayant ratée…

Ni Jurençon, ni Roméo, ni Mathieu n'eurent le courage de répondre.

Après une attente interminable, des pleurs et des rires, des contestations et des supplications, la voix familière de la comtesse Dacourt retentit derrière le voile noir de la salle des Épreuves : « Monsieur Roméo Pompous, monsieur Octave Jurençon, monsieur Mathieu Hidalf, entrez, s'il vous plaît. » Pierre les dévisagea un par un.

– C'est la grande heure, dit-il doucement.

– Tu as un plan, n'est-ce pas ? souffla Roméo à l'oreille de Mathieu.

– Oui… Dès que la cérémonie prend fin, nous nous enfuyons dans la tour Disparue. J'ai subtilisé la plume de Julius Maxima.

– Bonne idée, affirma Roméo, en esquissant un sourire. Ils ne se débarrasseront pas de nous si facilement…

Et sur ces mots, les trois Prétendants franchirent du même pas le voile noir.

C'était la première fois que Mathieu revenait sur les lieux de sa mort. La salle paraissait plus sombre que lors de son épreuve du Prétendant et, chose impensable, encore plus remplie. À la table des juges, la comtesse Dacourt ne lui accorda aucune attention. Autour d'elle, il reconnut l'effrayant John Mid, Poucet Bergamote, le baron Hudson, Julius Maxima et Louis Serra en personne.

La présence du capitaine des Élitiens rassura quelque peu Mathieu. Au-dessus de la table des juges, au premier balcon, il repéra son père, appuyé sur la balustrade, tel un buste de plâtre. Il se dressait juste à côté de Méphistos Pompous. De part et d'autre des deux sous-consuls, Mmes Pompous et Hidalf scrutaient leurs enfants avec espoir. Juliette d'Airain et Juliette d'Argent observaient, quant à elles, les Prétendants avec des jumelles d'opéra.

— Juliette d'Or n'est pas là, remarqua Roméo.

— Elle a dû être renvoyée au manoir…, supposa Mathieu.

— Tristan n'est pas là non plus…, constata Jurençon, les mâchoires serrées.

MM. Pompous et Hidalf s'ignoraient ostensiblement mais, pour la première fois, leur cœur battait à l'unisson. Mathieu aperçut l'archiduc de Darnar, qui soutenait maître Magimel, qui soutenait lui-même… le Grand Busier, venu acclamer son neveu. Stadir Origan était assis juste derrière eux. Et au-dessus de ce beau monde, dans une loge d'honneur, Mathieu identifia avec stupeur Marie-Marie du Château Boisé. Blonde, pâle comme un lys, terriblement belle et majestueuse, elle posa sur Mathieu un regard indéchiffrable.

Soudain, les lustres éclairant les balcons s'éteignirent, plongeant le public dans les ténèbres. Mathieu, Jurençon et Roméo, serrés les uns contre les autres, reportèrent leur attention sur la table des juges.

— MM. Jurençon, Pompous et Hidalf se sont

vu attribuer l'épreuve de la Foudre fantôme, dit le baron Hudson d'un ton indifférent.

— Nous n'avons pas…, commença Jurençon.

— Vous n'avez pas réussi à attraper la Foudre fantôme, interrompit la comtesse Dacourt, parce que l'épreuve ne consistait pas à l'attraper.

Un silence semblable à celui qui avait régné pendant cent ans sur la tour Disparue frappa l'assemblée.

— *Quoi?* s'étranglèrent les trois Prétendants.

— L'amour, comme la Foudre fantôme, est indomptable et ne peut être emprisonné par aucun moyen à votre disposition.

Les murmures enflèrent depuis les balcons; Mathieu crut entendre le rire éraillé de maître Magimel. Une porte s'ouvrit alors derrière la table des juges, et Tristan Boidoré, un peu rouge, s'assit discrètement sur le siège resté vide. Les trois Prétendants le foudroyèrent du regard.

— À un tricheur prétentieux et fainéant, l'école confie l'épreuve de la Foudre fantôme, reprit la comtesse. Parce qu'il est impossible de tricher, et impossible de triompher. Cette épreuve, comme toutes les épreuves, est censée vous mettre en face de vos défauts. Pour échouer et l'assumer, il faut beaucoup d'intelligence.

— Mais nous vous avons soumis à cette épreuve pour plusieurs raisons, compléta Tristan Boidoré. La première était d'unir des enfants venus de trois provinces différentes, et ayant été élevés dans la haine et l'ignorance.

Mathieu et Roméo levèrent les yeux vers le premier balcon, duquel deux grognements s'échappèrent.

— Vous avez réussi cette part de l'épreuve, annonça Tristan Boidoré. Malgré l'attitude parfois peu fraternelle de Mathieu Hidalf, vous avez su vous unir quand il le fallait.

Mathieu était si furieux d'avoir perdu son chat pour si peu qu'il songea presque à quitter l'école sur un coup de tête.

— Alors comme ça, on nous a donné une épreuve impossible ! lâcha-t-il férocement.

— Pour que vous acceptiez d'échouer, précisa Julius Maxima.

— Je ne l'accepte pas ! se révolta Mathieu. C'est un scandale ! Je n'ai pas besoin d'apprendre à échouer ! Saisissons tout de suite maître Magimel, pour abus de confiance !

— Vraisemblablement, soupira le baron Hudson, l'école n'avait pas si tort…

— J'ai sacrifié mon imagination et mon chat pour une cause perdue d'avance ! s'indigna Mathieu. J'ai dépensé trente diamantors, Jurençon a cassé toutes ses dents, Roméo a découvert que j'avais volé son chat ! Et pour quoi ? Pour attraper une chimère ! Je crie à la manipulation !

Aux balcons, les discussions s'intensifiaient.

— Vous êtes parvenu à approcher plusieurs fois la Foudre fantôme, nota la comtesse Dacourt. Ce qui est tout à fait remarquable, Mathieu Hidalf. Cependant, l'épreuve avait pour but de vous apprendre l'humilité. Je crois qu'il est clair que vous n'êtes pas prêt à assumer vos échecs.

— J'accepterai mes échecs, riposta Mathieu, quand j'en rencontrerai ! Mais je n'ai pas échoué, puisqu'on a profité de ma naïveté d'enfant pour me faire courir après l'amour !

— C'est une analyse assez juste, remarqua Poucet Bergamote.

— Octave Jurençon et Roméo Pompous ont accompli leur épreuve, conclut froidement la comtesse. Et obtiennent leur première branche.

Des applaudissements épars retentirent. Mais Jurençon et Roméo eux-mêmes accueillirent cette nouvelle avec effroi.

— Vous ne pouvez pas accepter Jurençon et Pompous en vous débarrassant si facilement de Mathieu Hidalf ! intervint Bergamote d'un ton aigre. Je n'ai rien contre eux, mais ce sont des agneaux qui n'auraient même pas été capables de dessiner une biche sans l'aide de Mathieu Hidalf ! Il a été à l'origine des tentatives les plus fructueuses lors de cette chasse impossible !

— Je ne compte pas renvoyer Mathieu Hidalf

chez lui pour cette raison, en effet, indiqua la comtesse Dacourt, imperturbable. Il est temps de revenir *enfin* sur la manière inadmissible dont Mathieu Hidalf a été accepté dans cette école.

Pour la première fois, un frisson parcourut Mathieu. Un silence impressionnant s'était abattu sur les balcons.

– Voilà un mois que nous analysons le règlement, poursuivit la comtesse. Il est vrai que les amendements établis par M. Barjaut Magimel, il y a cinquante ans, stipulent que rien n'empêche un Élitien de faire entrer à l'école un candidat qui a échoué lors de l'épreuve du Prétendant. *Rien*, hormis l'opposition d'un autre Élitien, opposition pouvant survenir à tout moment, avant le terme de l'épreuve du Premier Mois…

Mathieu sentit ses mains trembler légèrement, tandis que le visage blême de M. Hidalf apparaissait, tant son père se penchait au-dessus de la balustrade du premier balcon.

– Il se trouve, annonça la comtesse d'un ton décisif, qu'un Élitien s'oppose au tour de force de Louis Serra. Cet Élitien est Julius Maxima.

*

Mathieu recula, décidé à s'enfuir. Les choses ne se passeraient pas comme ça ! Personne ne l'éloignerait de l'Élite !

– Par conséquent, peu importe le résultat de Mathieu Hidalf à l'épreuve du Premier Mois, puisque son épreuve du Prétendant est invalidée. Mathieu, conclut fermement la comtesse, je n'ai rien contre vous, je le promets, et cette école non plus. C'est pourquoi nous sommes disposés à vous accorder une grâce exceptionnelle. En dépit de votre tricherie, le service des fraudes a accepté que vous vous représentiez le jour de vos douze ans.

Mathieu frémit. Son sang se glaça. La présence de Roméo et de Jurençon qui se rapprochaient de lui n'y changeait rien. Il prenait la direction de la sortie, lorsque Louis Serra se leva, droit comme un hêtre.

– Armance Dacourt, dit-il avec douceur, votre raisonnement est tout à fait juste, et vous nous apportez une fois de plus la preuve que vous connaissez parfaitement les diverses facettes du règlement de cette école.

La comtesse ne daigna pas tourner la tête en direction du capitaine.

– Cependant, dit-il avec autorité, Mathieu Hidalf y restera.

– Il n'est pas en votre pouvoir d'ignorer le choix de Julius Maxima, Louis, se défendit la comtesse.

– Si j'avais fait entrer Mathieu Hidalf dans cette école, ou si un autre Élitien l'avait fait à ma place, je ne pourrais, effectivement, que me taire. Mais je n'ai *jamais* fait entrer Mathieu, pas plus que je n'ai usé de ce droit, que je juge illégitime, depuis que je suis devenu Élitien.

Le silence qui régnait aux balcons cessa brusquement. Mathieu observa Louis Serra avec stupéfaction. Si le capitaine de l'Élite ne l'avait pas fait entrer, alors qui était son bienfaiteur mystérieux ? Ce fut alors que l'ombre de John Mid se dressa dans l'obscurité, à la table des juges. Il considérait Mathieu avec la même méchanceté que lors de son épreuve souterraine, un mois plus tôt, à l'instant où il lui avait proposé de trahir Juliette d'Or.

– Le capitaine Louis Serra a parfaitement raison, affirma le professeur d'un ton sec. *J'ai* fait entrer Mathieu Hidalf à l'école, après qu'il a réussi brillamment son épreuve du Prétendant dans mon appartement. Nous avons discuté lui et moi pendant près d'une demi-heure de la constitution des Élitiens dont il avait une vive connaissance.

La comtesse se figea, Julius Maxima parut lui aussi admirablement surpris. Quant à Louis Serra, il se rassit calmement. Abasourdi, Mathieu dévisageait John Mid qui avait plongé ses yeux noirs dans les siens.

– J'ai été étonné d'entendre partout, pendant un mois, que Mathieu Hidalf avait bénéficié du secours de Louis Serra, dit ce dernier. Personne n'ayant pris la peine de me consulter à ce sujet, je me suis tu. Mathieu Hidalf a tout autant sa place qu'un autre Prétendant dans cette école.

Un homme, M. Hidalf, applaudit à tout rompre. Soudain, un « oh » général retentit parmi les spectateurs. Mathieu, Jurençon et Roméo virent les juges se lever un par un. Le mage Bergamote retira et remit plusieurs fois ses lunettes sur son nez minuscule. Un éclat de lumière argentée venait d'illuminer la salle des épreuves.

Les trois Prétendants se retournèrent sans oser y croire. La Foudre fantôme venait de faire irruption dans la tour, à quelques pas de Pierre qui n'en croyait pas ses yeux.

– Ils ont réussi l'épreuve impossible de la Foudre ! s'exclamèrent MM. Hidalf et Pompous en se serrant dans les bras l'un de l'autre, à la faveur de l'obscurité.

Louis Serra en personne applaudit. Puis il emprunta une porte située derrière la table des juges. Tous les balcons acclamèrent les trois Prétendants dans un vacarme étourdissant.

– Le service des fraudes a-t-il enquêté ? bredouilla la comtesse.

– Vous savez que la tricherie est permise, répondit le mage Bergamote.

– Bien ! trancha le baron Hudson, qui ne parvenait pas à détourner le regard de la biche. Mathieu Hidalf, Roméo Pompous et Octave Jurençon sont désormais Prétendants élitiens de première branche, je crois que c'est indiscutable. Toutes mes félicitations. Vous avez droit à un mois de vacances. Aux suivants !

Une branche dorée, la première, se déploya miraculeusement sur la poitrine des trois Prétendants, qui sortirent de la tour des Épreuves, fous de joie.

*

Afin de célébrer ce grand jour qui éloignait de lui son fils pour les prochains mois, M. Rigor Hidalf décida d'inviter toute la famille, ainsi que Pierre et Jurençon, dans le meilleur restaurant darnois de Soleil, *Le Solélin décapité*. M. Hidalf n'avait pas le défaut d'être avare, lorsqu'il lui semblait qu'il avait quelque chose à y gagner : inviter le neveu du roi en personne lui paraissait d'excellent augure.

Mathieu n'avait jamais vu son père si heureux, et il aurait été parfaitement heureux lui-même, si Roméo avait été convié. Mais M. Hidalf refusa d'entendre parler d'une telle aberration. Roméo regarda Mathieu et ses sœurs s'éloigner avec un serrement au cœur, en regrettant amèrement d'être fils unique.

– Je me suis longtemps demandé pourquoi mon père a été renvoyé de l'école, confia Mathieu à Pierre. Maintenant, je le sais… C'était pour racisme anti-solélin aggravé.

— C'est sans doute pour cette même raison que Méphistos Pompous a été chassé à son tour, fit remarquer Pierre.

Juste avant que la famille ne quitte l'école, Juliette d'Or fit son entrée, avec un sourire rayonnant.

— Tu devrais avoir honte d'avoir manqué l'épreuve de ton brillant petit frère pour un simple malaise, nota sévèrement M. Hidalf.

Juliette ignora son père de son mieux.

— Papa est en guerre contre les Dacourt…, révéla-t-elle à Mathieu. Maman a fait un scandale cyclopéen. Je reste dans l'école de danse !

— Peux-tu me dire enfin qui est ton amoureux ? chuchota Mathieu à son oreille.

Juliette sourit, hésita, puis haussa les épaules.

— Tu le découvriras un jour…

— Mais *quel* jour ? s'emporta Mathieu. Dans dix ans ? Je n'en peux plus de devoir toujours tout attendre *un jour* ! Je peux te garantir que tu seras la dernière prévenue quand j'aurai une amoureuse.

— Mathieu a une amoureuse ? intervint Juliette d'Argent.

— Il ne veut pas nous le dire, prétendit Juliette d'Or. Mais il ne peut pas cacher à ses sœurs qu'il est fou de Marie-Marie du Château Boisé !

— *Quoi ?* s'indigna Mathieu. Jamais je n'ai été amoureux de Marie-Marie, et même si je l'avais

312

été, je ne le serais plus depuis au moins trois ans, trois mois et trois jours, à cause de son soufflet ! J'ai de l'honneur, moi !

Et les trois Juliette ouvrirent la marche en gloussant devant leur frère qui criait à la calomnie.

La nuit tombait sur le château du roi, une nuit sombre et froide, lorsque Tristan Boidoré entra dans le restaurant luxueux où les trois Juliette mimaient Mathieu recevant un soufflet de Marie-Marie. Attablé devant un festin de roi, M. Hidalf discutait d'économie avec Octave Jurençon, qui n'y comprenait rien et hochait régulièrement la tête. Pierre et Mme Hidalf souriaient sans prononcer un mot. Et Mathieu tâchait à la fois de sortir Jurençon des griffes de son père et d'empêcher les Juliette de ruiner sa réputation. Tous changèrent d'attitude en apercevant la mine sombre de Tristan. M. Hidalf le dévisageait avec un mélange d'admiration et de mépris, tandis que Mathieu et Jurençon se faisaient menaçants. Ils venaient d'apercevoir l'anneau de Foudre, glissé au doigt de l'Apprenti.

– Monsieur Hidalf, annonça Boidoré d'un air sévère, je suis désolé d'interrompre un repas si réjouissant. Votre fils est convoqué par Louis Serra, qui doit absolument s'entretenir avec lui. Pierre Chapelier, vous devriez venir également, avec

M. Jurençon. Je propose à la famille Hidalf de se joindre à vous.

Mathieu, Pierre et Jurençon traversèrent le château en tête du convoi, tandis que dix valets transportaient les plats cuisinés par le chef darnois du *Solélin décapité*, sous les ordres de M. Hidalf. Alerté par le fumet délicat, le mage Bergamote ne tarda pas à se manifester. Lorsqu'il reconnut M. Hidalf, il préféra se tenir en arrière. Le sous-consul de Darnar avait en effet ouvert une enquête, pour apprendre d'où venaient les fuites qui avaient provoqué la descente du service des fraudes au manoir, quelques jours plus tôt.

— Ils ont dû découvrir comment nous avons attrapé la Foudre fantôme…, chuchota Jurençon à Mathieu.

— Impossible, même nous, nous ne le savons pas !

— Et je n'aurais aucune raison de venir, renchérit Pierre, inquiet.

— Nous sommes perdus…, conclut Mathieu. La comtesse a juré de me renvoyer… Elle a dû inventer une nouvelle loi que nous avons enfreinte !

Et les trois Prétendants courbèrent l'échine en passant la Grille épineuse. Jamais l'école ne leur avait paru si austère que cette nuit-là.

Tristan Boidoré prit la direction de la tour des Épreuves. Mathieu franchit bientôt le voile noir.

Roméo Pompous était déjà sur place, en compagnie de sa mère.

Louis Serra patientait au milieu de la salle, marchant en rond. Son teint était plus pâle que de coutume. Lorsque la nymphette qui l'accompagnait s'envola dans la tour infinie, elle éclaira des balcons remplis d'Élitiens.

– Mathieu Hidalf, Octave Jurençon, Pierre Chapelier, Roméo Pompous, vous avez été convoqués ici par le conseil des Trente, annonça Louis Serra.

Mathieu remarqua à cet instant que Tristan Boidoré se tenait à côté de sa grande sœur.

– Regarde Tristan, chuchota-t-il à Pierre, avec méfiance. Tu ne trouves pas qu'il est très près de Juliette ?

Pierre répondit par un sourire moqueur. Mathieu se détourna de Louis Serra dont il n'avait plus rien à faire. Son attention était accaparée par les mains de Juliette et de Tristan. Il ne comprenait pas comment une telle chose était possible, mais il lui semblait qu'elles n'avaient de cesse de se rapprocher, comme du fer et un aimant irrésistiblement attirés l'un par l'autre. Et soudain, les deux mains s'unirent dans un frémissement. Juliette d'Or n'avait même pas cillé. Mathieu eut un choc effroyable.

– Le traître ! Il a utilisé l'anneau de Foudre pour séduire Juliette !

Pierre ne pouvait s'empêcher de sourire, ce qui était suffisamment rare pour alerter Mathieu.

– À moins que…, commença ce dernier en rougissant de colère.

– À moins que Tristan ne soit son amoureux…, conclut Pierre.

– Depuis… depuis… depuis le début ? bégaya Mathieu, à l'agonie.

– Depuis le début, confirma Pierre avec un plaisir certain. Il y a un an, lorsque j'attendais derrière la Grille épineuse pour te faire pénétrer dans l'école, j'ai surpris Tristan. Tu m'as ensuite dit que Juliette avait rendez-vous avec son amoureux. Je n'en croyais pas mes oreilles ! C'est moi qui leur ai servi d'intermédiaire pendant tout ce temps… Et j'ai promis de ne jamais rien révéler… Au contraire, nous essayons de multiplier les fausses pistes pour tromper la comtesse. Tu imagines si elle découvrait la vérité ? Celui qu'elle traque depuis des mois est son propre neveu !

– *Mon* responsable est l'amoureux de *ma* sœur ? enragea Mathieu à voix basse. Et personne ne m'a rien dit ! Et tout le monde m'a fait croire qu'ils étaient ennemis… Oh non ! Le plus beau jour de ma vie est gâché par une Juliette ! Quel scandale ! Et dire que ma propre sœur m'avait conseillé de me méfier de lui ! Je vais les vendre à papa !

Il n'eut pas le temps de commettre l'irréparable :

Louis Serra ouvrit un livre rouge, posé sur la table des juges. C'était un livre que Mathieu avait cherché pendant un mois en vain.

– Mathieu Hidalf, dit-il en écrivant son nom, Octave Jurençon, Pierre Chapelier et Roméo Pompous, au nom de la majorité des Élitiens et en vertu de votre jeune âge, je vous inscris sur le livre des Exploits.

Aussitôt, Mathieu vit une branche rouge, brillante comme un rubis, apparaître sur la poitrine de ses compagnons. Derrière lui, Mme Hidalf le couvait d'un œil flamboyant.

– Je ne comprends pas…, admit Mathieu. Nous avons tous les quatre un Exploit pour quelle raison ? Parce que j'ai sauvé le roi, tué un Estaffes, ou parce que j'ai grimpé sur le dos de la Foudre fantôme ?

– Pour aucune de ces trois raisons, Mathieu Hidalf, souligna le capitaine d'un ton sec. Vous avez fait bien davantage pour l'école.

Mathieu, Pierre, Jurençon et Roméo échangèrent un regard étonné.

– Il fait erreur, mais ne disons rien…, souffla Mathieu aux trois autres.

– Autrefois, dit Louis Serra, la Foudre fantôme s'appelait simplement *la Foudre*. Le mot *fantôme* a été ajouté avec les siècles, parce que, pendant longtemps, plus personne ne l'a aperçue. Quelquefois, un Prétendant racontait l'avoir croisée. Mais les chanceux se firent de plus en plus rares. On finit par les traiter de menteurs. La Foudre devint un fantôme. Et le fantôme devint une légende. Sans vous, la Foudre fantôme aurait fini comme toutes les légendes : à force de se cacher, à force de ne laisser personne l'approcher, elle aurait été oubliée. Elle aurait fini par n'être plus qu'une créature de contes. Et tout ce qu'elle représente aurait disparu avec elle. Nombreux sont ceux qui ont essayé de l'amadouer, de la chasser, de la piéger pour prouver son existence. Je m'y suis attardé moi aussi. Sans jamais y parvenir. Je n'ai pas eu votre idée. En réunissant les deux anneaux de Foudre, vous avez libéré la biche d'un lourd fardeau. Vous l'avez réconciliée avec l'école.

Mathieu surveilla Tristan Boidoré du coin de l'œil. Quel rôle avait joué l'Apprenti dans cette affaire ?

– Bravo d'avoir tout risqué pour accomplir cette épreuve, conclut Louis Serra. Bravo d'avoir rapproché les Élitiens de la Foudre fantôme.

Mme Hidalf, impassible mais dont l'œil rayonnait, posa une main douce sur les épaules de Roméo et de Mathieu, tandis que Juliette et Tristan avaient l'audace d'échanger un baiser dans l'obscurité. Louis Serra recula de quelques pas.

– Nous avons également convoqué Tristan Boidoré, dit-il. Tristan, vous allez devoir abandonner votre titre de responsable des Prétendants. En raison des missions que vous avez effectuées brillamment à notre service, vous êtes désormais pré-Élitien.

Une dizaine de branches s'ouvrit d'un coup sur l'arbre du jeune homme. Juliette avait un mal fou à ne pas le serrer contre elle. Heureusement, M. Hidalf était si enthousiaste qu'il ne s'aperçut de rien. Tristan s'efforça de conserver tout son sang-froid. Le statut de pré-Élitien était le rêve de chaque élève de l'école.

– Bravo, Tristan ! s'exclamèrent Pierre et Jurençon.

– Quel opportuniste ! grommela Roméo, fou de jalousie.

– Le traître ! renchérit discrètement Mathieu.

Alors, en sentant derrière lui la présence de Juliette d'Airain, Mathieu leva la main à la surprise générale.

– Oui ? fit Louis Serra.

– Ma petite sœur rêve de devenir un Élitien, ce qui est impossible, vu qu'elle s'appelle Juliette et qu'elle est une fille. Mais sans elle, nous n'aurions pas réussi à réunir les anneaux de Foudre. Et j'ai pensé qu'il fallait vous le dire, afin que vous puissiez lui gribouiller une dédicace ou quelque chose avec votre nom, qui la consolerait d'être une fille.

Louis Serra consulta les ombres des Élitiens réunis au balcon.

– Mademoiselle Juliette d'Airain Hidalf ?

Juliette n'osa pas avancer devant le redoutable capitaine. Alors, ce fut toute la famille qui recula d'un pas, sauf Mathieu qui n'était pas disposé à un tel sacrifice.

– En attendant que le règlement de notre école soit révisé, j'inscris votre nom sur le registre des Exploits.

Une branche rouge étincela sur la robe de Juliette d'Airain, qui prit la main de Mathieu, les yeux brillants de reconnaissance. À cet instant précis, Mathieu Hidalf en personne dut reconnaître qu'il était ému. Non pas ému par sa sœur, mais par sa propre générosité.

*

Un moment plus tard, les Prétendants et leur famille se déversèrent dans l'escalier de la tour des Épreuves. Seul Mathieu n'en avait pas tout à fait fini avec l'école. Tristan Boidoré lui avait remis une convocation officielle le priant de se rendre dans le bureau d'Armance Dacourt. « Oh non ! soupira Mathieu. Je vais être assassiné ! » Depuis son altercation avec la comtesse, la veille au soir, il craignait jusqu'à l'ombre de cette dernière. Mais soudain, balayant les alentours du regard, il réalisa que Louis Serra s'était éclipsé quelques minutes plus tôt. Saisi d'un pressentiment, il courut pour la première fois jusqu'à la tour Directrice. Il ne s'était pas trompé. Debout devant la grande baie vitrée du bureau d'Armance Dacourt, Louis Serra scrutait l'horizon. Mathieu referma la porte en silence. Il attendait ce moment depuis longtemps. Le moment de révéler la vérité au capitaine.

– Je dois vous parler…, commença-t-il, le cœur battant.

Louis Serra se retourna et répliqua avec son autorité coutumière :

– Je sais que je n'ai pas tué William Estaffes, Mathieu. Tu dois te demander pourquoi j'ai prétendu le contraire. C'est tout simplement parce que si quelqu'un s'imagine à tort que tu es impliqué dans sa mort, tu auras les pires ennuis… Et je préfère les avoir à ta place…

Mathieu et l'Élitien échangèrent un bref regard, à la fois proche et distant, tout comme Louis Serra l'avait toujours été.

– Pourquoi William Estaffes est-il mort, alors ? demanda finalement Mathieu, quoiqu'il eût une idée de la réponse.

Louis Serra poussa un soupir. Son arbre resplendissait. Il finit par prendre place dans le fauteuil d'Armance Dacourt.

– Tout cela est très mystérieux, avoua-t-il. Lorsque je disais, à propos de la Foudre fantôme, que les légendes finissent par disparaître, j'étais sincère, Mathieu. Tout s'oublie, y compris ce qui ne devrait pas l'être. J'ai fini par découvrir avec certitude que le premier Élitien avait des ennemis redoutables. Je ne sais pas qui. Je ne sais pas pourquoi. Pas encore. Mais un grand secret entoure la fondation de l'école. Le jour où elle a été créée, une chose aussi puissante que l'Arbre doré a été enfouie dans ses profondeurs. Une chose maléfique, destinée à détruire l'Arbre et les Élitiens. Cet objet, ou cette créature, est connu sous le nom de *maléfice de Circé*. Je l'ai longtemps recherché. En vain. On prétend que les six frères l'ont découvert, et que cet effroyable maléfice les a vaincus. William Estaffes est mort pour avoir essayé de lui résister ; c'était la première fois, depuis un siècle, qu'un Estaffes choisissait de se sacrifier. En nous épargnant, toi et moi, il a signé son arrêt de mort. Malheureusement, à cause de mon empoisonnement, j'ignore pourquoi il a demandé à me rencontrer, cette nuit-là. De toute évidence, il avait une information très importante à me révéler…

Mathieu comprit aussitôt que quelque chose clochait. Quelque chose de capital. Quelque chose de fou.

– Capitaine, je ne comprends pas…, soufflat-il. Si William Estaffes avait décidé, en vous donnant rendez-vous, de se sacrifier… alors, qui vous a empoisonné ? Qui a assassiné les soldats de la garde royale ?

Le visage de Louis Serra était effrayant, son regard perçant, son arbre brillant de mille feux. Après une courte hésitation, il finit par se relever. À compter de ce moment, Mathieu sut que le capitaine des Élitiens lui accorderait toujours sa confiance.

– Lors de notre dernière entrevue, dans ce même bureau, commença Louis Serra, tu m'as appris une chose incroyable. Dans ta vision, un Prétendant a franchi la Grille inviolable des Élitiens… Tu as sans doute été surpris par ma réaction. Cette grille ne peut être vaincue que par un seul moyen, Mathieu Hidalf… Tant que les trente Élitiens sont unis, elle est invulnérable. Mais si l'un d'eux trahit les autres, la grille n'est plus qu'un écran de fumée.

L'expression de Mathieu devait être semblable à celle du capitaine lorsqu'il avait appris cette même nouvelle, quelques semaines plus tôt.

– J'étais stupéfait lorsque tu as évoqué ta vision, reprit l'Élitien. Stupéfait, et pourtant, j'aurais dû comprendre depuis longtemps. Car, désormais, tout s'explique. Pourquoi les frères Estaffes patientent-ils depuis un an ? Comment sont-ils parvenus à détruire le Serment rouge ? La réponse est évidente, elle était sous nos yeux… Les Estaffes ont un contact dans l'école. Un contact qui a certainement rompu le Serment à leur place. Un contact qui attend je ne sais quoi et qui évite aux Estaffes de prendre eux-mêmes des risques inutiles… Je suis capable de reconnaître les blessures infligées par nos propres épées, révéla Louis Serra à voix basse. Si terrible cela soit-il, c'est un Élitien qui a combattu la garde royale… C'est probablement un Élitien qui m'a empoisonné… C'est un Élitien qui a permis la rupture du Serment rouge, il y a un an…

Mathieu voyait défiler le visage de tous les membres de l'école avec effroi. L'un d'eux avait rejoint le camp des Estaffes.

– Heureusement, dit Louis Serra, ce traître ignore que je soupçonne son existence. Ce qui constitue un immense avantage pour nous… Sois aussi silencieux que moi, Mathieu, et je le démasquerai. Je le cherche jour et nuit depuis deux semaines. Il n'a pas encore commis d'erreur. Mais il en commettra une, tôt ou tard. Alors, il y aura un Élitien de moins dans le royaume, que ce soit lui ou moi.

Jamais le capitaine n'avait paru si menaçant ; Mathieu fut saisi d'un étrange pressentiment, comme s'il avait compris qu'un long combat commençait tout juste entre Louis Serra et le traître invisible.

– Je vais te libérer dans un instant, Mathieu…, promit Louis Serra. Mais avant cela, j'ai encore une question, et quelques recommandations. La question pour commencer. Un Prétendant a réussi à approcher la Foudre fantôme, à six reprises, toujours de nuit. Ce même Prétendant a ensuite passé son temps à poursuivre un chat doré, chaussé de bottes de sept lieues… Il a été repéré par les services secrets, mais, ce qui est stupéfiant, c'est qu'ils ne sont jamais parvenus à l'identifier. Ma question est simple. Es-tu ce Prétendant ?

– Non ! répondit Mathieu, fou de jalousie. Qu'est-ce que c'est que cette histoire ?

– Je l'ignore, avoua Louis Serra, mais ce n'est pas une priorité. À présent, les recommandations. Nous devons nous éloigner l'un de l'autre, Mathieu Hidalf. Pas un mot dans les couloirs, pas un regard, pas une lettre. Armance Dacourt et plusieurs Élitiens ont deviné la confiance que je t'accorde. Ils nous surveillent.

Mathieu ne sut pas quoi répondre.

– Pour finir, j'aimerais que tu ne cherches plus à approcher de la Foudre fantôme dans les mois qui viennent, acheva le capitaine.

Mathieu écarquilla les yeux.

– Alors là ! s'écria-t-il, il n'y a aucun risque ! Je ne veux surtout pas tomber amoureux !

Louis Serra esquissa un sourire, et conclut en se levant :

– C'est bien ce que je pensais…

Mathieu et le capitaine descendirent l'escalier de la tour Directrice en silence. En bas des marches, la silhouette de Julius Maxima se détachait dans la lumière, tournée vers eux. Mathieu jeta un regard en biais à Louis Serra.

– Julius Maxima est toujours sur ma route, dit-il, l'air de rien.

– Bien entendu. Il assure ta protection depuis treize mois, à ma demande. D'ailleurs, il logera au manoir Hidalf toute la durée de tes vacances. Julius et moi avons des avis opposés sur bien des sujets, Mathieu… mais je te garantis que ta sécurité a été sa plus grosse préoccupation cette année.

Mathieu écarquilla des yeux étincelants de fierté. Il était donc placé sous protection élitienne !

Parvenu en bas de la tour, le capitaine s'exclama d'un ton convenu :

– Bon retour chez vous, Mathieu Hidalf. Nous nous croiserons certainement à nouveau dans cette école.

Et il disparut avec Julius Maxima, qui adressa à Mathieu un regard pénétrant.

Épilogue

Assis sur la banquette du carrosse Hidalf, entre ses deux sœurs aînées, en face de son père endormi, de sa mère et de sa petite sœur, Mathieu pensait aux quatre têtes de Bougetou. Il avait retrouvé le sourire, un sourire menaçant.

– *Je sais* qui est ton amoureux, chuchota-t-il à Juliette d'Or, profitant du sommeil de son père. Et crois-moi sur parole, ce détail va changer *beaucoup de choses* dans ta paisible existence. Tu es fichue, ma pauvre !

Sa sœur lui lança un regard noir pour le dissuader d'évoquer encore Tristan Boidoré en présence de M. Hidalf.

– Si j'avais su que c'était *lui*, jamais je ne t'aurais aidée ! continua Mathieu, comme si de rien n'était. Vous vous êtes moqués de moi depuis le début ! Pourquoi ne pas m'avoir prévenu ? *Mon* responsable ! Il fallait évidemment que tu tombes amoureuse de lui ! C'est ignoble de ta part ! Tu ne peux jamais t'empêcher de faire le mal !

– Tu sembles n'avoir pas tout compris aux récents événements…, répliqua Juliette avec orgueil.

Et elle montra sa main sublime ; Mathieu remarqua qu'elle portait l'anneau de Foudre dérobé dans la tour Disparue. Il avait pourtant reconnu le même anneau au doigt de Tristan !

– Tristan n'est pas un voleur, dit enfin Juliette. Même s'il me dit souvent qu'il ne te supporte pas, je le soupçonne d'avoir une certaine affection pour toi, Mathieu. Il n'a jamais cessé de t'aider. Il y a un an, lorsque tu as pénétré dans l'école par effraction, c'est lui qui a essayé de faciliter ta fuite, en t'envoyant son lit.

– Quoi ? Le lit noir était le sien ? bredouilla Mathieu.

– Bien sûr. C'est également lui qui m'a avertie que tu n'accomplissais pas ton épreuve. Enfin, lorsque maman lui a remis l'anneau de Foudre que vous avez dérobé dans la tour Disparue, Tristan a attendu que papa rejoigne l'appartement des Pompous pour venir me trouver. Il était convaincu qu'un couple d'amoureux en possession de l'anneau de la comtesse Boidecœur pourrait approcher la Foudre fantôme… Hier, nous n'avons pas trouvé la moindre trace d'elle. Mais ce matin, pendant que tu affrontais le jury de l'école, elle est venue jusqu'à nous. Nous avons voulu lui remettre l'anneau… Mais les choses ne se sont pas passées comme nous l'avions imaginé…

— La Foudre vous a offert le second anneau ? devina Mathieu. Celui qui se trouvait sur ses bois ! Celui qui a appartenu au premier Élitien !

Juliette acquiesça fièrement.

— Tu te rends compte ? dit-elle avec vanité. Tristan et moi formons le second couple sacré par la Foudre fantôme ! Après quoi, la Foudre s'est présentée d'elle-même dans la tour des Épreuves.

Mathieu ouvrit de grands yeux et n'osa plus adresser la parole à sa sœur jusqu'à la fin du voyage. Il avait tout de même beaucoup de chance dans sa vie malheureuse d'enfant prisonnier de ses onze ans ! Car son père, le juriste de son père, la fille de son père, les ennemis de son père, tout le monde était prêt à faire des miracles pour le sortir des situations les plus compliquées ! Y compris sa propre mère, qui détestait pourtant son école…

Mais lorsque le carrosse franchit les grilles du manoir Hidalf, Mathieu comprit qu'être le grand frère irréprochable d'une petite sœur surdouée était une catastrophe.

— Je suis heureuse, dit Juliette d'Airain à voix basse.

— Pourquoi ? demanda Mme Hidalf, attendrie.

— Parce que je suis la plus jeune personne de toute l'histoire de l'école de l'Élite à être récompensée d'un Exploit… juste devant mon frère !

Le visage de Mathieu Hidalf vira au rouge. Il n'aurait jamais pu digérer cette remarque désobligeante, même si sa sœur n'avait pas eu la perfidie de préciser *juste devant mon frère.* Quel idiot ! Comment avait-il pu avoir la naïveté de dénoncer l'intelligence de sa pire ennemie !

— Ma branche est plus rouge que la tienne ! rugit-il. Tu n'as même pas de tronc ! Et en plus, tu es une fille !

— C'est moi qui ai deviné pour l'anneau de Foudre ! explosa-t-elle. Moi, j'ai sept ans, et j'ai déjà un Exploit, alors que tu en as onze !

— Et moi, je suis placé sous protection élitienne, tellement je suis un enfant important !

— Menteur !

— Louis Serra me dit « tu » quand vous n'êtes pas là !

— Menteur !

— Non, je ne suis pas un menteur !

— Ça suffit ! tempêta M. Hidalf en sortant du sommeil.

— Ils viennent d'être récompensés par Louis Serra, commenta Mme Hidalf avec un sourire ému, et ils se conduisent comme des enfants…

— Mais je suis un enfant ! revendiqua Mathieu avec mauvaise foi. J'en ai assez que tout le monde me prenne pour un adulte majeur sous prétexte que j'ai des aptitudes ! J'ai à peine onze ans, pardi ! Et je tiens à ce qu'on se le dise !

Le carrosse s'arrêta en crissant devant les portes du manoir. Les trois sœurs Juliette et Mathieu coururent comme des fous en direction de Bougetou, attaché au perron, dont les huit mâchoires rayonnaient. M. et Mme Hidalf poussèrent un long soupir.

– Que je suis heureuse qu'ils soient de retour tous les quatre, murmura-t-elle.

– Je prends la chambre de Juliette d'Or ! brailla Mathieu.

– Vivement la rentrée, conclut M. Hidalf en pénétrant d'un pas ferme dans la demeure de ses ancêtres.

Table des matières

Christophe Mauri

L'auteur

À l'âge de treize ans, **Christophe Mauri** adresse son premier roman au comité de lecture des éditions Gallimard Jeunesse. C'est le début d'une relation forte, jalonnée d'envois et d'encouragements, qui se conclut le jour des vingt-deux ans du jeune auteur, lorsque le comité lui propose la publication du *Premier Défi de Mathieu Hidalf*.

« Tout est parti du contrat Bougetou, établi entre Mathieu et son père. Avec ce contrat, j'ai senti que je quittais les sentiers battus dont je ne parvenais pas à m'éloigner jusque-là. J'ai pris du recul vis-à-vis de mon héros. J'ai pu l'aimer sans être lui, ce dont j'étais incapable à quinze ou à seize ans. Et j'ai voulu créer un univers autour de cette idée de contrat : l'univers d'un enfant pénétré du monde des adultes, extrêmement revendicatif et intelligent. Un enfant qui, cependant, est encore loin d'être mûr affectivement, bien qu'il soit lui-même persuadé du contraire ! »

Christophe Mauri se consacre désormais à l'écriture.

Du même auteur chez Gallimard Jeunesse

FOLIO JUNIOR
1. *Le premier défi de Mathieu Hidalf*, n° 1676

GRAND FORMAT LITTÉRATURE
1. *Le premier défi de Mathieu Hidalf*
2. *Mathieu Hidalf et la Foudre fantôme*
3. *Mathieu Hidalf et le sortilège de Ronces*
4. *Mathieu Hidalf et la bataille de l'aube*

Retrouve la première aventure
de **Mathieu Hidalf**

dans la collection

I . LE PREMIER DÉFI
DE MATHIEU HIDALF

n° 1676

Mathieu Hidalf, dix ans seulement, est déjà un trouble-fête de légende. Chaque année, il s'ingénie à gâcher la plus grande célébration du royaume : l'anniversaire du roi. Mais cette fois, la plaisanterie risque de tourner au drame. Les redoutables frères Estaffes ont rompu un serment magique et menacent de tuer le souverain. C'en est trop pour Mathieu : il ne laissera personne prendre sa place d'expert en sabotage !

Le papier de cet ouvrage est composé de fibres naturelles,
renouvelables, recyclables et fabriquées à partir de bois
provenant de forêts gérées durablement.

Mise en pages : Maryline Gatepaille

Loi n° 49-956 du 16 juillet 1949
sur les publications destinées à la jeunesse
ISBN : 978-2-07-064446-9
Numéro d'édition : 238166
Dépôt légal : février 2014

Imprimé en Espagne par Novoprint (Barcelone)